DESVIO

Outra obra do autor publicada pela Editora Record

Fora de rumo

JAMES SIEGEL

DESVIO

Tradução de
ALEXANDRE RAPOSO

EDITORA RECORD
RIO DE JANEIRO • SÃO PAULO
2007

CIP-Brasil. Catalogação-na-fonte
Sindicato Nacional dos Editores de Livros, RJ.

Siegel, James
S573d Desvio / James Siegel; tradução Alexandre Raposo.
– Rio de Janeiro: Record, 2007.

Tradução de: Detour
ISBN 978-85-01-07523-9

1. Ficção americana. I. Raposo, Alexandre. II.
Título.

CDD – 813
07-0665 CDU – 821.111(73)-3

Título original norte-americano:
DETOUR

Impresso no Brasil

ISBN 978-85-01-07523-9

PEDIDOS PELO REEMBOLSO POSTAL
Caixa Postal 23.052
Rio de Janeiro, RJ – 20922-970

EDITORA AFILIADA

Para Sara Anne Freed, notável editora e ainda melhor ser humano, que apostou em mim, motivo pelo qual lhe serei eternamente grato.

AGRADECIMENTOS

Gostaria de agradecer a Richard Pine, notável agente literário, a Rick Horgan, por sua sabedoria editorial, e a Larry Kirshbaum, por entrar nas trincheiras comigo. Também a todos os meus amigos colombianos que perderam tempo me mostrando onde pisei na bola.

PRÓLOGO

É um velho ditado. Um adágio. Uma palavra de conforto para os prudentes. Ou, na verdade, para os amedrontados. Pretende pacificar, acalmar, mostrar a completa tolice dos temores de uma outra pessoa.

Você diz isso quando alguém está com medo de fazer alguma coisa.

Viajar, por exemplo.

De trem. Avião. Barco.

Mergulhar com aqualung. Fazer jet-ski. Andar de patins. De balão.

A pessoa tem medo de que *algo* terrível aconteça, medo de que sairá para desfrutar de uma tarde agradável, um dia de folga, de umas férias, de uma vida, mas, em vez disso, acabará morrendo.

E o que você diz para ela?

Há mais chances de ser atropelado por um ônibus ao atravessar a rua.

Afinal, quantas vezes isso acontece, hein?

Ele guarda um arquivo secreto na gaveta de baixo, enterrado sob a sua miríade de gráficos, que é retirado dali e limpo da poeira em ocasiões especiais, como um tipo de lembrete.

J. Boksi, 38 anos. Prestes a se casar. Acabava de sair de uma joalheria e admirava um anel oval com filigranas de ouro branco de dois quilates.

S. Lewes, 22 anos. Acabava de receber um MBA em administração de empresas da Bucknell University. Saía de sua primeira entrevista de emprego e observava o maior edifício que já havia visto na vida.

T. Noonan, 70 anos. Avô adorado. Passeava com o neto de 4 anos explicando por que o Batman não poderia jamais vencer o Super-Homem em uma luta limpa.

E. Riskin, 60 anos.

C. Meismer, 78 anos.

R. Vaz, 33 anos.

L. Parkins, 11 anos.

J. Barbagallo, 35 anos.

R. e S. Parks, gêmeos de 18 anos.

Todos foram atropelados por um ônibus enquanto atravessavam a rua.

Cada um deles.

Estavam todos mortos.

Isso o fazia lembrar que, não importando o que você pensasse, aquilo podia acontecer.

Sim.

Até mesmo com você.

O atuário de seguros calcula o ponto crítico entre risco e probabilidade, tentando deste modo reduzir a probabilidade de eventos indesejáveis.

— *O livro de bolso do atuário*

As chances são, suas chances são, muito boas.

— Johnny Mathis

UM

Buenas tardes.

Quando chegaram a Bogotá, a primeira coisa que Paul e Joanna viram foi um homem sem cabeça.

A fotografia do homem em questão, outrora subprefeito de Medellín, estava estampada em diversos cartazes nas paredes do aeroporto El Dorado, todos anunciando diferentes jornais de Bogotá. O homem estava jogado no meio da rua, como se estivesse gozando de um merecido descanso. A diferença era que a sua camisa estava manchada de sangue seco e claramente faltava-lhe algo importante. A cabeça fora arrancada por um carro-bomba, preparado pelos esquerdistas das Farc ou pelos direitistas das AUC — dependendo da teoria em que você preferisse acreditar.

Paul achou que aquela era uma recepção dos diabos. Mas, mesmo assim, ainda sentia vontade de dizer *obrigado.*

Estava feliz por estar ali.

Isso porque o vôo 31 do aeroporto JFK para a Colômbia demorara 18 horas, ou seja, 11 horas a mais do que o previsto. Enfrentaram um atraso de cinco horas no aeroporto Kennedy e uma parada não programada em Washington, para recolher a bagagem de um diplomata colombiano cujo nome não fora revelado.

Ficaram parados e expostos ao sol escaldante na pista do aeroporto de Washington durante horas — sem bloody marys ou gim-tônicas para rebater o tédio ou o calor. Servir álcool durante atrasos na pista aparentemente era contrário às regras do FAA, o que talvez fosse uma boa idéia. A disposição geral a bordo era de raiva e motim — com a possível exceção de Joanna e do passageiro à direita de Paul, que calmamente olhava para as costas da poltrona da frente.

Era um ornitólogo amador, um voluntário. Acostumara-se a esperar. Estava indo para as florestas do norte da Colômbia procurar tucanos-de-papo-amarelo.

Paul continuou a olhar para o seu relógio de pulso, perguntando-se por que ele não se movia.

Joanna, geralmente um poço de calma, lembrou-o de que haviam esperado cinco anos. Dez horas a mais ou a menos não os mataria.

Obviamente, estava certa.

O atraso em Nova York, a parada de oito horas em Washington, a cabine cada vez mais fétida certamente *não* o matariam. Ele sabia o que matava ou não as pessoas. Afinal, ele era atuário de uma grande empresa de seguros cujo logotipo — um par de mãos paternais e protetoras — aparecia regularmente na tevê vinte vezes por dia em comerciais doentiamente doces. Ele podia calcular as taxas de risco de todo tipo de atividade cotidiana, recitar as percentagens de acidente e morte de trás para a frente.

Sabia que as chances de se morrer em um avião, por exemplo, eram de exatamente 1 em 354.319 — mesmo com o recente pequeno percalço devido a gente cujo primeiro nome era *Al*, e o último, *Qaeda*. Um atraso na decolagem seria, no jargão dos atuários, *estatisticamente insignificante*.

Atrasos em vôos não matavam ninguém. Bombas em automóveis, sim. Por falar nisso...

A visão do homem sem cabeça abalou-os um pouco. Ao saírem do portão em direção à esteira de bagagem, Joanna percebeu o primeiro cartaz macabro e imediatamente virou o rosto, enquanto Paul sentiu uma pontada de medo.

Abrir caminho até a alfândega sob os olhares carrancudos dos soldados com fuzis AK-47 a tiracolo não ajudou muito. Quando finalmente conseguiram passar com a bagagem, foram abordados por um homem ligeiramente curvado e de cabelos brancos, exibindo acima da cabeça um cartaz grosseiramente escrito a mão.

Paul Breidbard, dizia. O sobrenome fora escrito errado.

— Acho que sou considerada bagagem — sussurrou Joanna para o marido. O velho apresentou-se como *Pablo* e timidamente apertou a mão de Paul. Em seguida, pegou as três malas de uma só vez com um gesto rápido. Quando Paul tentou pegar ao menos um volume das mãos daquele homem que, afinal de contas, deveria ter ao menos trinta anos a mais do que *ele*, Pablo educadamente recusou.

— Está tudo bem — disse ele, sorrindo. — Por favor, sigam-me...

Pablo fora contratado pelo Orfanato Santa Regina. Seria seu contato em Bogotá, explicou. Dirigiria para eles, faria compras para eles, e os guiaria através de todo o processo. Ele os acompanharia a toda parte, explicou.

Ouvir aquilo era tranqüilizador.

Pablo guiou-os através da multidão indócil e sufocante. Todo aeroporto é uma experiência de caos mal administrado, mas o El Dorado era pior. A multidão parecia formada por fãs de futebol cujo time havia perdido: era barulhenta, conturbada e perigosa. Paul, que praticara um pouco de espanhol, esquecera como dizer *com licença* e teve de recorrer a uma forma primitiva de linguagem de sinais para fazer as pessoas saírem do caminho. A maioria simplesmente o ignorou, ou olhou para ele como se ele fosse meio pancada das idéias. Ele acabou recorrendo ao empurra-empurra para conseguir abrir caminho para fora dali.

Atravessar a multidão era apenas um de seus problemas.

O outro era acompanhar o Ligeirinho, ou seja, Pablo.

Parecia notavelmente ágil para um homem perto dos 70 anos. Mesmo carregando três malas pesadas.

— Acha que ele está mascando coca ou algo assim? — perguntou Joanna.

Joanna corria três manhãs por semana e fazia mais de uma hora e meia de step, mas até mesmo ela estava tendo dificuldades para acompanhá-lo.

— Pablo! — Paul teve de gritar o nome uma, duas, três vezes, antes de Pablo finalmente se voltar e perceber que as duas pessoas às quais ele supostamente deveria estar grudado como cola estavam sem fôlego e ficando perigosamente para trás.

— Perdão — disse ele, quase humilde. — Estou acostumado a... como vocês dizem... *acelerar.* — Ele sorriu.

— Está tudo bem — disse Paul. — Só não queremos perdê-lo.

Chegaram às portas corrediças e saíram ao ar livre em um amplo estacionamento adjacente ao terminal. Um mar de automóveis, pontilhado de pequenos redemoinhos de passageiros que caminhavam lentamente, parecia se espalhar em todas as direções.

— Que cheiro é esse? — perguntou Joanna.

Paul cheirou o ar. *Óleo de motor e diesel,* estava a ponto de dizer. Mas Joanna possuía um olfato extraordinariamente sensível, mais do que intuição olfativa, de modo que ficou calado.

— Ah... — disse Pablo. — Espere. — Ele gentilmente pousou as malas no chão rachado, então caminhou cerca de seis metros em direção a algo que, ao menos daquela distância, parecia ser algum tipo de guichê de venda de tíquetes.

Não era. Voltou trazendo dois embrulhos fumegantes.

— Empanadas — disse ele, entregando-os a Paul e Joanna. — *Pollo.*

— Frango — sussurrou Paul no ouvido de Joanna.

— Obrigada — sussurrou Joanna. — Também já comi no Taco Bell. — Então, perguntou a Pablo: — Quanto devemos?

Pablo balançou a cabeça.

— *Nada.*

— Obrigada, Pablo... isso foi muito gentil de sua parte. — Joanna mordeu um pedaço de sua empanada e foi forçada a lamber um pouco de molho que escorria de seu lábio inferior. — Hummm... está *realmente* bom.

Pablo sorriu. Paul achou que o rosto dele parecia tenro e rijo ao mesmo tempo — ou, ao menos, calejado.

— Esperem aqui, vou buscar o automóvel — disse Pablo, em respeito à sua obviamente inferior constituição física.

— É um amor, não é mesmo? — disse Joanna depois que Pablo desapareceu em meio a uma fila de Volkswagens, Renaults e Mini Coopers.

— Sim, talvez devêssemos *adotá-lo* — respondeu Paul. Ele tomou a mão livre da mulher. Estava molhada de suor.

— Animada?

Ela meneou a cabeça.

— Ah, sim.

— Em uma escala de um a dez?

— Seiscentos e onze.

— Tudo isso, é?

Dois minutos depois, Pablo reapareceu ao volante de um antigo Peugeot azul.

DOIS

Seu advogado reservara um quarto para eles em um hotel de nome francês e ambiente de estilo norte-americano em um lugar chique de Bogotá. A área chamava-se Calle 93, repleta de butiques, hotéis e restaurantes chiques com janelas de vidros azuis.

Seu hotel era o L'Esplanade, um nome francês chique, embora no saguão a cafeteria servisse hambúrgueres texanos e batatas Philly no cardápio.

Sua suíte no décimo andar tinha uma vista desimpedida das montanhas verdes que os cercavam. Quando Joanna abriu as cortinas e fez Paul olhar para lá, ele não conseguiu evitar pensar em rebeldes armados olhando de volta para ele. Decidiu não compartilhar tais sentimentos com a mulher.

Foram vivamente advertidos sobre os riscos de irem até a Colômbia, é claro.

Seu advogado original os aconselhara a procurarem em outro lugar.

Qualquer outro lugar.

Coréia, sugerira. Hungria. "O que acham da China?" A Colômbia, insistira ele, era muito volátil. A venda de vidros à prova de bala era uma "indústria nacional em crescimento", acrescentara.

Mas, na Coréia, Hungria ou na China, poderia demorar até quatro anos.

Na Colômbia, seriam dois meses. No máximo.

Após esperarem cinco longos e aflitivos anos para se tornarem pais, quatro anos a mais lhes pareciam intoleráveis. O desespero superou a prudência e ganhou a disputa.

Foram prontamente orientados a procurar outro advogado, especializado em América Latina.

Seu nome era Miles Goldstein, e aquilo no que ele realmente parecia especializado era entusiasmo. Era calorosamente efusivo, parecendo infatigável e inteiramente comprometido. Neste caso em particular, comprometido a unir uma facção despossuída a outra que era infeliz. Havia bebês lá que precisavam de um lar; e havia casais aqui que precisavam de bebês. Sua missão era fazer ambos os lados felizes. Uma frase bordada imediatamente acima de sua escrivaninha dizia: *Aquele que salva uma criança salva o mundo inteiro.*

Era difícil não gostar de um advogado que tinha este tipo de idéia.

Miles assegurara-lhes que, embora a Colômbia não fosse um oásis de paz, a capital não era muito problemática. A luta entre esquerdistas e direitistas se arrastava havia trinta anos e tornara-se parte da paisagem. Mas tal paisagem prevalecia mais no norte montanhoso, distante de Bogotá. Na verdade, de acordo com uma pesquisa recente da revista *Destinations*, cuja fotocópia Miles tirara da gaveta e lhes entregara, Bogotá era mais segura do que a Suíça.

"Você realmente tem de ficar de olho em Zurique", dissera Miles.

PABLO CUMPRIRA SUA PALAVRA.

Levou-os até a porta do hotel, então entrou carregando a bagagem, dispensando a ajuda de um mensageiro obviamente irritado. Quando Paul e Joanna seguiram Pablo pelo saguão art déco, um gerente solícito de cabelos louros tingidos e um ligeiro ceceio ao falar os esperava para mostrar-lhes o quarto.

Pablo prometeu retornar em três horas para levá-los ao orfanato.

Após sua partida, Paul deitou-se na cama de tamanho generoso e disse:

— Gostaria de poder dormir, mas não posso.

Duas horas depois, ele acordou e disse:

— Que horas são?

Joanna estava perto da janela lendo o último número da revista *Mother & Baby*. Paul não conseguia deixar de pensar que ela começara a assinatura daquela revista havia quatro anos.

— Que pena que não pôde dormir, querido — disse ela.

— Acho que apaguei.

— Também acho.

— Você cochilou?

— Não. Estava muito agitada.

— Que horas são?

— Uma hora até Pablo voltar.

— Uma hora. Bem...

Joanna baixou a revista e sorriu para ele. A capa era um close-up dos olhos azul-bebê de um recém-nascido.

— É surreal, não é mesmo? — disse Joanna.

— *Surreal* é uma boa palavra.

— Quero dizer, em uma hora vamos conhecê-la.

— É. Eu deveria estar irrequieto ou algo assim?

— Ou algo assim.

— Bem, ficarei. Mas não há espaço bastante. Considere-me mentalmente irrequieto.

— Paul?

— Sim?

— Acho que estou feliz.

— Por que apenas *acha?*

— Porque estou com tanto medo...

Joanna não costumava ter medo de coisa alguma — este era departamento dele. Aquilo foi o bastante para tirá-lo da cama e levá-lo até a cadeira em que ela estava sentada, onde Paul se inclinou para abraçá-la. Ela pousou a cabeça no ombro dele, e ele sentiu cheiro de xampu, Chanel Nº 5 e, sim, o aroma ligeiramente ácido do medo.

— Você vai ser ótima — disse Paul. — Maravilhosa.

— Como sabe?

— Você tem me paparicado como a um bebê nos últimos dez anos, e *eu* não tenho queixas. Porque sim.

— Oh, bem, se é porque sim...

Ela ergueu a cabeça, e ele beijou-a nos lábios. Belos lábios, pensou. Belíssimos lábios. Ela era uma dessas mulheres que pareciam belas assim que saíam da cama — talvez melhores, uma vez que a maquiagem mais parecia cobrir os seus traços do que destacá-los. Pálida, pele ligeiramente sardenta, belos olhos azuis — do tipo que pintam à mão em delicadas bonecas de porcelana. Delicada, porém, não seria necessariamente um dos adjetivos que usaria para descrever Joanna. Forte, inteligente, *concentrada em seus objetivos*, era mais assim. Em certas ocasiões, ele se referia a ela como *Xena, a princesa guerreira* — sempre de modo carinhoso, e geralmente a meia voz. Faria 37 anos em menos de duas semanas, mas ainda parecia ter, bem, 27. De tempos em tempos, ele imaginava se ela sempre lhe parecera assim, se geralmente os casais felizes costumavam ver um ao outro do modo como eram no princípio, até subitamente despertarem aos 60 anos e se perguntarem o que aquela pessoa de meia-idade estava fazendo deitada ao seu lado.

— E se eu for completamente incompetente? — disse ela. — Eu não me formei nisso.

— Ouvi dizer que isso vem naturalmente.

— Você evidentemente não leu *Mother & Baby*.

— Mas está tudo bem. Você leu — disse ele.

— Ótimo. Vou parar de entrar em pânico.

— Maravilha. Da próxima vez, eu entro em pânico e você me conforta.

— Combinado.

— Vou tomar um banho. Sinto-me como se tivesse estado dois dias dentro daquele avião.

— Você esteve dois dias dentro do avião.

— Ah, eu sabia que havia uma razão.

PABLO CHEGOU VINTE MINUTOS MAIS CEDO. APARENTEMENTE, aquela coisa de *mañana* era um estereótipo étnico que não merecia crédito.

Bateu à porta e esperou educadamente do lado de fora, mesmo depois de Joanna ter virtualmente implorado para que ele entrasse e se sentasse.

Paul, que estava seminu, vestiu o restante de suas roupas de qualquer maneira. Calças pretas de linho e uma camisa branca ligeiramente amassada que esquecera de tirar da mala. Deu uma breve olhada em si mesmo no espelho e viu o que esperava ver: um rosto estacionado em algum lugar entre a infância e a meia-idade, alguém que claramente era a soma de suas partes, nenhuma das quais se destacaria na multidão. Bem, as roupas fazem o homem. Ele concluiu sua indumentária com uma *poderosa* gravata de listras vermelhas. Afinal de contas, preparava-se para o encontro mais importante de sua vida.

O Peugeot estava estacionado na portaria do hotel.

Paul percebeu que o porteiro sussurrou algo ao ouvido de Pablo quando este se inclinou para permitir que entrassem no banco de trás. Tocava um tipo de rumba no rádio.

— O que ele disse? — perguntou Paul a Pablo depois que este afastou o carro do meio-fio.

— Ele desejou *muitas felicidades* a vocês.

— Oh. Você lhe disse para onde íamos?

— Sim.

— Você faz isso muitas vezes, Pablo? — perguntou Joanna. — Com muitos casais?

Pablo meneou a cabeça.

— Trabalho *feliz*, não é mesmo?

— Claro — disse Joanna. — Creio eu.

Passaram por um grupo de soldados agachados em um jipe do tipo fabricado em Detroit. Paul não conseguia deixar de lembrar da falange de sentinelas armados no aeroporto.

— Muitos soldados por perto, hein? — disse Paul.

— Soldados? *Sí*.

— Como têm sido as coisas? — perguntou Paul, um tanto hesitante em fazer uma pergunta para a qual não desejava saber a resposta.

— *Coisas?*

— Os rebeldes. As Farc. — Soava como uma maldição, pensou Paul. Ele imaginou que, para a vasta maioria de colombianos, era. *As Forças Armadas Revolucionárias da Colômbia.* Os guerrilheiros de esquerda que dominavam a maior parte do norte, e muito provavelmente o grupo responsável por mandar o subprefeito de Medellín para o reino dos céus.

É claro, sempre havia a chance de o carro-bomba ter sido obra da direita. As Farc estavam envolvidas em uma longa guerra suja contra as *Forças de Autodefesa Unidas da Colômbia*, ou AUC, uma organização paramilitar de direita de singular brutalidade.

Saindo do aeroporto, passaram por um muro coberto de pichações em vermelho que pareciam ter sido feitas com sangue arterial fresco.

Libre Manuel Riojas. Manuel Riojas era o famoso comandante das AUC, atualmente residindo em uma prisão norte-americana por transgressões ligadas a drogas.

Pablo balançou a cabeça.

— Eu não ouço... Nada de política.

— Sim. Isso provavelmente é uma sábia atitude.

— *Sí.*

— Ainda assim, deve ser assustador às vezes, não?

— Assustador. — Pablo gesticulou com a mão em um sinal de escárnio. — Cuido dos meus negócios. Não leio os jornais. São todos ruins.

Antes de partirem, Paul pedira um vídeo chamado *O modo de vida colombiano.* Após os primeiros cinco minutos, ficou dolorosamente óbvio para Paul que fora produzido para estudantes com menos de 12 anos. O vídeo seguia dois adolescentes, Mauricio e Paula, caminhando pela ensolarada Bogotá, com a intenção de mostrar que *existe mais nesta moderna cidade sul-americana afora café, cocaína e violência de guerrilha* — ou pelo menos era o que o vídeo dizia implicitamente.

Pablo dirigia ao longo de uma rua de grandes mansões. Quer dizer, Paul supôs que haveria mansões lá atrás, em algum lugar — não era possível vê-las. Um muro contínuo de estuque de três metros de altura impedia a visão. Portões eletrônicos periodicamente anunciavam a demarcação de cada nova propriedade, seus nomes escritos nos mosaicos de azulejos engastados na parede.

Casa de Flora.

Casa de Playa.

Passaram por um cão malhado com costelas à mostra, urinando contra o muro ocre da Casa de Fuego.

Algo incomodava naquele panorama. Demorou algum tempo até Paul compreender o que era.

Sim. A falta de gente.

Afora os diversos mendigos, mulheres de aspecto cadavérico despreocupadamente ninando bebês em seus colos, não havia gente à vista. Não naquela vizinhança. Estavam todos fora de vista, ocultos por trás de uma moderna muralha de Jericó.

La Calera, respondeu Pablo quando Paul perguntou o nome do bairro.

Então, a vizinhança começou a mudar.

Algumas lojas de aparelhos eletrônicos, pequenas *cafeterías* anunciando empanadas, *patatas* e *huevos*, seguidas de uma abundância de jornaleiros, lojas de *lotería, supermercados*, diversos lugares de comércio movimentados — a *enchilada* completa. Uma desarmonia de aromas penetrou pelas janelas semi-abertas: descargas de ônibus, flores, peixe cru, tinta de impressão — Paul sentiu-se tentado a pedir a Joanna uma completa reformulação. Estavam claramente no meio da vida completamente normal de uma capital, tal como prometera Miles. E Paul perguntou a si mesmo se haveria algum tipo de negação consciente funcionando ali — se é que *poderia* haver uma mentalidade alienada em um país onde subprefeitos eram decapitados regularmente —, se os colombianos conseguiam isolar partes de sua mente consciente da guerra em curso, assim como cuidadosamente isolaram a pobreza das classes altas no bairro de La Calera.

Ele parou de divagar. Havia uma placa mais adiante cravada em meio a um pequeno bosque de árvores.

Orfanato Santa Regina.

— Aqui — murmurou Pablo. Entrou por um acesso de veículos e parou o carro. Um portão fechado. Uma campainha negra de bronze.

Pablo desligou o carro, saiu e apertou o botão.

— *Pablo* — disse ele. — *Señor y Señora Breidbart.*

O portão se abriu dez segundos depois. Pablo voltou e ligou o automóvel. Entrou em um pátio interno orlado de pinheiros altos e delgados.

— Venha — disse o *señor* Breidbart quando o carro voltou a parar. — Vamos conhecer a nossa filha.

TRÊS

Paul não conseguia sentir as próprias pernas.

Ele sabia que estavam ali — estava clara e indubitavelmente *em pé* sobre elas, mas pareciam ter desaparecido. Ausentes.

Um segundo antes, uma enfermeira *mestiza* vestindo roupas brancas engomadas entrara na sala abraçando um cobertor infantil cor-de-rosa contra o peito.

Dentro deste cobertor infantil, Paul sabia, havia um bebê.

Não apenas um bebê.

O seu bebê.

QUANDO ENTRARAM NA ANTE-SALA ESTERILIZADA, ESPERARAM bons vinte minutos até a diretora do Santa Regina, María Consuelo, vir recebê-los. Pareceu mais demorado do que a viagem de avião. Paul levantou-se, voltou a se sentar, caminhou a esmo, olhou pela janela, sentou-se, voltou a se levantar. Contou os azulejos negros no chão, descobrindo um consolo familiar nos números: havia 28 deles. Ocasionalmente, apertava a mão de Joanna e lançava-lhe pálidos sorrisos de encorajamento. Finalmente, María entrou na sala, uma mulher mignon de aparência solene com cabelos negros presos firmemente em um coque. Foi seguida por uma pequena embora alvoroçada comitiva.

Dirigiu-se a Paul e Joanna por seus primeiros nomes, como se fossem velhos amigos fazendo uma visita, em vez de candidatos a pais que vieram até ali para implorar por um bebê. Então apresentou formalmente os membros de sua equipe: a enfermeira-chefe, duas professoras, e seu assistente pessoal — que lhes apertaram as mãos antes de saírem da sala. Depois, conduziu-os até o seu escritório, onde se sentaram ao redor de uma pequena mesa ocupada por pilhas de revistas bem arrumadas, e então passou *outros* vinte minutos bebendo café amargo — trazido por uma adolescente macambúzia — e falando de assuntos triviais.

Talvez não fossem assim tão triviais.

Paul cada vez mais sentia que aquela era a *prova oral*, uma vez que a parte escrita do teste já fora feita: contracheques, extratos bancários, certificados de ações, hipotecas, diversas recomendações de familiares e amigos atestando o seu bom caráter e completa bondade. E a carta emocionada que Paul levava uma semana inteira para escrever, rasgar, reescrever, editar e, finalmente, enviar.

Minha mulher e eu estamos escrevendo esta carta para lhe dizer quem somos. E quem queremos ser. Pais.

María começou agradecendo-lhe o pacote que enviaram ao orfanato — fraldas, mamadeiras, comida de bebê, brinquedos —, um tipo de suborno autorizado que Miles assegurara ser *pro forma* na adoção de crianças na América Latina.

Então ela foi direto ao assunto.

Perguntou a Paul a respeito de seu emprego — *"você trabalha em uma seguradora, não é mesmo, Paul?"* — Bem, sim, embora ele não tenha dito que, no seu caso, trabalhar em seguradora significava trancar-se em uma saleta e compilar estatísticas que estabeleciam as taxas que os verdadeiros seguradores cobravam das pessoas. Que o trabalho de sua vida consistia em calcular o risco de cada atividade humana conhecida, nadando em corredeiras de informação crua em um esforço para reduzir a vida a um campo minado semiadministrável. A definição de um atuário era: *alguém que deseja ser um contador mas não tem personalidade para tanto.*

— Há quanto tempo está empregado em sua empresa? — perguntou ela.

— Onze anos — respondeu ele, imaginando se aquilo o classificava como um sólido assalariado ou um trabalhador temporário. De qualquer modo, ele sabia que ela já tinha esta informação. Talvez estivesse apenas testando a sua sinceridade.

Então as coisas ficaram um pouco mais difíceis.

Ela perguntou a Joanna a respeito do trabalho *dela*.

Executiva de recursos humanos para uma empresa farmacêutica. Acontece que María não estava perguntando a respeito da natureza do trabalho de Joanna, e, sim, se ela estaria disposta a *abrir mão* deste trabalho, agora que tinha uma criança para cuidar.

Boa pergunta.

Paul e Joanna haviam passado mais de um fim de semana debatendo sobre isso, sem chegarem a uma resposta definitiva. Pelo tom de voz de María, Paul percebeu que ela achava que provavelmente seria uma boa idéia Joanna abrir mão do seu trabalho.

Joanna nada disse durante um instante, e tudo o que Paul podia ouvir era o som do ventilador barulhento, o zumbido elétrico da lâmpada fluorescente e sua própria voz interior, que pedia que Joanna *mentisse.*

Apenas desta vez.

O problema era que mentir não era parte do manual de Joanna. Ela era muito boa para detectá-las — mentiras, meias verdades, interpretações errôneas dos fatos —, mas era incapaz de deixar uma mentira passar por seus lábios.

— Vou pedir uma licença — disse Joanna.

Bem, tudo bem, pensou Paul, era verdade.

— De *quanto tempo*? — perguntou María.

Paul descobriu-se olhando para uma galeria de fotos que ocupava metade da parede do escritório de María — rostos adolescentes em deques de fundo de quintal, piscinas, campos de futebol, jovens usando capelos de formatura — e imaginando se o retrato da filha também figuraria naquela parede.

— Não estou certa — disse Joanna.

Paul olhou para María e sorriu. Devia estar parecendo um garoto grandalhão esperando por um doce.

— Sei que acabarei fazendo o que for melhor para o bebê e para mim — disse Joanna. — Serei uma boa mãe.

María suspirou e tocou a mão de Joanna. Era um gesto que Paul vira médicos e sacerdotes fazerem quando estavam a ponto de dar uma má notícia — um sacerdote em particular, quando Paul tinha 11 anos, e fora a sua mão a ser tocada e apertada. No dia em que sua mãe morrera.

— Joanna — disse María —, eu também estou certa de que será uma boa mãe. — Ela sorriu.

Demorou um minuto até Paul compreender que haviam passado.

Fim do teste.

Ele sentiu um reservatório de ansiedade reprimida inundando-o. Mas apenas por um instante, porque María disse a seguir:

— Acho que é hora de conhecerem a sua filha.

María continuou falando, mas Paul parara de ouvir.

A voz dela estava sendo abafada pelo som das batidas de seu próprio coração, que parecia alto e perigosamente descompassado. E por outro som também: passos pesados que avançavam lenta, embora regularmente, pelo corredor. Paul tornou-se sobrenaturalmente ciente dos rios de suor que virtualmente fluíam de seus dois braços.

Seria *ela*?

Logo os passos diluíram-se em silêncio.

Então, após um minuto ou dois em que Paul achou difícil respirar, um novo tipo de passada surgiu em sua tela de radar, cresceu em volume, textura e clareza, e pareceu parar do lado de fora da porta.

María disse:

— Sei que estão ansiosos para conhecê-la. Ela é *linda*.

Haviam recebido apenas uma pequena fotografia em preto e branco, em formato de retrato de passaporte, escura e desesperadamente fora de foco.

A porta se abriu lentamente. O ventilador de teto rodava, mas Paul podia jurar que o ar não se movia.

A enfermeira de pele escura entrou na sala abraçando um cobertor de bebê contra o peito. Paul e Joanna ergueram-se, e as pernas de Paul ficaram dormentes, como se ele estivesse se equilibrando sobre palafitas.

Lentamente, a enfermeira levantou o cobertor, revelando cabelos escuros e eriçados, e dois olhos negros e insondáveis. O efeito era de um bebê-punk, uma adorável mistura de inocência e atitude.

Paul ficou imediata e incuravelmente apaixonado.

Lembrou-se da primeira vez em que vira Joanna na sala de espera de um aeroporto repleto de gente cansada e frustrada, ao erguer a cabeça e dar de cara com aquela adorável criatura de pele pálida e olhos azuis pedindo informações a um funcionário de empresa aérea. A feminilidade e o destemor pareciam equilibrados em iguais proporções, e ele experimentara algo semelhante a uma excitação provocada por cocaína, algo que provara algumas vezes em seus tempos de faculdade. Aquele alegre embora perigoso surto de pura exultação, que poderia levar o seu coração ao êxtase ou ao colapso. Provavelmente, ambas as coisas ao mesmo tempo.

A enfermeira estendeu a criança para eles, e, de algum modo, Joanna alcançou-a primeiro. No momento em que a apertou contra o peito, sentiu como se ali fosse o lugar dela.

Inclinou-se e acariciou suavemente a testa da criança com um dedo perfeitamente manicurado. O bebê abriu a boquinha.

— Veja — disse Paul para ninguém em particular —, ela está *sorrindo* para nós.

María riu.

— Acho que são gases. Mas ela é linda, não é mesmo?

— Oh, sim — disse Paul —, é uma graça.

A pele de sua filha era ligeiramente parda, e seus olhos escuros pareciam expressar um tipo de compreensão íntima. De que finalmente estava em casa.

Paul olhou para Joanna. As lágrimas haviam reduzido os seus olhos a dois pálidos lagos azuis.

María Consuelo olhou para eles.

— Eu sabia que essa criança era ideal para vocês — disse ela. — *Sempre* soube. Já escolheram um nome?

— Sim — disse Paul. — Joelle.

Era um amálgama de *Joseph*, o avô paterno de Joanna, e *Ellen*, sua mãe. Ambos falecidos. Ambos dolorosamente ausentes, especialmente agora.

— Joelle.

María pronunciou o nome em voz alta, então balançou a cabeça afirmativamente. Passara no teste.

— Posso, querida?

Joanna estendeu os braços, e Paul segurou a menina. Era tão incrivelmente leve, tão ridiculamente pequena, que ele tinha medo que ela desaparecesse em segundos.

Mas não.

Joanna tomou-o nos braços e disse:

— Ooooh... sim, Joelle... Boa menina... Mamãe está aqui...

Pousou o dedo mínimo na pequena mão de Joelle, e esta o agarrou.

Um tipo de círculo se formara, pensou Paul: Joanna, Joelle e ele. Um círculo é fechado em si mesmo e auto-suficiente.

Não tem começo e nem fim, para sempre.

QUATRO

Ao voltarem de Santa Regina, passaram por um campo de cabeças humanas.

Talvez devessem ter tomado aquilo como um aviso, um presságio do que estava por vir. Mas esse era o *problema* com presságios: só se tornam presságios com base em eventos posteriores.

Havia Joanna apertando uma Joelle muito sonolenta contra o peito.

Havia Paul mentalmente atravessando o terreno recém-descoberto da paternidade.

Havia vinte cabeças despontando do chão.

Cabeças que estavam clara e enfaticamente, bem... *vivas.* Piscavam os olhos, abriam as bocas, olhavam lentamente para cima e para baixo, esquerda e direita.

— *Hambre* — disse Pablo, suspirando.

— O quê? — disse Paul.

Hambre queria dizer o que mesmo? *Fome.* Joanna também as viu e instintivamente aproximou Joelle do peito como se para protegê-la, seu instinto maternal subitamente forçado a agir.

Pablo disse:

— São *protesta.*

Greve de fome.

Haviam se enterrado até o pescoço em um trecho de estrada de terra. Vinte ou trinta homens e mulheres, a maioria jovens. Pareciam personagens de um quadro de Hieronymus Bosch, pensou Paul, penitentes amaldiçoados, presos no terceiro círculo do inferno.

— Contra o que protestam? — perguntou Joanna. Pablo deu de ombros.

— Condições — disse ele.

— Quanto tempo eles...

— Muito tempo — respondeu Pablo. — Quatro, cinco semanas. Talvez mais.

A primeira coisa que Paul ouviu foi a sirene.

Uma ambulância, adivinhou Paul, porque vira uma caminhonete com a palavra *Ambulancia* pintada na lateral subitamente subindo na calçada. Mas a luz do teto estava distintamente inerte. Não, a sirene vinha de outra parte.

Dois carros de polícia. *Urbano guardia.* Um deles atravessou imediatamente à frente deles, fazendo Pablo pisar no freio e dobrar violentamente para a esquerda, onde o seu carro acabou parando com o pára-choque dianteiro virtualmente tocando um muro de tijolos.

Joelle começou a chorar.

Não era a única.

Os policiais usavam longos cassetetes negros.

Parecia aquele jogo de bar em que pequenas marmotas de plásticos erguiam a cabeça em ordem aleatória e você marcava pontos atingindo-as. Só que, no jogo de bar, as marmotas podiam reagir. Podiam se agachar e se esconder.

Ali não.

Em poucos minutos, minutos nos quais Joelle ficou cada vez mais agitada e Pablo tentou se desviar com o carro, o chão tornou-se escarlate.

Motivo pelo qual as ambulâncias estavam ali — resultado de bom planejamento cívico.

Pablo finalmente conseguiu virar o carro na direção oposta e pegar uma rua lateral ridiculamente estreita, mal evitando súbitos fluxos de pedestres que corriam de todas as direções para olhar.

O campo de cabeças sanguinolentas desapareceu a distância. Foi mais difícil para Paul tirar aquela imagem da cabeça.

Joanna estava tremendo — ou seria ele? Quando ele estendeu o braço e a abraçou, foi difícil saber quem estava tremendo. Estivera ali um dia, pensou, *menos* de um dia, mas estava cada vez mais convencido de que Bogotá não era o Terceiro Mundo, e, sim, a quarta dimensão.

Locombia, ouvira alguém no avião referir-se à Colômbia: país de doidos.

Agora tinha uma boa idéia do que estavam dizendo.

Adorava estar tirando Joelle dali. Haviam vindo à Colômbia para resgatarem a si mesmos — da solidão, do tédio de uma vida sem crianças —, mas também a estavam resgatando, *daquilo*. Joelle cresceria em um lugar de segurança e calma relativas. Onde nunca veria pessoas enterradas até o pescoço em uma rua urbana, e, mesmo que visse, não haveria policiais batendo nelas até quase matá-las.

Pablo perguntou se estavam bem.

— Sim — respondeu Paul, dando-se conta de que Pablo parecia notavelmente insensível ao incidente. Para quem vivia na Colômbia, talvez aquele fosse apenas mais um dia de rotina.

Ao entrarem no elevador do hotel, Paul sorriu para o casal colombiano de meia-idade que entrou segundos depois, esperando que sorrissem *de volta*, como era o direito de novos pais em toda parte. Nada feito. Foi saudado com hostilidade fria e inequívoca.

Durante um instante, imaginou se não era devido à sua nacionalidade. Os americanos não eram alvo da hostilidade de *todos* ultimamente? Mas o homem sussurrou algo para a esposa em espanhol, e, entre as palavras que disseram, Paul lembrou-se de uma, aprendida na aula de idiomas estrangeiros no ginásio. *Niña.*

Não era por serem americanos, e, sim, pelo que estavam *fazendo*. Adotando um bebê.

Um bebê *colombiano*.

Eram apenas dois outros americanos fazendo algo que os americanos sempre fazem nos países dos outros. Tirando os seus recursos naturais. Primeiro o ouro, o petróleo, o carvão e o gás. Agora, bebês. Paul nunca considerara este ponto de vista anteriormente. Agora, ao ver-se em um elevador incomodamente frio, passou a fazê-lo. Aquilo o fez sentir-se menos um salvador e mais um saqueador.

Por sorte, seu andar chegou primeiro. Ele e Joanna saíram do elevador e ganharam o corredor.

— Você viu aquilo? — perguntou a Joanna.

— O quê?

— Aquela gente. No elevador.

Ele introduziu a chave na fechadura e abriu a porta.

— Fale baixo — disse Joanna. — Joelle está dormindo.

— Aquele casal — sussurrou Paul. — Pareceu que queriam nos deportar. Ou atirar em nós.

— *O quê?*

Talvez Joanna estivesse tentando se esquecer do que acabara de ver na rua. Ela não notara.

— Eles nos *odeiam*, Joanna.

— Você não pode estar falando sério. Nem mesmo nos conhecem. — Joanna lentamente acomodou-se na poltrona, onde pareceu estar perto de um colapso.

— Não precisam nos conhecer. Eles não nos aprovam. Estamos tirando as crianças deles.

— As crianças *deles*? Do que você está falando?

— As crianças de seu país. As crianças da Colômbia. Estou dizendo a você, pareciam querer que eu a devolvesse.

— Não importa. Isso são apenas eles. Todo mundo foi legal conosco.

— Todos os demais estão tirando o nosso dinheiro. Isso deve amenizar as coisas um pouquinho.

Joanna não mais ouvia.

Olhava para o seu bebê, ocupada em fazer aquilo que as mães fazem, pensou ele: trilhando saborosamente aquela parte do círculo contínuo que nem mesmo os pais ousam pisar.

CINCO

Foi assim que conheceram Galina.

Caíram em um estado de semi-estupor na poltrona e despertaram com um alarme estridente, ensurdecedor, que descobriram partir de sua filha. E imediatamente deram-se conta de que estavam em apuros.

Haviam esquecido de esterilizar as mamadeiras que trouxeram de Nova York.

Esqueceram de esterilizar os bicos.

Tudo aquilo que a enfermeira em Fana lhes repetira *ad nauseam*.

Havia uma quitinete ao lado da sala de estar. Paul pôs uma panela de água no fogo, então começou a procurar freneticamente por algo com que abrir a lata de comida de bebê. Àquela altura, os gritos de Joelle atingiam inéditos níveis decibélicos.

Paul meteu duas mamadeiras e seus bicos em água quase fervente, mas não conseguiu encontrar um abridor de latas. Ambas as gavetas da cozinha estavam vazias.

Joanna ninava Joelle enquanto caminhava da cozinha até a cama, apenas conseguindo fazer com que Joelle gritasse mais alto, se é que aquilo era humanamente possível. Joanna, destemida, indomável, assinante da *Mother & Baby* já havia quatro anos, parecia estar apavorada.

Alguém bateu à porta.

Paul começou a ensaiar as suas desculpas antes de abrir. *Bebê novo, com fome, desculpe por qualquer...* Era Pablo. E uma mulher.

— Galina — disse ele, o que evidentemente era o nome da mulher. — Ela é a sua babá.

A DESCRIÇÃO DE PABLO REVELOU-SE MODESTA.

Tecnicamente, Galina podia ser uma babá, mas, na verdade, era uma operadora de milagres.

Joanna, que ainda mantinha ao menos uma tênue ligação com a Igreja Católica de sua juventude, estava pronta a indicá-la à beatificação.

— Viu isso? — sussurrou Joanna para o marido.

Galina conseguiu acalmar Joelle, esterilizou as mamadeiras e bicos e localizou um abridor de latas para a comida de bebê, tudo em menos de dois minutos. No momento, dava uma incrível mostra de ambidestria, alimentando Joelle na dobra do braço esquerdo enquanto arrumava uma mesa de trocar fraldas improvisada com o direito.

Paul achou que ela parecia bastante com aquilo que uma babá deveria parecer — entre os 50 e os 70 anos, um rosto gentil destacado por linhas de riso pronunciadas e suaves olhos cinza que pareciam ressonar com a paciência de, bem, de uma santa.

— *Posso* fazer isso? — pediu-lhe Joanna, mas foi gentilmente dispensada.

— Terá tempo de sobra para fazê-lo quando levar o bebê para casa — disse Galina. Seu inglês era excelente. — Agora, observe o que eu estou fazendo.

Joanna observou. Paul, que jurara ser o tipo de pai que realmente punha a mão na massa, também o fez.

Galina terminou de alimentar Joelle, então passou a demonstrar a sua técnica do arroto, que, é claro, era perfeita. Um firme tapinha nas costas, e Joelle fez um ruído semelhante ao de uma garrafa de água com gás Evian sendo aberta. Galina gentilmente pousou Joelle na bancada da cozinha transformada em mesa de trocar fralda e livrou-a da fralda carregada, com Paul agindo como principal assistente.

Ele ficou feliz ao notar que o desagrado de trocar uma fralda de bebê era mitigado pelo fato de o bebê em questão ser *dele*.

O hotel pusera um pequeno berço branco no canto do quarto. Galina deitou Joelle de barriga para baixo nos lençóis limpos e puxou um cobertor cor-de-rosa até o pescoço dela.

— Ahn... — Joanna pareceu profundamente incomodada com alguma coisa.

— Sim, Sra. Breidbart? — disse Galina.

— Joanna, por favor.

— Joanna?

— É que... achei que os bebês devessem ser deitados de *costas* quando dormem. Assim não engasgam e nem têm SIDS.*

— SIDS? — Galina sorriu e balançou a cabeça. — O estômago está bem — disse ela.

— Bem, sim, mas... eu li um texto, foram feitos alguns estudos há uns cinco anos e...

— O estômago está *bem*, Joanna — repetiu ela, e deu-lhe um tapinha no ombro.

Agora Joanna não parecia tão feliz ao ser chamada pelo primeiro nome.

Um silêncio incômodo subitamente tomou conta do quarto.

---

*Síndrome Infantil da Defunção Súbita. (*N. do T.*)

Paul achou que alguém cometera uma transgressão, mas não estava certo de quem transgredira o quê. Joanna era a mãe de Joelle, verdade. Galina era a sua babá. Altamente experiente e, pelo visto, *altamente competente*. Um júri teria um trabalhão com esse caso.

Galina quebrou o silêncio primeiro.

— Se isso a faz se sentir melhor, Joanna — disse ela caminhando até o berço e virando delicadamente Joelle de costas.

No jogo do siso, aparentemente o outro lado piscou.

SEIS

— Você não disse nada — exclamou Joanna.

Joanna não estava dormindo. Paul também não, mas apenas porque ela acabara de acordá-lo.

Dizer o que *quando?* Ele estava no meio de um sonho envolvendo uma namorada de faculdade em uma tranqüila praia tropical, e por um instante chocou-se ao dar por si em uma cama de quarto de hotel.

Em Bogotá. Sim.

A consciência continuou a se completar, como uma foto Polaroid sendo balançada furiosamente. Ele estava em um quarto de hotel em Bogotá. Com a mulher.

E seu bebê.

Mas não com Galina. Ela fora para casa quando eles subiram do jantar no restaurante do hotel, onde não conseguiram encontrar um único prato colombiano no cardápio.

Era sobre Galina que Joanna estava falando. Ele nada dissera quando Joanna acusara Galina de ter posto Joelle para dormir na posição errada.

— Achei que a discrição fosse uma virtude — disse Paul.

— Sei. Li que os bebês devem ser deitados de costas, Paul.

— Talvez ela não tenha lido o mesmo artigo.

— Livros.

— Certo, livros. Ela provavelmente também não leu esses aí.

— Você devia ter ficado do meu lado.

Ao ouvir isso, Paul refletiu se realmente devia ter ficado do lado dela. Sentia-se tentado a destacar que eram novatos ali e que, tudo o mais considerado, sentia-se inclinado a privilegiar o conhecimento empírico no confronto com os livros de auto-ajuda e a revista *Mother & Baby*. Por outro lado, se concordasse com ela, teria uma chance razoável de dar as costas e voltar a dormir.

— Sim, desculpe — disse Paul. — Acho que devia ter ficado do seu lado.

— Você *acha?* Nós somos os pais dela agora. Temos de apoiar um ao outro.

— Quer dizer que antes não tínhamos de nos apoiar?

Joanna suspirou e rolou para longe dele.

— Esqueça.

Era evidente que Joanna realmente não *queria* que ele esquecesse aquilo.

— Escute — disse Paul. — Eu não sabia quem estava certa. Subitamente, este bebê é nosso. Nós somos... *responsáveis* por ele. Galina parecia saber o que fazia. Quero dizer, é o *trabalho* dela.

Ocorrera a Paul que o processo de se tornar um círculo envolvia alguma dor. Deus sabia o quanto sofreram tentando *ter* um bebê.

O sexo, por exemplo.

Era possível marcar claramente o seu declínio no momento em que decidiram formar uma família.

Como Paul bem se lembrava, estavam deitados em uma cama com dossel em Amagansett, Long Island, cheios de Cabernet californiano. Quando Joanna dissera "estou sem meu diafragma", ele não dissera "tudo bem, eu espero", e ela não se levantara para pegá-lo.

Estavam casados havia seis anos. Tinham 32 anos. Estavam bêbados, cheios de tesão e se amavam.

Aquele se tornaria o último momento espontâneo que viveriam envolvendo o ato da concepção.

Quando ela ficara menstruada no mês seguinte, imediatamente decidiram tentar outra vez.

Desta vez não havia Cabernet californiano nem Amagansett. Os resultados foram os mesmos.

Seu *amigo* voltou na data certa. Outra vez. Só que não era mais um amigo, e sim um parente íntimo difícil de lidar que ela pensara ter conseguido mandar embora mas que acabara encontrando sentado na varanda lá fora.

Na casa dos Breidbart, a tensão pré-menstrual decididamente tornou-se *pós*.

Logo começaram a exaustiva ronda dos médicos em busca de respostas sempre de difícil compreensão, enquanto o sexo prosseguia sua lenta e dolorosa evolução do ato de fazer amor para o ato de fazer bebês.

A certa altura, ele tinha de aplicar uma injeção de drogas que estimulavam a fertilidade da esposa exatamente uma hora antes de praticarem sexo. E de fato era *um tipo* de performance: cada vez mais, uma performance de comando, com ele sendo chamado a cumprir o seu dever em diversas horas do dia ou da noite. Essas horas tinham a ver com todo tipo de fator físico, mas nada com o prazer de verdade.

Isso resultou em um tipo sutil de jogo de culpa. Quando um exame completo do esperma de Paul revelou que ele tinha uma contagem de esperma abaixo da média, que mal dava para engravidar alguém, ele sentiu uma ligeira mudança de atitude. A palavra *você* passou a ser pronunciada por Joanna com maior freqüência e com aquilo que ele considerava uma entonação acusadora.

Quando os ovários de Joanna passaram por um exame completo e revelaram uma pequena anomalia que poderia, em alguns casos, inibir a fertilização, Paul devolveu a gentileza. Era cruel e imperdoável. Também era impossível evitar. Para os dois.

E não foram apenas eles que começaram a pegar um no pé do outro. As outras pessoas também. Amigas de vida inteira de Joanna, por exemplo, cujo único crime era a sua aptidão aparentemente ilimitada de ficarem grávidas. Incluindo sua melhor amiga, Lisa, com dois filhos louros, do outro lado do corredor. Completos estranhos também começaram a aborrecê-los. Três segundos após se conhecerem, invariavelmente faziam a pergunta chave: "Têm filhos?" Paul imaginou por que esta pergunta não era considerada indelicada. Por acaso *eles* saíam por aí perguntando a casais estranhos se estes possuíam carro, uma conta bancária decente ou uma piscina particular?

Afinal, a longa estrada de futilidade os levou inexoravelmente à nova grande esperança de casais estéreis em toda parte. A fertilização *in vitro*, também conhecida como *sua última chance*. Era um tipo de roleta para apostadores de alto cacife. Afinal de contas, a aposta era de dez mil dólares. E Paul poderia recitar uma tabela de atuário completa a respeito de sua taxa de sucesso: 28,5 por cento, com as chances diminuindo a cada tentativa.

Colheram esperma de Paul. Colheram óvulos de Joanna. Formalmente, apresentaram uns aos outros. Sentaram-se e esperaram que o romance começasse.

Não começou.

Tentaram uma vez.

Tentaram duas vezes.

Tentaram três vezes.

Estavam já em quarenta mil e contando, quando algo notável ocorreu.

Aconteceu em certa manhã, após uma noite particularmente ruim.

Tantas acusações mútuas finamente matizadas acabaram tornando o ar venenoso e explosivo. Talvez isso não fosse surpreendente, uma vez que toda exalação é feita de dióxido de carbono. Só faltava um fósforo. Neste caso, uma *discussão* na qual ambos disseram — tudo bem, *berraram* — coisas que eram melhor não serem lembradas. Joanna se debulhou em lágrimas, e Paul desapareceu, macambúzio, refugiando-se em seu esconderijo para assistir a um jogo de basquete que, dado o estado geral dos New York Knicks, não melhorou em nada o seu ânimo.

Caminhavam na manhã seguinte pelo Central Park, nenhum dos dois falando muito com o outro, quando passaram pelo playground da rua 66. O som dos risos das crianças estava particularmente doloroso naquela manhã, uma lembrança dilacerante daquilo que não podiam ter.

Paul estava a ponto de dar meia-volta, quando uma menina cruzou diante deles na tentativa fútil de capturar um balão cor-de-rosa que lhe escapara. Era escura, latina, e impossivelmente graciosa.

— Onde está sua mãe? — perguntou-lhe Joanna.

Mas a questão mais interessante era *quem* seria a mãe. A mulher quase sem fôlego que veio correndo até eles alguns segundos depois gentilmente admoestou a filha por ter saído correndo. Esta mulher era loura, pálida, e tinha mais ou menos a mesma idade que eles. Ela pegou a filha que ria nervosamente, acariciou-lhe o pescoço, sorriu para Paul e Joanna, e voltou à gangorra.

Até aquele instante não haviam pensado nisso.

Adotar.

Talvez precisassem apenas sentir aquilo na carne.

Naquela tarde, ao voltarem ao apartamento, Joanna pediu a Paul que jogasse o lixo fora. Surpreendentemente, este lixo consistia em seringas, termômetros, diversos remédios para fertilidade, diários cuidadosamente elaborados, e tudo o mais que haviam acumulado em seu esforço de ter um bebê. Paul alegremente jogou tudo aquilo no incinerador.

Ao voltar para casa, acabaram fazendo amor do modo que costumavam fazer, o que, afinal de contas, era ótimo.

Procuraram um advogado no dia seguinte.

Agora Paul podia ouvir Joanna perto dele no escuro. E o som suave, reconfortante da respiração de Joelle. Ele se virou e beijou a esposa na boca.

— Da próxima vez eu fico do seu lado. Tudo bem?

Sentiu-a sorrir no escuro.

Todos os sistemas estavam operacionais para a reentrada na terra do cochilo.

Só que Joelle despertou.

E chorou.

SETE

Começou na tarde seguinte.

Galina deitou Joelle no berço para tirar a sua soneca vespertina e murmurava um triste acalanto ao lado do berço. Paul meteu a cabeça para fora da porta do banheiro, ouvindo a voz modulada de Galina. Quando saiu dali, recém-barbeado e apenas ligeiramente sonolento, Galina sugeriu que ele e Joanna fossem respirar um pouco de ar puro. O bebê estava adormecido. Galina ficaria ali mais algumas horas.

Tecnicamente, era inverno na Colômbia, mas até mesmo a montanhosa Bogotá era perto o bastante do equador para preservar um calor de sonho. Joelle *estava* dormindo — e um passeio era exatamente o que os médicos indicavam.

Eles dobraram à direita no saguão do hotel e logo passaram pelo tipo de lojas que apenas os turistas e um por cento da população da Colômbia podiam freqüentar.

Hermès.

Louis Vuitton.

Oscar de La Renta.

Caminharam de mãos dadas, e Paul congratulou a si mesmo por sua manobra tática na cama, na noite anterior. As coisas estavam claramente bem entre eles.

Joanna alimentara Joelle naquela manhã, enquanto ele cuidara das fraldas. Revezaram-se falando sem parar com ela em linguagem de bebê. Isso quando não comentavam um com o outro quão maravilhosa ela era. Quão incrivelmente expressivo era seu rosto. Que amor ela era. Obviamente, alguma lei natural prevalecia ali, capaz de transformar duas pessoas razoavelmente inteligentes em dois idiotas apaixonados.

Paul, entretanto, parecia estar gostando da idiotice.

Agora, parados na calçada, ele apertava a mão de Joanna enquanto observavam uma vitrine de galeria de arte. Uma exposição de Botero, o pintor latino-americano que pintava todo mundo grosseiramente expandido, gordo e inchado, como balões de paradas de Ação de Graças.

Depois, caminharam mais alguns quarteirões até ele sentir que sentia saudades da filha. Era uma nova experiência, ir a algum lugar e deixar um pedaço de si para trás. Ele se sentia... *incompleto*. O círculo precisava voltar a se fechar.

— Quer voltar? — perguntou a Joanna.

— Eu estava a ponto de dizer o mesmo.

— Acho que vou chamá-la de Jo — disse Paul depois de atravessarem a rua e voltarem em direção ao L'Esplanade. Dois casais em motonetas ligaram os seus motores e passaram diante deles, cuspindo uma fina nuvem de descarga azulada.

— Ugh — disse Joanna. Evidentemente, não se referia aos gases nocivos.

— Algo errado com *Jo*?

— Quando você tentou me chamar de Jo, eu o ameacei fisicamente. Acho que eu *de fato* o feri corporalmente.

— É. Por que mesmo?

— Eu saí com um Joe, lembra-se? Ele era desempregado e psicótico, não nessa ordem. Sendo assim — disse Joanna —, preferia que você não a chamasse de Jo.

— Bom. E que tal *Joey*?

— Tipo Buttafuoco?

— Tipo Breidbart.

— Que tal *começarmos* com *Joelle*? De modo que a pobrezinha saiba o próprio nome.

Estavam passando por uma loja de brinquedos, as vitrines repletas de bonecas, caminhões, videogames, animais de pelúcia, bolas de futebol e algumas coisas que ele honestamente não sabia o que eram.

— O que me diz? — perguntou Paul.

— Claro — disse Joanna. — Vamos comprar alguns brinquedos.

AO ENTRAREM NO SAGUÃO DO LOBBY, PRECISARAM QUE O porteiro os ajudasse a levar tudo até o elevador. Haviam passado um pouco do ponto, agindo como crianças em uma loja de brinquedos.

Havia muito mais a comprar do que no tempo em que *eles* eram crianças. Naquele tempo, o que havia eram os Falcons, as Barbies e a mola maluca. Agora havia uma vastidão de categorias a contemplar, assim como diversas subcategorias. Coisas que falavam, caminhavam, emitiam bipes, piscavam, atiravam, faziam piruetas e cantavam.

Todos pareciam ter o nome de Joelle neles.

O porteiro conseguiu ajudá-los a pôr tudo no elevador sem grandes contratempos.

Ao abrirem a porta de seu quarto de hotel, Galina não estava lá.

— Deve estar no banheiro — disse Joanna.

Paul abriu a porta do banheiro, girafa de pelúcia em mãos, mas Galina também não estava lá.

Quando Paul girou ao redor com as mãos abertas, Joanna ficou pálida.

Não era apenas Galina que não estava lá.

A sua filha também não estava.

Havia sumido.

— NÃO, SR. BREIDBART, NÃO FALEI COM SUA BABÁ. — O GErente manteve o ar solícito, mas, em vista do pânico total de Paul, pareceu tremendamente deslocado.

— Não estão no quarto — disse Paul. — *Você está me entendendo?*

— Sim, senhor. Estou entendendo.

Paul descera ao saguão após procurar na piscina da cobertura, no restaurante, no cabeleireiro, no salão de jogos. Joanna ficara no quarto, para o caso de Galina ligar.

— Talvez ela tenha ido fazer compras — sugeriu o gerente.

— Você as viu deixar o hotel?

— Não. Estava ocupado com diversos hóspedes.

— Bem, *alguém* os viu deixar o hotel?

— Não sei, Sr. Breidbart. Por que não perguntamos?

O gerente levou-o até a recepção, onde interrompeu o recepcionista, que estava cuidando da admissão de um hóspede. Falou com ele em espanhol, gesticulando em direção a Paul. Paul ouviu-o mencionar o nome de Galina, então a palavra *niña*, aquela palavra novamente. O recepcionista olhou para Paul, depois voltou os olhos para o gerente e balançou a cabeça.

— Ele não os viu — disse o gerente. — Venha comigo.

Saíram do prédio, onde o porteiro que acabara de ajudá-lo no elevador flertava com uma mulher espalhafatosa vestindo um tope minúsculo.

O porteiro imediatamente se recompôs, abandonando a mulher em meio a uma frase. Após o gerente explicar o problema, olhou para Paul e meneou a cabeça lentamente.

— *Sí* — disse ele. Aparentemente, ele *vira* Galina e Joelle deixarem o hotel. — *Hace una hora...*

Havia uma hora. Ou seja, pouco depois que ele e Joanna deixaram o hotel.

— Ah, mistério solucionado — disse o gerente, sorrindo estupidamente. — Ela foi levar o bebê para dar uma volta.

O bebê estava dormindo.

Por que Galina levaria um bebê adormecido para passear?

Paul ficou tonto. O chão pareceu estar se movendo. O gerente ainda falava com ele, mas Paul não processava as palavras. Havia um zumbido constante no ar.

— Ela levou meu bebê — disse Paul.

O porteiro e o gerente olhavam para ele de um modo estranho.

— Vocês ouviram o que eu disse? *Ela levou meu bebê.*

— Sim — respondeu o gerente, afinal. — Para passear, Sr. Breidbart.

— Quero que chame a polícia.

— *Policía?*

— Sim. Chame.

— Talvez o senhor esteja muito nervoso...

— Sim, Estou nervoso. — O chão balançava para um lado, depois para outro. O sol ficara frio. — Meu bebê foi levado. Estou nervoso com isso. Ligue para a polícia.

— Não creio que...

— *Ligue para a polícia.*

— Você está acusando a sua babá de ter seqüestrado seu bebê, Sr. Breidbart.

Aquilo foi dito em tom afirmativo, não como pergunta, e pareceu a Paul que a voz do gerente mudara de algum modo, de cordial e prestativa para fria e pouco disposta a ajudar.

— O bebê estava dormindo. A babá nos disse para respirar um pouco de ar fresco. Então deixou o hotel dois minutos depois e não voltou.

— Talvez o bebê tenha acordado.

— Talvez esteja certo. De qualquer modo, quero que chame a polícia.

— Que tal esperarmos um pouco e vermos se ela volta?

— Não.

— Ela serviu como babá aqui muitas vezes, Sr. Breidbart. — Sim, o tom de voz do gerente definitivamente se transformara.

Paul estava acusando uma colombiana de um crime.

Uma colombiana adorável, com rugas de riso e olhos cinza pacientes, que estava tomando conta de um *bebê colombiano.* Um bebê que ele, americano, estava tirando do país porque evidentemente não havia muitos bebês americanos aos quais recorrer.

— Não me importa quanto tempo ela serviu aqui. Ela levou meu bebê sem permissão. Ela não nos disse. Preciso falar com a polícia.

O gerente podia não concordar com ele e talvez nem gostasse dele, mas ainda era um gerente.

— Se é o que deseja, senhor — disse secamente.

Foi até a sua mesa no saguão, onde ergueu o telefone com dolorosa resignação, e discou. Paul esperou em silêncio enquanto o gerente disse algumas palavras em espanhol ao aparelho. Bateu o fone do gancho com força excessiva. O clique ecoou pelo saguão estéril, fazendo diversas pessoas olharem com expressões assustadas e curiosas.

Os policiais usavam botas grossas de couro preto e armas que pareciam Uzis junto à cintura.

Paul não viu qualquer cassetete negro.

O gerente falava com eles em espanhol, enquanto Paul ouvia pacientemente. No intervalo de tempo entre a ligação do gerente e a chegada dos policiais, Paul ligara para Joanna novamente.

Sem notícias.

Um dos policias falava um inglês decente. Mesmo que não falasse, sua intenção teria sido por demais evidente.

— Por que acha que a sua babá *roubou seu bebê?* — disse ele. Não parecia querer saber a resposta.

Paul explicou o melhor que pôde. Joelle estava dormindo, a babá sugerira que saíssem e saíra em seguida. Não pedira permissão e nem deixara um bilhete. Ele não sabia onde ela estava.

— Ele disse que é uma boa mulher.

O *ele* a quem o policial se referia era o gerente, que estava de lado com uma semi-carranca no rosto. No jogo do bom tira e do mau tira, seria difícil escolher quem era quem.

— Talvez você não tenha me entendido — disse Paul, e viu que o policial fez uma careta. Lembrou-se então daquelas cabeças ensangüentadas saindo do chão, e por um instante imaginou se já não teria sido espancado e levado para a cadeia por fazer falsas acusações caso não fosse americano.

Estava no meio da explicação da razão de sua posição, de abandonar todo o juízo e se entregar ao pânico, cuidadosamente explicando que a babá não *sairia* simplesmente com o bebê caso não tivesse algo ruim em mente, quando Galina entrou no saguão com Joelle.

OITO

Horas depois de ter se desculpado com a polícia, o gerente, e Galina — nesta ordem —, e se desculpar *novamente* com Galina, apenas para certificá-la de quão arrependido estava, Paul se deitou com Joanna e especulou em voz alta se a paranóia não era parte dessa estranha nova província da paternidade.

— Estamos em um país estrangeiro, Paul — disse Joanna, e Paul não conseguiu reprimir a idéia de que ela também estava certa de modo figurativo. — Voltamos para o quarto e nosso bebê havia sumido. Ela não nos disse que sairia com ela. *Não.*

Na verdade, Galina *dissera-lhes* que sairia com Joelle. Deixara um bilhete sob um cinzeiro cor de creme no banheiro. Quando subiram, Galina mostrou onde o deixara. Se não tivessem entrado em pânico tão rapidamente, talvez tivessem visto. Então saberiam que Joelle despertara dois segundos após Paul ter fechado a porta. E que sua testa estava um pouco quente para Galina — não perigosamente febril, não, mas um pouco quente, e que Galina não era o tipo de correr riscos. Eles deveriam saber que, entre as coisas que *não* haviam trazido de Nova York, estava um termômetro. Motivo pelo qual Galina saíra com Joelle atrás de uma farmácia. Para comprar um termômetro com seu próprio dinheiro.

Como se viu, Joelle estava com uma temperatura de 38 graus. Nada preocupante em se tratando de um bebê, assegurou-lhes Galina, mas algo que, definitivamente, tinha de ser verificado.

Galina os perdoou, embora Paul tenha percebido um inequívoco brilho de mágoa naqueles olhos cinzentos. Raiva mesmo. Algo que dizia que até mesmo a santa paciência tinha limites.

NO DIA SEGUINTE, PABLO LEVOU-OS À EMBAIXADA DOS EUA.

Ao passarem pelo portão externo, onde foram forçados a passar não por um mas por dois detectores de metal, viram um rosto familiar vindo da direção oposta.

O observador de pássaros. O homem sonolento que passara 18 horas pacientemente sentado ao lado deles no avião.

— Olá — cumprimentou-os ele. Já vestia uniforme de campanha. Uma camisa safári com bolsos largos pregueados, bermuda cáqui até os joelhos e grossas botas marrons.

— Olá — respondeu Paul.

— Ahh — disse o outro, ajeitando os óculos e olhando para Joelle como se esta fosse uma nova espécie de tentilhão colombiano. — É de vocês?

— Sim — respondeu Joanna. — Seu nome é Joelle.

— Ora, parabéns — disse ele.

— Obrigado — agradeceu Paul. Era legal encontrar alguém de casa, mesmo alguém que você conhecera durante 18 horas. — Precisamos providenciar uma papelada para levá-la para casa. E quanto a você?

— Quanto a mim, o quê?

— A embaixada?

— Ah, se você quiser ir à selva, tem de assinar um termo de responsabilidade. Eles não querem que o seu parente mais próximo venha se queixar por eles terem sido negligentes e não o terem avisado. Acho que o que eles realmente não querem é que alguém os processe.

— Bem, boa sorte — disse Paul.

— Legal. Para você também.

Quando entraram na espaçosa ante-sala, passaram sob um retrato de um sorridente George Bush. Mas aquilo não soava como uma embaixada. Parecia mais uma creche na hora da mamadeira. A sala estava lotada de casais que embalavam, acalentavam e trocavam as fraldas de uma grande variedade de agitados bebês colombianos. Se encontrar o ornitólogo fora uma bem-vinda lembrança de casa, aquilo se parecia mais com a volta à casa em si. Todos aqueles novos pais eram, é claro, americanos. Joanna e Paul conseguiram encontrar duas poltronas junto a um casal de seus trinta e poucos anos, nativos do Texas. Paul *achou* que eram do Texas porque o homem usava uma camiseta que dizia *Deus abençoe o Texas.* Quando o homem disse *howdy,* uma saudação tipicamente texana, isso ficou mais ou menos confirmado. A esposa carregava um bebê com um notável lábio leporino. Paul imediatamente censurou a si mesmo, envergonhado por sua primeira impressão da criança não ter sido em relação a ser grande ou pequena ou amistosa... não. Ele não conseguia deixar de perceber a imperfeição física do bebê.

Estava desapontado consigo mesmo. Mas, ao olhar ao redor, achou que era possível que ele não fosse o único a fazer comparações por ali. Cada pai parecia estar dando notas em pensamento. Talvez isso fosse natural para quem recebeu uma criança instantânea.

Foram chamados a uma sala com luz fluorescente, onde uma colombiana de aspecto severo pediu-lhes a certidão de nascimento de Joelle. Na qual, é claro, ela não tinha o nome

Joelle. Paul não sabia o que se achava escrito na certidão de nascimento, uma vez que estava tudo em espanhol. Entre as palavras em espanhol, aparentemente estava o nome do bebê — aquele que lhe fora dado por sua mãe de nascença.

— Marti — disse a mulher enquanto rabiscava alguma coisa.

A mãe biológica era uma completa desconhecida para eles. María Consuelo oferecera-lhes informações sobre ela, das quais eles pronta e educadamente declinaram. Era um tipo ingênuo de mecanismo de negação, eles o sabiam. Algo assim: se não soubessem da mãe, ela não existiria. E, não existindo, seria mais fácil crer que Joelle era toda deles.

A mulher fez algumas perguntas. Era educada, mas distante. Paul, atento a qualquer antipatia nativa, não conseguia entrever qualquer coisa particularmente maliciosa em suas perguntas. Ainda assim, sentiu-se aliviado quando o interrogatório terminou.

— SEU BEBÊ É ABSOLUTAMENTE SAUDÁVEL, DISSE O MÉDICO. Sua segunda parada do dia.

Os bebês adotados precisavam passar por um exame médico antes de poderem deixar o país. Pablo os levara de carro até um pediatra perto do hotel.

O Dr. Dalliego era um homem de meia-idade, ligeiramente careca, e friamente eficiente. Ele pesou, cutucou e sondou Joelle com distanciamento mecânico, enquanto Paul e Joanna ficaram de lado, mudos e ansiosos. Será que o médico descobriu algo de errado nela? A febre suave desapareceu pela manhã, tão rapidamente quanto veio, mas haveria alguma coisa que o orfanato tivesse esquecido? Algo que que os obrigassem a devolvê-la e deixar a Colômbia de mãos vazias e coração partido?

Ocasionalmente, a enfermeira interrompia o médico com chamadas telefônicas, e ele devolvia Joelle a Joanna enquanto pacientemente ouvia a mãe ou o pai de algum outro bebê externar seus medos. Calmamente, pronunciava algumas palavras em espanhol ao aparelho, meneava a cabeça, como um tipo de afirmação de sua sabedoria, e devolvia o telefone à enfermeira.

E voltava ao bebê em questão.

Depois de um certo tempo, Paul cansou de buscar por pistas na expressão do médico e decidiu que simplesmente esperaria pelo veredicto final.

Que, aparentemente, foi ótimo. "Seu bebê é absolutamente saudável." Disse o Dr. Dalliego. "Ela está bem."

Melhor que o pai, com certeza.

Paul finalmente voltou a respirar.

NOVE

Estavam de volta ao quarto de hotel.

Galina estava de folga. Joelle dormia no berço. Feixes de luz âmbar atravessavam a janela.

Ele lembraria desse exato momento durante um longo tempo. Quase para sempre. Lembraria do modo como era — como os raios de luz cruzavam o lençol e pareciam partir em dois a perna desnuda de Joanna. Ele tiraria uma fotografia daquele momento e a colaria no álbum das coisas muito ruins.

Joanna estava meio coberta pelos lençóis, olhando para o teto. Parecia de mau humor.

Outrora, Paul evitava perguntar por que Joanna parecia estar infeliz, pois sabia qual seria a resposta, e esta sempre o envolvia. Esperava que as coisas fossem mudar agora — agora que os dois estavam positivamente *inundados* de felicidade —; de modo que continuou.

— O que houve?

— Você vai achar que sou louca — disse ela.

— Não, não vou.

— Sim, vai. Você não sabe no que estou pensando. É ridículo.

— Sim, sei. Você está pensando que vou pensar que você está louca.

— Afora isso.
— Fale de uma vez?
— É loucura.
— Tudo bem, é loucura. Diga.
— Ela está cheirando diferente.
— O quê? *Quem?*
— Joelle. Ela está cheirando diferente.
— Diferente de quê?
— Diferente de... antes.

Paul não sabia como responder àquilo.

— Então?
— *Então?*
— Então, ela está cheirando diferente. Eu não...
— Não compreende o que estou dizendo?
— Não.

Joanna virou de lado e encarou-o.

— Acho que não é *ela.*
— O quê?
— *Não creio que seja ela* — disse, enunciando claramente cada palavra, de modo que ele compreendesse o que exatamente ela estava dizendo. O que era, clara e patentemente, bem... loucura.

— Joanna... claro que é ela. Nós a levamos ao médico hoje. Você esteve com ela o dia todo. Você está...?

— Louca?

— Eu não ia dizer isso — contestou Paul. É claro, aquilo era exatamente o que ele ia dizer. — Eu só... quero dizer, é tão... Ela é Joelle.

— Como sabe?
— Como assim como eu sei?
— É uma pergunta simples. Como *sabe* que é Joelle?

— Porque estou com ela há dois dias. Porque... ela se *parece* consigo mesma.

— Ela tem um mês. Quantos outros bebês você já viu aqui que se parecem exatamente com ela?

— Nenhum.

— Bem, eu já.

— Ora, Joanna, só porque ela *cheira* diferente? Não acha que é meio... paranóia?

— Você quer dizer, assim como quando achamos que Galina a tinha seqüestrado?

— Sim.

— Talvez não estivéssemos sendo paranóicos. Talvez Galina *de fato* a tenha seqüestrado.

— Está ouvindo o que está dizendo? Está? É ridículo.

— Você não achou ridículo ontem.

— Sim, ontem não achei ridículo. Mas isso foi antes de Galina *voltar* com ela.

— O bebê ficou com febre, e Galina foi comprar um termômetro. Lembra?

— Joelle não estava com febre quando saímos, não é?

— Como saber?

— Porque sou a mãe dela. Eu a segurei antes de sairmos. Ela estava bem.

— Os bebês ficam com febre, querida.

Joanna sentou-se. Pegou as mãos de Paul — as palmas frias e úmidas.

— Escute. Joelle tinha uma bela pinta na perna esquerda. Bem aqui. — Ela tocou a perna dele, pouco abaixo do joelho. Quase o fez pular. — Eu a vi. Eu a apalpei. Quando você caiu no sono naquela noite, fui até o berço e... bem, olhei para ela. Não podia crer que nós a *tínhamos*. Acordei e achei que talvez estivesse sonhando. Tinha de vê-la de novo. Saber que era real. Compreende?

Paul meneou a cabeça.

— Pois bem. Quando o médico a examinou hoje, eu *não* vi a marca. Disse a mim mesma *talvez você esteja enganada. Talvez realmente não tivesse visto a pinta antes.* Estava escuro no quarto. Talvez fosse uma mancha de sujeira, um borrão. Só que... hoje, achei o dia inteiro que ela estava cheirando diferente de antes.

— Querida...

— Me escuta. Por favor. — Ela apertou-lhe a mão, como se estivesse tentando pressionar fisicamente a sua crença sobre ele, como se fosse algo que se pudesse pegar, como uma doença. Só que ele não queria a doença dela.

Ele queria que ela parasse com aquilo, que voltasse a ser a radiante mamãe que despertara no meio da noite para admirar a filha adormecida.

— Joelle tinha aquele... não sei definir ao certo, cheiro almiscarado. Tinha-o quando a pegamos no orfanato, e tinha-o aqui. E parou de tê-lo quando Galina a trouxe de volta.

— Tudo bem. Por que não disse alguma coisa na ocasião?

— Porque sabia que você ia achar que eu era louca. Assim como está achando agora. Eu disse *para mim mesma* que era loucura. Mas não vi a pinta hoje. Portanto, posso não estar louca.

— Por que ela trocaria os bebês, Joanna? Por quê? Qual o motivo? — Paul tentava fazê-la ver quão tolo era tudo aquilo. Mas a crença é imune à lógica; opera por suas próprias leis. E isso o assustava, mesmo porque havia uma pequena parte dele que, bem... estava começando a ouvi-la. O fato era que Joelle *cheirava* um tanto almiscarada. Agora que Joanna o mencionara, tudo bem, sim, era verdade.

— Não sei por que ela trocaria os bebês, Paul. Talvez por causa de nossa briga.

— Que briga? Refere-se à posição em que o bebê deveria dormir?

Joanna meneou a cabeça.

— Isso é ridículo.

— Tudo bem, é ridículo. Eu sou ridícula. Só estou pensando que estaremos deixando o país em dois dias com o bebê errado. Então será tarde demais.

— O que quer que eu faça, Joanna? Mesmo que acredite em você, o que direi à polícia? *O quê?* Que eu sei que nos desculpamos com eles por termos insistido que nossa filha fora seqüestrada, mas, adivinhe só, agora achamos que ela foi *trocada*?

— Podemos voltar a Santa Regina — disse Joanna. — Podemos pedir que verifiquem para nós.

— E o que acha que María dirá a esse respeito? Quão estáveis você acha que ela vai achar que somos? Até que ponto ela vai querer que fiquemos com um de seus bebês? Nada é definitivo ainda, Joanna. Eles ainda podem nos tirar Joelle.

— *Esse bebê não é Joelle.*

— Acontece que eu discordo de você, certo? Acho que ela é Joelle. Porque a alternativa não faz sentido. Nenhum. Ouça a si mesma. Você está baseando tudo isso em um *cheiro,* Deus do céu. Em algo que você *acha* que viu no meio da noite.

— Deixe eu lhe perguntar algo, está bem? — disse Joanna.

Não, ele queria dizer... não está bem.

— Digamos que haja um por cento de chance de eu estar certa.

— O quê?

— É justo, não é? Um por cento?

— Escute, eu...

— Estou lhe fazendo uma pergunta simples. Você quer me atacar com a lógica, tudo bem, compreendo. Então, estou lhe fazendo uma pergunta lógica. Você ama percentagens, não é? Você é atuário. Imagine que isso é uma de suas tabelas de seguro. Há uma chance de um por cento, estou certa?

— Quer que eu ponha uma percentagem em algo que acho totalmente ridículo?

— Sim, quero que você ponha uma percentagem em algo que acha totalmente ridículo.

— Tudo bem, certo. Há um por cento de chance de ela não ser Joelle. E 99 por cento de chances de ser.

— Tudo bem. Você gostaria de deixar o país com uma *chance* de ela não ser nossa?

Por um instante, ele pensou em dizer que Joelle não era deles afinal de contas — porque, em verdade, não era. Mas não podia dizer aquilo. Não era mais verdade. No segundo que a levara ao colo, ela se tornara deles.

Ela era sua filha.

E agora?

DEZ

Pareceu ter passado uma eternidade antes de Galina abrir a porta.

Talvez porque Paul não estivesse certo do que diria, tentando desesperadamente pensar em alguma coisa. Afora isso, torcia para ela não estar em casa, para ninguém atender às batidas de Pablo.

Pablo os levara de carro até a casa de Galina em Chapinero, um bairro de gente da classe trabalhadora de prédios de apartamento pardos e casas modestas. Ao se sentarem no banco de trás, Joanna não tomara a filha dos braços de Paul como fizera normalmente nos dois últimos dias.

Era como se dissesse:

Esta não é minha filha. Você que a segure.

Bem, pensou Paul, veriam.

— Olá, Galina — disse Paul quando a porta finalmente se abriu.

Ela pareceu surpresa em vê-los, mas, para Paul, não parecia alarmada. Na verdade, ela sorriu, então se curvou e sussurrou as boas-vindas ao seu bebê favorito. Paul sentiu vontade de se voltar para Joanna e dizer *viu, satisfeita agora?* Joanna não pareceu estar muito diferente do que estava no trajeto até ali: continuou nervosa e infeliz.

Galina o convidou a entrar.

A porta se abriu, dando acesso a uma pequena sala de estar. Havia um sofá de couro marrom e duas cadeiras usadas mas aparentemente confortáveis voltadas para a televisão. Um cachorro amarelo e pesado deitado no chão mal se mexeu. Galina assistia a uma novela; ao menos Paul achou que fosse. Uma bela jovem beijava um belo rapaz.

— Por favor, sentem-se — disse Galina, apontando para o sofá. *Você está vendo isso,* Paul continuava a conversar silenciosamente com Joanna, *ela está nos convidando a entrar. Está nos convidando a sentar no seu sofá.*

Galina trouxe biscoitos e quatro xícaras de café forte colombiano naquilo que deveria ser a sua melhor louça. Abaixou o som da tevê.

Passaram a falar de amenidades.

— Como o bebê dormiu na noite passada? — perguntou Galina.

— Bem — respondeu Paul. — Acordou uma ou duas vezes, acho, e então voltou a dormir.

— Vocês têm sorte. Ela é boa de sono.

— Sim — disse Paul. Joanna continuou sem dizer nada.

— Sua casa é muito bonita, Galina — disse Paul, continuando a procurar algo que falar afora a verdadeira razão de sua visita.

— Obrigada.

— Qual o nome de seu cachorro? — perguntou ele.

— Oca — disse Galina.

Ao ouvir o próprio nome, o cão ergueu a cabeça e farejou o ar.

— Pablo levou-os ao médico ontem? — perguntou Galina.

— Sim.

— E o que ele disse?

— Que está tudo bem.

— Ótimo — disse Galina. E sorriu. Suas linhas de riso quase estalaram.

Então, Joanna falou.

— A febre passou.

— Isso é bom — disse Galina.

— Fico me perguntando o que terá sido — acrescentou Joanna.

— Quem sabe? — Galina ergueu as mãos no gesto universal que exprime a limitação humana para compreender os mistérios do universo.

Que era o que Joanna estava tentando fazer, claro. Compreender, ao menos, um mistério.

Paul sabia que a mulher esperava que ele tomasse a iniciativa.

Caso ficasse sentado e nada dissesse, Joanna o acusaria de não apoiá-la, de ajudar e apoiar o inimigo. Contudo, o inimigo os tratava com café, biscoitos e com a hospitalidade de sua casa. O inimigo correra até uma *farmacia* para comprar um termômetro para Joelle quanto esta ficara febril. Ainda assim, ela esperava que ele fizesse alguma coisa. Apoiá-la, por exemplo. Algo que ele não fizera quando ela insistira que Joelle, a *verdadeira* Joelle, fora deitada para dormir do modo errado. Algo que ele estava firmemente disposto a fazer agora.

— Ahn, Galina... estávamos pensando em algo — começou ele.

— Sim?

— Isso vai soar um tanto tolo, certo?

— Certo — disse Galina, evidentemente divertida.

— Minha mulher... nós dois, na verdade, notamos uma diferença em Joelle.

— Diferença. O que quer dizer com diferença?

— Bem, eu disse que soaria como tolice, mas o fato é que ela cheira diferente. Diferente de antes.

— *Cheira?* — Ela olhou para Pablo, como se buscasse confirmação de ter ouvido corretamente. Aparentemente, sim. Pablo pareceu tão confuso quanto ela.

— Ela tinha um cheiro almiscarado — disse Paul, impulsivo. — Agora não tem mais. Parece que mudou, depois, ahn... quando ela foi... quando você foi comprar o termômetro.

— Sim?

— Estávamos pensando nisso — disse Paul. — Isso é tudo.

— Tudo bem.

Evidentemente, Galina ainda não fazia idéia do que ele estava falando.

— Achamos que você talvez pudesse nos dizer.

— Dizer o quê?

— Por que ela parece estar... diferente.

Galina baixou a xícara sobre o pires. O som pareceu ecoar de modo não natural. Talvez porque a sala tenha subitamente ficado desconfortavelmente silenciosa, o único som um vago murmúrio que emanava da tevê. Se os cinco estivessem naquela novela, pensou Paul, ouviriam agora um acorde dissonante de órgão indicando a dramaticidade da situação. Neste caso, de Galina começando a se dar conta de estar sendo acusada, embora de modo desajeitado, de algo que ela ainda não estava entendendo.

— O que estão dizendo? — perguntou ela afinal. — Estão sugerindo... *o quê?*

— Nada, Galina — disse Paul, um pouco rápido demais. — Só estávamos um pouco curiosos.

— Sobre *o quê?*

— Sobre o motivo de ela estar cheirando diferente.

— Não compreendo. O que estão querendo saber?

Estamos querendo saber se você roubou nossa Joelle, Galina. Se você a trocou.

— Nada.

— Então, por que estão aqui?

Paul teve vontade de perguntar o mesmo a Joanna.

— Queremos saber... — neste ponto, Paul subitamente não sabia o que dizer.

— Ela tinha uma pinta — disse Joanna.

— Como? — Galina voltou-se para olhar para Joanna.

— Ela tinha uma pinta quando a pegamos. Agora, não tem mais.

— Pinta?

— Minha filha tinha uma pinta na perna esquerda. E costumava cheirar... bem, tinha o cheiro dela. A pinta sumiu. Ela cheira diferente. *Quero saber se é a mesma.*

Tudo bem, pensou Paul. Xena, a princesa guerreira, estava em plena ação. O gato saíra do saco. Só que não era um gato. Estava mais para um diabo da Tasmânia, algo grande, carnívoro e de aparência repulsiva. Provavelmente era como Galina via a ambos naquele momento. Afinal, suas costas endureceram fisicamente — um desses clichês que evidentemente era verdadeiro. Seus olhos cinza e gentis ficaram duros como vidro.

Paul descobriu-se tentando olhar para qualquer lugar, procurando um buraco onde se esconder.

Havia uma caixa de charutos sobre o consolo da lareira.

Havia uma fotografia de um homem usando um chapéu panamá branco.

Paul imaginou se Galina fumava charutos. Um par de chinelos marrons repousavam como gatos no tapete da frente da casa. O cão, que se erguera de seu estado quase comatoso, pegou um dos chinelos com a boca e deixou-o cair sobre o pé de Pablo, onde ele pousou com um incômodo baque surdo.

Ele fez força para voltar a olhar para Galina. Ela ainda não dissera coisa alguma — a acusação de Joanna a tornara muda. Parecia mais ou menos horrorizada.

Depois, muito depois, Paul se perguntou se de fato existia esse negócio de audição periférica. Algo pressentido pelo ouvido mas que só se anuncia posteriormente.

Ele tentava não olhar para a expressão dolorosa de Galina. Pensava se deveria se desculpar com ela. Não percebeu o som abafado que emanava do interior da casa.

Galina, sim. O que explicava a sua expressão.

Joanna também percebeu.

Porque cravou as unhas em seu braço. Ele quase gritou. O que somaria duas pessoas gritando na casa, em vez de apenas uma.

Ele e o bebê.

Havia um bebê gritando na casa.

Ele finalmente ouviu.

E finalmente processou a informação. Por que, ao olhar para Joelle, esta estava adormecida. Ou seja, havia um bebê gritando na casa, sim, só que não era o deles.

— Quem é? — Foi a primeira coisa que ele disse. Estúpido, tudo bem, mas ele obviamente estava um tanto lento naquele dia.

Galina não respondeu.

— De quem é esse bebê? — perguntou, embora estivesse começando a ter uma boa idéia de que bebê seria aquele.

— Pablo, pode ver quem é?

Pablo não se moveu.

— Galina?

Ela não mudou de expressão. Ou talvez sim. A dureza de seus olhos permanecia, e havia algo mais também, um assustador senso de concentração e força.

— Galina, é a nossa filha? Essa é *Joelle*?

Demorou um pouco até Paul perceber que Pablo *ainda* não havia se movido. Que Galina não estava respondendo às suas perguntas.

Paul levantou-se com o bebê nos braços — a questão era, o bebê *de quem*? Sentiu tontura.

— Tudo bem, vou ver quem é — anunciou o seu plano em voz alta, como se buscasse aprovação.

Estendeu as mãos para entregar Joelle para Galina e então, é claro, interrompeu o gesto. Galina não era mais exatamente a sua babá; era possível que aquele bebê não fosse Joelle. Sentiu-se oscilando na beira de um abismo profundo e perigoso — física e emocionalmente. A própria sala parecia estar balançando.

Então as coisas começaram a acontecer.

Joanna ergueu-se e disse *vou ver*, e imediatamente começou a andar em direção ao som do bebê que chorava. Pablo levantou-se de sua cadeira.

Paul ofereceu o bebê que tinha nos braços de modo a poder se juntar à esposa, mas pareceu ter de fazer um enorme esforço para erguê-la.

— Sente-se, Paul — murmurou Pablo.

Estava se oferecendo para ver ele mesmo. Estava dizendo a Paul para ficar sentado e cuidar do bebê. Pablo estava sendo Pablo.

Paul voltou a se sentar, enquanto Pablo seguia Joanna pelo corredor. O bebê gritava mais alto, chegando a berrar. E Paul, final e completamente, reconheceu que o temor de Joanna tinha fundamento.

Ele *reconheceu* aquele choro.

Lembrou-se do primeiro dia no quarto de hotel, quando a sua filha gritara sem parar por comida. Até Galina aparecer e consertar tudo.

Galina ainda estava rigidamente sentada em sua cadeira — só que parecia estar fisicamente mais perto dele do que antes. Como era possível?

Durante um minuto mais ou menos, nada aconteceu.

O bebê continuou a chorar em algum lugar da casa; Galina continuava o olhar para ele com uma calma estranha e perturbadora.

Então Pablo reapareceu, voltando à sala de estar enquanto segurava Joanna com um braço. Ela estava apoiada nele, a cabeça apoiada no seu ombro, como se estivesse a ponto de desmaiar. Onde estava o bebê?

Joanna parecia claramente perturbada; Pablo parecia prestativo. Sem dúvida, havia uma ligação causal entre ambas as coisas, mas Paul não estava certo sobre qual seria.

Algo estava errado.

Olhe mais perto.

A cabeça dela no ombro de Pablo. Passaram-se alguns segundos — durante os quais o mundo mudou de A para Z — até Paul compreender que o motivo de ela estar apoiada sobre o ombro de Pablo era o fato de Pablo estar segurando o cabelo escuro e luxuriante de sua mulher firmemente com o punho.

Pablo arrastava Joanna até a sala pelos cabelos.

A boca de Joanna estava meio aberta em um grito mudo.

Ele jogou Joanna no sofá, como se fosse uma das malas que ele jogara dentro do carro no Aeroporto El Dorado.

— *Sente* — disse ele. Do modo como se dá ordens a um cão. Um cão estúpido, teimoso, um cão não adestrado.

Paul sentia-se grudado ao sofá, um espectador do drama horrível que súbita e inexplicavelmente tornara-se real. Esperava pelo intervalo, quando poderia esticar as pernas, tirar as teias de aranha da mente e agradecer aos atores a apresentação incrivelmente convincente. A peça continuou.

Galina levantou-se.

Metodicamente, começou a fechar as persianas de madeira em cada lado da sala, enquanto falava com Pablo em espanhol. Como se Paul e Joanna nem mesmo estivessem na sala. Ela parecia estar repreendendo-o — o espanhol de Paul começava a voltar, como uma lembrança havia muito reprimida, e ele parecia entender uma a cada cinco palavras. *Você. Ligou. Aqui, não.* Em um instante lamentavelmente idiota, Paul imaginou se ela estava gritando com Pablo por ter jogado Joanna no sofá daquele modo.

Por não ter pegado seu bebê.

Por *se voltar* contra eles.

Mas aquilo era como desejar estar adormecido e sonhando, quando você está completa e terrivelmente desperto.

Paul entregou o bebê a Joanna — o bebê que ela pensara ser sua filha e que agora sabia nao ser — e levantou-se para protestar pelo tratamento que Pablo dispensava à sua esposa, para saber o motivo daquilo, para pegar Joelle e fazer Pablo levá-los imediatamente ao hotel.

— Eu disse para sentar, Paul — disse Pablo.

De algum modo, ele deu esta ordem a um Paul prostrado no chão. Foi uma enorme surpresa. O fato de não estar de pé. O fato de estar caído no chão de madeira cheirando a pêlo molhado e graxa de sapato. *Como aquilo aconteceu?* Ele ouviu Joanna respirando com força.

— Estou bem, querida — disse ele. Incrivelmente, não ouviu as próprias palavras. Sua língua, estranhamente rebelde, decidira parar de funcionar. Assim como o resto de seu corpo, que parecia absurdamente pesado. Havia um estranho gosto metálico em sua boca.

Tentou levantar-se do chão. Nada feito. Sentiu vibrações nas tábuas do chão, algum tipo de mudança de peso de um ponto a outro. Ouviu passadas pesadas e sentiu o ar se mover.

Pareciam fuzileiros.

Cinco homens vestindo uniformes verdes camuflados que subitamente entraram na sala como um rio transbordando das margens. Rostos jovens com expressões impassíveis de muda determinação. Cada um deles carregava um rifle.

— Por favor — disse Paul.

A sala estava às escuras. Galina fechara todas as persianas, à exceção de uma. Parecia o momento antes de todo mundo gritar "surpresa".

A surpresa é para nós, pensou Paul.

Então, desmaiou.

ONZE

Escuridão.

Mas não completa. Havia visões e sonhos intermináveis através da escuridão. Como estar em um cinema durante muito tempo.

Ele tinha 11 anos e subitamente ficou com medo do escuro. Antes não tinha medo, mas *agora* sim. Talvez porque fosse escuro no topo da escada do lugar para onde sua mãe se mudara recentemente. Não apenas escuro — uma escuridão densa, sufocante como um cobertor de lã sobre a sua cabeça. "Sua mãe está repousando", disse-lhe o pai. "Está dormindo. Não a incomode."

Ele subiu a escada e sentiu um cheiro incomodamente medicinal. Do lado de fora da porta, ouviu sons de um conhecido programa de perguntas: uma campainha, uma voz, risadas de claque.

Então sua mãe não estava dormindo. Não haveria problema em abrir a porta e aninhar-se em seus braços. Mas a escuridão dentro do quarto era ainda mais assustadora que a do corredor lá fora. Apenas o brilho tênue da tevê portátil com tristes antenas em V quebradas.

Demorou algum tempo até ele ver o monstro deitado na cama.

No Dia das Bruxas anterior, ele saíra vestido de esqueleto: todo de preto, exceto pelos ossos brancos onde braços e pernas deveriam estar.

Era igual.

No sonho, aquele esqueleto levantava um braço cadavérico e acenava para que ele se aproximasse.

Ele acabou despertando. Fim do filme.

— BOM-DIA — DISSE O MENINO.

Como se dissesse aquilo todas as manhãs desde que o haviam ensinado a fazê-lo. Não de propósito. Quando Paul finalmente abriu os olhos após perder a consciência no chão da casa de Galina, o menino estava ali ouvindo quando ele perguntou a Joanna que horas eram. Seria *de dia*? O menino repetiu aquilo diversas vezes, como se treinando. Agora, usava aquilo para saudá-los.

Naquela manhã, que era a terceira ou quarta que passavam ali, o menino esperou por algum tipo de reconhecimento verbal.

— Bom dia — disse Joanna.

Então o menino serviu-lhes o desjejum no chão — bolo de fubá e salsichas — e se foi.

Estavam em uma casa em algum lugar na Colômbia.

Era impossível saber *onde* na Colômbia, uma vez que não podiam sair. As janelas eram lacradas. Pouco ouviam do exterior: o rumor distante de carros, melodias ocasionais vazando de Deus sabe onde, um grasnar de papagaio. Tudo o que sabiam era que não estavam na casa de *Galina*.

Haviam sido transportados para outra parte.

Uma sala claustrofóbica com um colchão imundo no chão e duas cadeiras de plástico. Havia um balde em um canto.

E era só.

Naquela primeira manhã, Joanna despertara antes de Paul. Não conseguindo acordá-lo — aparentemente tentara tudo, menos pular em cima dele —, tentara abrir a porta.

Trancada. Ela tentou abrir uma cortina, apenas para descobrir madeira sólida logo atrás.

Quando Paul finalmente despertou, foi saudado com a visão de Joanna sentada no chão, balançando para a frente e para trás.

— Oh, Deus — murmurava — Oh, Deus...

Ele tentou confortá-la, é claro, ao mesmo tempo que tentava entender o que havia acontecido, lutar contra uma neblina estultificante que parecia ter se enroscado em sua cabeça. Ela parecia estranhamente distante, mesmo com seus braços enlaçando-a, como se obstinadamente preservasse um pedaço de si. Ele achava saber o porquê.

— Perdão, Joanna — disse ele. — Por não ter acreditado em você.

— Sim. Tudo bem.

— Parecia ridículo. Trocar bebês. Eu não podia imaginar.

— Onde ela está, Paul? — interrompeu Joanna. — O que eles querem?

Era uma pergunta difícil de responder.

No primeiro dia, não viram ninguém além do menino. Ele vestia roupa camuflada verde, como os outros. Carregava um rifle que parecia grande demais para ele. Podia ter 14 anos. Com exceção de seus *bom-dias*, permanecia mudo.

Na tarde seguinte, finalmente foram visitados por alguém mais graduado na cadeia alimentar. Um homem com seus trinta e poucos anos, um rosto que Paul pensou ter visto na casa de Galina, pouco antes de se ver olhando para o teto.

— Veja, não somos *políticos* — disse Paul quando o homem entrou na sala e trancou a porta atrás de si. — Eu trabalho com seguros. — Aquilo o fez lembrar de algo mais. — Não somos ricos.

O homem se virou e olhou para ele.

— Acha que somos *bandidos*? — Seu inglês era passável. Trazia algo que parecia ser uma Kalashnikov pendurada no ombro, mas não parecia violento e nem antipático.

— Onde está o meu bebê? — disse Joanna. — Quero meu bebê de volta. Por favor.

— Acho que sou eu quem faz as perguntas aqui — disse ele, não particularmente rude. Apenas como uma inequívoca afirmação de um fato.

— Vocês foram capturados pelas Farc — disse ele —, as Forças Armadas Revolucionárias da Colômbia — explicou, para o caso de não estarem familiarizados com abreviações. — Somos a voz legítima do povo colombiano. — Paul achou que aquilo soava como um discurso feito centenas de vezes anteriormente. — Vocês são nossos prisioneiros políticos. *Comprende?*

Paul tentou se defender:

— Não podemos ajudá-lo. Já disse, não somos políticos. Não temos *dinheiro*...

Foi interrompido pela coronha de um rifle no estômago. Com força e precisão suficientes para fazê-lo cair de joelhos.

— *Paul!* — Joanna recuou, reação óbvia de uma esposa quando seu marido é fisicamente agredido diante de seus olhos.

— Quando eu fizer uma pergunta, responda — disse o homem. — Devem se lembrar disso.

Paul tentou se levantar, por Joanna, se não por sua causa. Sentia o medo dela como se fosse uma entidade física, fria, densa e implacável. E não conseguiu endireitar-se. Seu estômago doía muito. Seus olhos lacrimejavam.

— Vocês são prisioneiros políticos das Forças Armadas Revolucionárias da Colômbia. *Comprende?*

— Sim — disse Paul, ainda de joelhos, ainda ofegante por causa do violento golpe contra seu plexo solar.

— Não tentem escapar. *Comprende?*

— Sim. — Paul tentou outra vez, juntando forças para escalar o que parecia ser uma abrupta muralha de dor, e finalmente conseguiu ficar em uma posição mais ou menos ereta.

— Afastem-se da porta quando entrarmos na sala. Afastem-se da porta quando sairmos. Fiquem longes das janelas. Sim?

— Sim, compreendemos.

— Como está se sentindo? — dirigia-se a Joanna.

— Nauseada. — Sua voz estava trêmula, embora em tom moderado, como se desesperadamente tentasse manter alguma ilusão de compostura, sem conseguir. — Estou com vontade de vomitar.

Ele meneou a cabeça ao ouvir a explicação.

— *Escopolamina* — disse.

— O quê? — perguntou Joanna, quebrando a regra do não-faça-perguntas, desta vez aparentemente sem conseqüências.

— Uma droga de rua. Usam para roubar os *turistas* aqui. — Balançou a cabeça e emitiu um suspiro de desprezo, como se esse tipo de coisas, roubos e coisas assim, estivesse abaixo dele. — Nós nos atrasamos... ela estava assustada, hein?

Galina, pensou Paul. Ele se referia a Galina.

— Ela pôs algo no café — disse Joanna.

O homem deu de ombros.

— Vão se sentir melhor amanhã. Muito melhor.

Voltou-se e caminhou até a porta, então hesitou ali, como se esperando alguém abrir. Voltou-se e olhou-os com uma expressão de evidente expectativa.

O quê?

— Ah — disse Paul. Pegou a mão de Joanna e levou-a até a parede oposta.

— Bom — disse ele, como se falasse com crianças que haviam arrumado os seus quartos como lhes fora ensinado.

Ele saiu e trancou a porta atrás de si.

PASSARAM A MAIOR PARTE DO TEMPO A SÓS, RECORDANDO.

Revezaram-se lembrando de todas as coisas de que gostavam a respeito de Nova York. Até mesmo coisas de que, estranhamente, não gostavam antes: multidões de feriado, por exemplo. O enxame de visitantes que superlota a cidade do Dia de Ação de Graças até o Natal, criando engarrafamentos do Times Square até a rua Houston. Paul sempre achara os engarrafamentos humanos aborrecidos e sufocantes, só que agora ele se lembrava deles como divertidos e, até mesmo, reconfortantes. O cheiro inevitável de lixo esperando ser recolhido era um aroma a ser lembrado e enaltecido. A pista de obstáculos de guindastes de construção, barreiras de buracos e vans Con Ed atarracadas que todo taxista de Nova York se via obrigado a ultrapassar de um lado a outro da cidade era uma montanha-russa de excitação urbana.

Tudo era uma questão de perspectiva. E, justo agora, a perspectiva que tinham era de um buraco de rato na Colômbia.

Lembraram de lugares fora da cidade, também. Relembraram cada uma de suas férias.

A cabana rústica em Yosemite, para onde foram quando ainda estavam namorando mas já estavam apaixonados. O Sea Crest Motel em Montauk, que se abria para as areias mais brancas que jamais haviam visto. O ridiculamente caro embora extravagantemente adorável George V em Paris — paraíso da lua-de-mel.

Tentaram reconstruir cada grande refeição que já haviam compartilhado — do Prudhommes ao Pinks. Aperitivos ecléticos, *entrées* generosas, sobremesas adocicadas.

Lembraram da primeira vez em que se viram — dois viajantes de negócios cansados compartilhando o mesmo portão de embarque. Construíram teorias sobre quais seriam as chances de se encontrarem dessa forma, se apaixonarem e se casarem.

Fizeram tudo isso como um modo de passar o tempo.

Falavam do passado de modo a evitar pensar no futuro. Havia um ar de completa e total irrealidade em tudo aquilo. Aquilo *realmente* estava acontecendo com eles...? não podia ser, não é mesmo? *Seqüestrados?* Alguém ia gritar *pare* e tudo acabaria. Tinha de acabar. Precisava acabar.

Melhor continuar falando do passado.

NO QUE DEVE TER SIDO SEU QUARTO DIA DE CATIVEIRO — era difícil contar —, Joanna disse:

— Por que acha que disseram para não chegarmos perto das janelas?

Paul, que fora gradualmente tomado de uma espécie de letargia, mal conseguiu dar de ombros.

— Porque devemos estar em um lugar onde as pessoas podem nos ver — disse Joanna, respondendo à sua própria pergunta. — Devemos estar ainda em Bogotá.

— Certo.

— Podemos estar em uma rua em algum lugar.

Paul nao estava gostando do rumo que ia tomando aquela conversa. Joanna estava com aquela *expressão* — estou-pronta-para-o-que-der-e-vier. Aquela que ela usava quando ia contra um superior entrincheirado, um transgressor de recursos humanos, a expressão que ela tinha no rosto quando decidira que, chovesse ou fizesse sol, ia ter um bebê.

— Há apenas madeira nas janelas — disse ela. — Podemos arrancar.

— Com o quê?

— Não sei. Nossas mãos.

— Não creio que devamos fazer isso.

— É mesmo? O que *devemos* fazer então? Ficar sentados sem fazer nada?

Sim, pensou Paul. Até agora, ninguém lhes dissera coisa alguma: por que estavam ali, o que os aguardava. A única coisa realmente comunicada a eles fora que *não* deviam se aproximar das janelas. *Isso* lhes disseram.

— Fique junto à porta e ouça — disse Joanna. — Se ouvi-los chegando, eu paro.

Supostamente, ele deveria se oferecer para a tarefa de arrancar a madeira. Ou dizer não, é muito perigoso, esqueça, vamos apenas ficar sentados.

Joanna não parecia disposta a ser dissuadida.

Tudo bem, ele tentaria. A madeira parecia muito bem pregada. Uma boa sacudida sem resultados seria suficiente para dissuadi-la, mandá-la de volta ao colchão, onde poderiam voltar a se lembrar dos velhos tempos.

Paul disse:

— Eu faço isso.

Joanna ficou de guarda junto à porta. Paul afastou as cortinas, revelando duas sólidas pranchas de madeira. Achou poder ouvir sons tênues de tráfego lá fora.

Conseguiu pegar uma prancha pelo fundo. Puxou.

Ela cedeu um pouco.

Foi possível ver a madeira se mover antes de voltar ao lugar. Joanna *certamente* viu.

— Eu lhe *disse* — sussurrou ela.

Paul deu outro puxão. Desta vez a madeira cedeu ainda mais. Ele conseguiu abrir quase dois centímetros.

Sim, definitivamente havia tráfego lá fora. E era constante. Deviam estar perto de uma grande auto-estrada. Lá fora, as pessoas viviam as suas vidas absolutamente comuns, fazendo compras, comendo, indo para o trabalho, tudo isso perto de dois americanos seqüestrados.

Paul voltou a forçar com vigor renovado, respirando uma súbita lufada de ar fresco. Manteve um ritmo metódico, puxar, descansar, puxar, descansar. Lentamente, pouco a pouco, a madeira cedeu; ele pôde ver um piso de cerâmica vermelha — um pátio?

Joanna agachada junto à porta, uma pilha de nervos, apressando-o com os olhos.

Subitamente, a madeira estalou, quebrando exatamente na metade. Soou como um tiro, *ainda mais alto*, e Paul ficou com meia prancha de madeira nas mãos, esperando a porta se abrir e entrarem os guardas armados.

Joanna se retesou, encostando o ouvido à porta. Paul prendeu a respiração e esperou.

Após o que pareceu ser uma eternidade, Joanna balançou a cabeça. Nada.

Paul se permitiu voltar a respirar e deu a primeira olhada de verdade para fora da janela.

Sim, era um pátio, com certeza. Havia um muro de adobe ao redor, sobre o qual estavam apoiados diversos vasos assimétricos com cactos. Havia uma mesa de madeira vazia no meio do jardim, sem cadeiras ao redor. E havia algo mais. Uma *saída;* um simples portão de madeira que dava acesso ao exterior. Paul olhou naquela direção. Uma menina vestindo uniforme escolar olhou de volta.

Paul mal conseguiu evitar gritar *socorro!*

Estavam presos naquele quarto. A janela era diminuta, mesmo com *toda* a madeira removida. Era óbvio que não conseguiriam escapar dali.

Paul falou com Joanna sem se voltar. Tinha medo de que, caso parasse de olhar para a menina, ela desaparecesse, como uma miragem ou um sonho muito bom.

— Tem alguém lá fora.

Joanna imediatamente abandonou a vigília e correu até a janela.

Durante um momento, os três simplesmente se olharam uns para os outros, como se querendo ver quem piscaria primeiro. A menina parecia ter 11 ou 12 anos de idade, agarrando livros escolares que pareciam pesados demais para ela e olhando de olhos arregalados para aquilo que pareciam ser dois desesperados americanos olhando de volta.

— *Hola* — disse Joanna para a menina, em um tom entre um sussurro e uma conversa normal.

A menina não respondeu.

— *Hola!* — tentou Joanna outra vez. Em seguida, meteu a mão pela janela e acenou, como uma encalhada em desespero tentando ser tirada para dançar.

Continuou a acenar. A menina continuou a olhá-los sem dar a menor resposta.

Era angustiante. Viam seu possível resgate face a face, embora a face que vissem fosse decidida e desesperadamente apática.

Paul vasculhou a mente, tentando lembrar da palavra em espanhol para *socorro*, mas nada veio. Talvez *help* fosse universal. Talvez a menina estudasse inglês na escola. Talvez...

— *Help!*

Não reconheceu a própria voz. Soou muito aguda e desesperada.

— Socorro — disse outra vez. — Por favor... ajude-nos...

A menina inclinou a cabeça, deu um passo atrás.

— Somos prisioneiros — continuou Paul, introduzindo ambas as mãos para fora da janela, pulsos unidos como se estivessem atados, em um tipo de pantomima primitiva.

Pareceu que um relance de compreensão passou pelos olhos da menina. Então ela se voltou para a esquerda, como se alguém tivesse chamado por ela. Voltou a olhar para eles, sorriu com doçura e se foi.

— *Não!* — gritou Paul.

Esquecera-se de onde estava.

Trancado em uma sala. Sob guarda armada.

Era apenas questão de tempo.

Ouviu-os segundos depois. Ruído de botas correndo sobre calçamento, uma chave sendo introduzida na porta, falação nervosa e irada.

Desesperadamente, tentou pôr a prancha de madeira de novo na janela, empurrando-a para o seu lugar e esperando que não percebessem. Como uma criança tentando colar um vaso quebrado antes que seus pais irrompessem pela porta da frente. Foi inútil.

O primeiro homem a entrar foi o que lhes ditara as regras. Obviamente, não escapou à sua atenção o fato de eles terem quebrado ao menos duas delas. "Não chegarás perto das janelas. Não tentarás escapar." Durante um momento, ele simplesmente ficou parado e olhando para Paul, que ali estava segurando um pedaço de madeira quebrada como se fosse um escudo. Não forneceu muita proteção. O homem se aproximou de Paul em três rápidas passadas e atingiu-o no rosto com a coronha do rifle. A cabeça de Paul foi projetada para trás e bateu na parede. Ele sentiu gosto de sangue. O pedaço de madeira caiu no chão.

Paul viu o rosto lívido de Joanna voltado para ele. O homem voltou a golpear com o rifle, atingindo Paul sob o queixo. Ele mordeu a língua e sentiu pedaços de dentes quebrados. Recuou em direção à parede, ocultando o rosto com ambas as mãos.

— Abaixe as mãos — disse o homem.

Aquilo era poder de verdade, Paul deu-se conta. Não era preciso forçar as mãos de Paul. Ele faria com que o próprio Paul as abaixasse.

— *Não* — disse Joanna. — É minha culpa. Fui eu quem lhe *disse* para fazer isso. Deixe-o em paz. *Por favor.*

— Abaixe as mãos — repetiu o homem.

— Eu disse que foi *minha* culpa. — Joanna tentou insinuar o corpo entre Paul e seu agressor. — Bata em mim. *Em mim.*

O homem suspirou, balançou a cabeça, agarrou a gola do vestido de Joanna e a ergueu do chão.

— Se não tirar a mão do rosto, vou bater nela. Se voltar a erguê-las, vou bater nela mais ainda.

Paul abaixou as mãos.

DOZE

Às vezes davam-lhes jornais.

Permitiam-lhes este pequeno luxo. Um luxo ínfimo, uma vez que nenhum dos dois sabia ler espanhol. Mas Paul começava a se lembrar — fragmentos, palavras e frases, às vezes frases inteiras.

De qualquer modo, tinham o que fazer. Paul descobriu que era preciso fazer algo para parar de se preocupar com a pergunta implícita da hora. *O que aconteceria a seguir?*

O menino lhes dava qualquer jornal que os guardas descartassem — freqüentemente, tablóides.

A última página era ocupada pelos resultados de partidas locais. Após um certo tempo, Paul deu-se conta de que a primeira página também. Era como se a Colômbia fosse um grande jogo de futebol, ambos times indo de gol a gol, jogando até a morte. Guardando o gol da esquerda estavam os seu seqüestradores, as Farc, e no lado direito, as AUC, com o governo tentando fazer o papel de juiz.

Seqüestros, bombas e execuções era o modo como faziam seus gols.

Invariavelmente, havia uma notícia de seqüestro na primeira página. Uma foto de arquivo do senador seqüestrado, personalidades do rádio desaparecidas ou homens de negócios tocaiados. (Os Breidbart evidentemente não figuravam na galeria dos desaparecidos.) Geralmente havia uma foto que acompanhava a matéria: esposa em prantos, crianças chorosas, ou algum sombrio porta-voz familiar.

A palavra em espanhol para seqüestro era *secuestro.*

As bombas eram apenas um pouco menos freqüentes. Por exemplo: Um menino de 10 anos de idade chamado Orlando Ropero, que gostava de futebol e música *ventello*, foi encarregado por um adolescente de entregar uma bicicleta na cidade de Fortul. Recebeu o equivalente a cinco centavos de dólar como incentivo. Quando bicicleta e ciclista, um Orlando excitado e gratificado, chegaram a um cruzamento onde dois soldados estavam parados, ambos simplesmente explodiram. *Controle remoto*, disseram os jornais.

A responsabilidade do atentado foi atribuída à esquerda. Às Farc. Paul decidiu guardar essa matéria.

Então, vieram os atentados a bomba da direita, em retaliação: unidades paramilitares das Forças de Autodefesa Unidas da Colômbia, sua autodefesa aparentemente consistindo em matar o maior número possível de pessoas sem atenção particular aos inocentes. O generalíssimo desta augusta organização pela lei e a ordem atualmente residia em uma prisão dos EUA, condenado por tráfico de drogas.

Obviamente, Paul lera sobre Manuel Riojas nos EUA.

Quem ele *era* exatamente? Chefão das drogas, político legítimo, comandante das AUC, compositor. Era uma dessas coisas, ou duas, ou possivelmente todas as quatro. Certamente era compositor. É atribuído a ele um hit da cantora colombiana Evi, que fez algum sucesso nos EUA. Uma canção de amor intitulada “I Sing Only for You”, título que teve implicações irônicas quando ela foi encontrada moribunda no chão de seu apartamento de cobertura, as cordas vocais cirurgicamente removidas. Aparentemente, os amantes haviam rompido o relacionamento. Evi não deu queixa. *Não me lembro*, escreveu em um bloco quando perguntaram quem havia feito aquilo com ela.

Assassinato e tortura eram outras vocações de Riojas.

Ele era uma dessas pessoas cujo nome sempre era sucedido pela palavra *supostamente*. Por exemplo, ele *supostamente* tinha seu próprio zoológico em uma de suas muitas *haciendas*, *supostamente* jogava os adversários aos tigres. *Supostamente* gostava de jogar pessoas de um helicóptero Black-hawk em uma piscina repleta de piranhas. Também *supostamente* oferecia sacrifícios em rituais sangrentos e bizarros de *santeria*. Claramente, ele era assunto dos tablóides, que publicavam vorazmente tais suposições.

Paul e Joanna liam os jornais de cabo a rabo até a tinta sair em seus dedos e os olhos ficarem embaçados.

CERTA NOITE, JOANNA ACORDOU PAUL E PEDIU-LHE QUE FOSse ver o bebê.

Demorou um instante até Paul compreender que ela estava delirando.

Que não estavam no quarto de hotel dormindo ao lado de Joelle, mas em um quarto trancado, sem ar.

O rosto doía no lugar onde o homem repetidas vezes o golpeara com a coronha do rifle, um espancamento que durara pelo menos cinco minutos e parecera ter durado muito mais. Ele perdera ao menos um dente. Seu lábio estava partido e ainda coberto de sangue seco. Depois, tiveram de olhar fixamente para o chão, quando dois guardas vieram pregar outra prancha de madeira no lugar, reclamando deles o tempo todo.

— Shhh — murmurou Paul para Joanna. — Você está dormindo.

Ela abriu os olhos.

— Achei ter ouvido... — Ela começou a chorar. Soluços abafados que pareciam ainda mais comoventes sem qualquer outro som para abafá-los.

Paul abraçou-a.

— Por favor, Joanna. Vamos sair desta. Não vão nos matar. Tiveram a sua chance quando nos pegaram na janela. Vamos sair daqui. Vamos pegar Joelle de volta. Prometo.

Ele pensou se prometer algo a Joanna era uma boa idéia. Mas a esperança era um privilégio que não lhes fora tirado. Ainda não.

Então ela fez algo estranho. Parou de chorar e esquivou-se de seus braços. Levou um dedo aos lábios.

— Ouça — sussurrou.

— O quê? Não ouço nada — disse ele. Ouvia apenas o som de sua respiração. Baixa, regular, e estranhamente em sincronia.

— Ouça — disse ela outra vez. Então ele ouviu.

— É a tevê — disse ele.

— Talvez seja real.

— Provavelmente não. Não.

— Ouça, Paul. Ouça. É *ela.* Um bebê chorando.

Exatamente como na casa de Galina.

— Eu sei — disse Joanna. — Eu simplesmente *sei.*

Na casa de Galina, o som do choro do bebê os fizera ficar assustados.

Ali, teve efeito exatamente oposto.

Ela se aconchegou em seus braços no escuro. Pousou a cabeça em seu peito, e ambos ficaram ali deitados ouvindo aquele som, como se fosse uma bela rapsódia. Como se fosse a sua música.

O HOMEM VOLTOU PELA MANHÃ.

Desta vez, não estava só.

Alguém evidentemente importante estava com ele. Paul podia ver pelo modo como seu agressor o respeitava. Seu papel mudara. Agora estava ali como intérprete.

Aquilo ficou claro quando o outro homem olhou para Paul e Joanna e disse algo em espanhol.

— Pediu que sentassem — disse seu seqüestrador original.

Paul sabia o que o homem lhe pedira. Contudo, ainda impressionado com a última surra, achara melhor pensar bem antes de executar as ações mais simples. O homem pedira que se sentassem, ótimo — mas talvez fosse bom se *assegurar* de que ele realmente queria que sentassem. Joanna ficara parada por outros motivos, ele o sabia. Pura teimosia, coragem diante do perigo.

O homem apontou para duas cadeiras de plástico. Outrora, aquelas cadeiras deveriam ficar no pátio, aquela vista paradisíaca que viram de relance antes que novamente desaparecesse por trás de madeira. Havia terra no plástico branco, do tipo que se acumula depois de muitos invernos ao relento.

Sentaram-se.

O homem falou com eles em um tom de voz baixo e comedido. Dirigiu-se mais a Paul, mantendo contato visual entre baforadas de um grosso e pungente charuto que emanava colunas azuis de fumaça em direção ao teto. Paul reconheceu a marca: a caixa no consolo da lareira de Galina. Ele tinha uma barba emaranhada; a pele era esburacada de acne infantil. Falava exclusivamente em espanhol, em uma velocidade lenta o bastante para que seu tenente — era assim que Paul pensava nele agora — pudesse traduzir suas palavras para o inglês.

— Isso é o que irão fazer para nós — disse ele.

E eles finalmente souberam por que estavam ali.

TREZE

Havia três caixas de preservativos sobre a mesa.

Uma marca francesa. *Cheval*, diziam as caixas, sobre a figura de um garanhão branco com olhos selvagens e uma crina agitada pelo vento.

Uma mulher indígena usando óculos bifocais estava curvada sobre a mesa, cuidadosamente abrindo os preservativos um a um. Vestia luvas de látex pretas, nada a lhe cobrir o tórax. Apenas um sutiã esportivo cinza com o logotipo negro da Nike.

No outro extremo da mesa, outra mulher usando luvas de látex negras e sutiã esportivo cortava metodicamente blocos de pó branco com um bisturi cirúrgico brilhante. O tenente estava encostado à porta, olhos fixos nas mulheres seminuas, como um apaixonado.

Paul estava sentado, esperando.

Fizeram-no aplicar dois enemas em si mesmo no intervalo de duas horas. Enquanto esperava o segundo fazer efeito, olhou para os 32 preservativos já carregados reunidos no meio da mesa e tentou não se sentir nauseado.

Aquilo o fez lembrar daqueles reality shows idiotas que recentemente fizeram sucesso em seu país. *No Limite* — não era esse o nome? Miolos de porco crus, vísceras sanguinolentas, intestinos de vaca, espalhados em uma mesa diante de três ou quatro competidores cobiçosos. "Vão em frente", dizia o melífluo apresentador toda semana, "quem comer mais ganha."

E não é que eles se dedicavam à tarefa com vigor inabalável? Não é que mastigavam até o último pedaço, olhos fixos no prêmio? Pensar neles ajudava. Eram seus novos modelos. Se eles podiam fazê-lo, ele também poderia.

Afinal, não estava concorrendo por dinheiro. O grande prêmio daquele programa eram duas vidas.

As de sua esposa e de sua filha.

Trinta e dois, trinta e três preservativos. A mulher na extremidade da mesa aumentou a pilha.

Paul sentiu o revolver familiar em seu intestino. Perguntou a Arias — esse era o nome do tenente — se podia ir ao banheiro.

Arias meneou a cabeça e sinalizou para que ele prosseguisse. As mulheres continuaram a trabalhar sem interrupção, operárias de uma linha de montagem que ainda não tinham ouvido a sirene do almoço.

Arias abriu a porta e o empurrou para fora. Havia um banheiro no fim do corredor. Arias olhou-o caminhar e fechar a porta atrás de si.

A porta não se fechou.

Claro que não. A bota de Arias impediu que se fechasse, assim como na primeira vez em que Paul correra para o banheiro.

A porta se entreabriu quando Paul sentou-se na privada imunda e tentou ignorar Arias observando-o. Era difícil. Ele fechou os olhos e imaginou estar no seu banheiro em casa, onde um exemplar surrado do *The Sporting News Baseball Stats* ficava junto à privada. Não que particularmente gostasse de beisebal — não gostava. O que ele gostava era das *estatísticas*. Ele visualizou a página 77, Derek Jeter. Média de rebatidas, *home runs*, RBIs, bases tomadas. Os números sempre contavam uma história, não é mesmo? Era um alívio pensar em números agora. Os números impunham ordem no universo — podia-se confiar neles, reconfortar-se com eles. Sempre ajudavam.

Pela segunda vez em uma hora, pareceu-lhe que cada pedacinho de suas entranhas estava sendo arrancado. Então, com Arias ainda observando, ele se ergueu e se limpou.

De volta à mesa. Onde três outros preservativos haviam sido acrescentado à pilha.

— *Sí* — disse Arias, olhando para Paul e fazendo a mulher parar em meio ao gesto. — Comece a engolir.

O COMANDANTE DAS FARC DISSE O SEGUINTE:

— Somos um exército revolucionário. Estamos envolvidos em uma longa luta contra a opressão. Precisamos financiar esta luta, de modo que fazemos tudo o que podemos para isso.

Tudo o que podemos acabou se revelando ser exportar pura cocaína colombiana para a costa leste dos EUA.

Foi assim que ele começou, como se estivesse querendo algum tipo de aprovação da parte deles. Explicando a abominável natureza do comércio de drogas como um tipo de mal necessário. Um meio para um fim.

Quando ele fez uma pausa, Paul meneou a cabeça, chegou a rir de nervoso, concedendo-lhe um tipo de absolvição. Talvez seja tudo o que ele quer, pensou Paul, alguém para levar a mensagem de volta para o mundo.

Sim, contrabandeamos drogas, mas apenas para ajudar a causa.

É claro, aquilo era estupidez. Não os seqüestrariam para expressar suas desculpas. É claro, Paul esperava que sim. Até o momento em que o homem lhe disse que ele teria de engolir 36 preservativos recheados com dois milhões de dólares em cocaína e levá-los a uma casa em Jersey City.

Ele faria isso caso quisesse ver a esposa e a filha vivas outra vez.

Neste momento, e apenas então, Paul compreendeu a completa enormidade de seu apuro.

Mas ainda havia coisas que Paul não compreendia.

O homem perguntou quem sabia que eles estavam na Colômbia — não *todo mundo*, apenas as pessoas que acompanhavam os seus passos de perto, que esperavam que voltassem em uma certa data. Paul começou a enumeração. A começar por seu chefe — Ron Samuels, atuário, chefe da empresa onde ele trabalhava havia 11 anos. Seus sogros, é claro, Matt e Barbara, que moravam em Minnesota e que iriam até Nova York levando presentes para o primeiro neto. Finalmente, John e Lisa, seus vizinhos de porta e melhores amigos.

Paul foi obrigado a escrever cartas para eles, praticamente a *mesma* carta, três vezes.

As coisas aqui estão demorando um pouco mais que o previsto, e só dentro de mais algumas semanas poderemos voltar com nossa filha adotiva — era o tema geral. Fizeram-no acrescentar uma parte dizendo que não havia necessidade de ligarem, uma vez que estariam pulando de um lugar para outro e com pouco tempo para conversar.

Paul pensou: *não querem que ninguém saiba.* Não ainda.

Haviam se esquecido de alguma coisa, não é mesmo?

— Pablo fez o check-out de vocês no L'Esplanade — disse Arias. — O gerente acha que vocês mudaram de hotel. Isso é tudo.

Não, não haviam esquecido.

Ninguém saberia que estavam desaparecidos.

Não nas próximas semanas.

Deram-lhe três folhas de papel e uma esferográfica azul com a extremidade superior mastigada. Paul escreveu as cartas com Arias por trás de seu ombro, evidentemente procurando alguma mensagem oculta, pedidos de ajuda disfarçados.

Quando Paul terminou, Arias leu-as em voz alta.

Depois, naquela mesma tarde, quando Paul e Joanna estavam sentados no colchão com as costas contra a parede, Paul disse:

— Acho que sei por que a trocaram.

— O quê?

Andava pensando naquilo e achava ter compreendido agora.

— Por que trocaram os bebês. Por que simplesmente não esperaram e pegaram nós três juntos.

— Tudo bem. Por quê?

— Lembra-se quando Galina voltou com o termômetro? Você disse que não estávamos paranóicos, que estávamos em um país estrangeiro. *Paranóia* é um país estrangeiro, Joanna.

— Não compreendo.

— Galina levou Joelle naquele dia para que voltássemos e não a encontrássemos. Então chamaríamos a polícia. Não havia bilhete... lembre-se: *ela* foi ao banheiro e o encontrou.

— Por que desejariam que chamássemos a polícia?

— Porque queriam a polícia ali quando Galina voltasse.

— Não faz sentido.

— Claro que sim. Você está no país da *paranóia* agora, lembra-se? Pense como um cidadão. Queriam que déssemos um alarme falso. Queriam que parecêssemos loucos.

— Por quê?

— Porque os loucos não têm credibilidade. Loucos estrangeiros têm ainda menos.

— Ainda não...

— Primeiro, chamamos a polícia e insistimos em que o bebê tinha sido seqüestrado. Mas não tinha. Então, percebemos que fora trocado, como de fato *foi*. Só que, se chamássemos a polícia uma segunda vez, pareceríamos ainda mais malucos do que antes. Eles *queriam* que soubéssemos que ela fora levada.

Joanna parecia começar a compreender.

— Tudo bem. E se *não* tivéssemos percebido? Eu percebi... você não.

Paul deu de ombros.

— Se não tivéssemos percebido, ligariam e nos diriam. *Temos seu bebê: venham buscá-lo.* De qualquer modo, não podíamos ter ido à polícia sem parecer que éramos malucos. Talvez fosse como uma apólice de seguros: se um de nós fosse embora, se o seqüestro não desse certo, se eu me recusasse a tomar o café e nunca desmaiasse. Quem sabe? Talvez fizessem a chamada. Estávamos *adiantados*, ele disse, lembra-se? Galina gritava com Pablo por algum motivo. Talvez fosse *isso*, levou-nos até lá antes de ela estar pronta.

— Tudo bem — disse Joanna. — Mas por que nós?

— E por que *não*? Devem pegar gente que acham que não será notada na alfândega. Da última vez que me vi, eu não me *parecia* com um contrabandista de drogas.

Joanna disse:

— Você não é um contrabandista de drogas.

— Ainda não.

Ela se virou para olhar para ele, como se para testar o grau de seriedade de sua expressão.

— Você vai fazer isso? — perguntou Joanna. Pareceu mais uma afirmação.

Paul olhou de volta para a esposa. O rosto dela mudou, pensou ele. Quatro dias sem comer ou dormir haviam ressaltado seus zigomas e escavado crateras sob seus olhos. Contudo, mesmo com olhos fundos e aterrorizados, ele viu algo gravado no rosto dela, como se os últimos dias tivessem removido tudo de não essencial e deixado a única coisa que realmente importava. Ele queria crer que fosse *amor.*

— Sim — disse ele.

— Vão prendê-lo. Você pode passar vinte anos na cadeia por contrabando de drogas. Você não é um criminoso... eles vão notar.

Sim, pensou ele, tudo o que ela estava dizendo era verdade.

— Que outras opções tenho?

Joanna não tinha resposta. Ou talvez tivesse. Ela pousou a cabeça sobre seu peito, perto do coração.

Tum, tum, tum.

— E se estiverem mentindo? E se estiverem mentindo quanto a nos deixarem ir? — É claro que Paul estava esperando por essa pergunta. Deu a única resposta que poderia dar.

— E se não estiverem?

QUATORZE

Teria 18 horas.

Três quartos de um dia. Mil e oitenta minutos.

Era isso.

Naquelas 18 horas, teria de engolir 36 preservativos recheados com dois milhões de dólares em cocaína pura e não diluída, pegar um avião para o aeroporto Kennedy e ir até uma casa em Jersey City, onde depositaria a sua carga em um exemplar sujo do *Star-Ledger* de Newark.

Se chegasse à casa um minuto depois das 18 horas que lhe foram concedidas, Joanna e Joelle seriam mortas.

Se chegasse à casa e só saíssem 35 preservativos, Joanna e Joelle seriam mortas.

Se não se livrasse dos preservativos a tempo e um deles estourasse em seu estômago, *ele* morreria.

Teria uma parada cardíaca devido à intoxicação. Começaria a salivar e a tremer incontrolavelmente. Morreria antes de alguém saber o que havia de errado com ele.

Aquilo fora cuidadosa e esmeradamente explicado por Arias. Para conseguir a sua atenção, para que ele se concentrasse.

Um tipo de exortação.

É claro, se chegasse à casa em 18 horas com todos os 36 preservativos ainda dentro dele, Arias receberia um telefonema.

Joanna e Joelle seriam libertas para se juntarem a Paul em Nova York.

Tinham a palavra de Arias, como bom revolucionário das Farc.

NA NOITE ANTERIOR AO DIA EM QUE ELE FORA LEVADO ATÉ A casa de corte, onde mulheres mestiças usando sutiãs esportivos trabalhavam incansáveis no principal produto de exportação da Colômbia, Joanna e Paul ouviram alguém cantando aquela triste canção de ninar do lado de fora da porta.

Joanna, que estava tentando dormir um pouco no colchão sujo e furado, imediatamente despertou e ficou de pé. A canção de ninar continuou, atravessando a porta como o aroma irresistível de uma boa comida.

A porta se abriu.

Joanna levou o nó dos dedos à boca para tentar conter o soluço, mas não foi muito bem-sucedida.

— Por favor — disse ela. — *Por favor.*

Galina. Com Joelle no colo.

— Por favor... Galina...

Galina entrou no quarto e alguém trancou a porta atrás dela. Encontrou-se com Joanna no meio do quarto, gentilmente colocando Joelle em seus braços já estendidos. Paul achou que gentileza assim não podia ser fingida. Que Galina era alguém que amava as crianças mesmo seqüestrando os seus pais, uma dicotomia que ele achava difícil conciliar.

Para Joanna, porém, não havia dicotomia alguma. Ela simplesmente abraçou a filha e chorou em silêncio.

Paul ficou ao lado dela, abraçando-a, e o círculo voltou a se fechar. Ele não conseguiu olhar para fora do círculo. Para Galina. Queria que ela olhasse *de volta*. Achou que seria difícil para ela. Estava errado.

Ela o encarou com absoluta compostura.

Chegou a sorrir, como se tivesse apenas levado Joelle para outro passeio ao redor do quarteirão e estivesse pronta para voltar às suas tarefas de babá.

— Está vendo — disse Joanna para Paul. Ela havia erguido a perna da calça azul de Joelle e apontava para uma pinta âmbar bem abaixo do joelho. Exato onde ela disse que estaria.

— Joelle — sussurrou ela, e beijou o rosto da filha. — Ela pode ficar conosco hoje à noite? — pediu a Galina. — Por favor?

Galina meneou a cabeça.

— Obrigada — disse Joanna.

E Paul pensou em quão rapidamente os cativos se tornam gratos por qualquer gentileza de seus seqüestradores. Dizem *por favor* e *obrigado* para gente que os tirou do mundo e os trancou em um quarto sem ventilação.

Galina remexeu o bolso de seu avental preto. Tirou dali uma mamadeira já cheia de comida de bebê amarelada, e duas fraldas.

Paul pegou a mamadeira; não conseguia deixar de lembrar que, na última vez em que aceitaram um líquido dela, foram drogados com *escopolamina.*

Galina deu as costas para ir embora.

Paul não a deixaria ir sem antes algum reconhecimento do que ela fizera com eles. Alguma demonstração de responsabilidade, mesmo que fosse em tom de desafio, raiva ou desagrado.

— Com quantas pessoas você já fez isso, Galina? — disse ele.

Galina deu as costas.

— Não é seu país — disse ela devagar. — Você não compreende.

Antes que Paul pudesse responder, antes que pudesse dizer que *compreensão* e *seqüestro* não pertencem ao mesmo universo, muito menos à mesma frase, ela deu as costas e bateu duas vezes à porta.

O menino abriu e ela saiu.

JOANNA DESPIU JOELLE.

Olhou cada centímetro de seu corpo, em busca de machucados, arranhões ou descolorações suspeitas. Qualquer evidência de que haviam ferido sua filha. Aparentemente, não. Paul podia sentir a felicidade que Joanna experimentava apenas por poder voltar a tocar em Joelle outra vez, sentir o seu coração, acariciar o seu cabelo.

— Vai cair, você sabe — disse Joanna baixinho.

— O quê?

— O cabelo dela. Nascem assim, então caem.

O cabelo de Joelle era preto como tinta e macio como um angorá.

— E quando volta a nascer? — perguntou Paul, embora incerto quanto a estarem por perto para ver isso acontecer. Sentia que Joanna devia estar se perguntando a mesma coisa.

— Seis meses, creio — respondeu ela. — Por aí.

Havia algo de surrealista naquela conversa. Como se estivessem falando em casa, em seu apartamento, dois pais recentes como quaisquer pais recentes, pensando em voz alta no milagre que era sua filha. Como se o futuro ilimitado se estendesse diante deles: pré-escolar, jardim de infância, escola de graduação. Formaturas, comunhões e aniversários. Amigas e namorados. Diários e aulas de dança.

Paul compreendeu. Só tinham aquela noite antes de ele partir. Tratariam aquilo do modo mais normal possível.

PAUL E JOANNA SABIAM QUE ERA MANHÃ SEM NA VERDADE sabê-lo. Seus relógios haviam sido retirados; as janelas, lacradas. Mas seus corpos se tornaram sensíveis às diferentes horas do dia, como cegos cujos outros sentidos compensavam a perda de visão. A manhã era diferente da noite.

Aquela manhã era diferente das outras.

Em pouco tempo, Paul estaria deixando Joanna para trás. Estaria deixando o país e deixando-a *lá*.

Ela dormira com Joelle no colo, e pouco depois ele adormeceu com Joanna nos seus braços. Quando voltou a abrir os olhos, precisou de alguns minutos para se dar conta de que Joanna também estava acordada — podia ver pela respiração dela, uma vez que não estavam olhando um para o outro.

Ainda não.

Então Joanna disse:

— Bom-dia.

— Pra você também.

Seus braços estavam dormentes por a terem apoiado toda a noite, mas ela não ousava movê-los. Poderia ser a última vez durante um longo tempo. Poderia ser a última vez, e ponto final.

— Ao menos nos trouxeram Joelle — sussurrou ela. — Talvez não sejam tão maus. Não precisavam ter feito isso.

— Não estavam sendo gentis, Joanna — sussurrou ele em resposta.

— Não? Então, por que o fizeram?

— Para me fazer lembrar, creio eu.

— Do quê?

— Do que está em jogo. O que vou perder se não levar as drogas até lá. Se eu estragar tudo. Acho que queriam que eu sentisse outra vez. Isso é tudo.

Joanna pressionou as costas contra ele, como se tentando se esconder dentro dele.

— Paul — disse ela em voz baixa —, se você chegar lá e decidir contar a alguém, *faça* isso. Vou compreender. Talvez possam negociar. Talvez você possa lhes dar algo em troca.

— Lembra das fotos que vimos nas paredes do aeroporto, aquelas do vice-prefeito de Medellín? A cabeça dele foi achada a dois quarteirões do carro-bomba. Acho que é assim que negociam. Vou entregar as drogas, eles vão ligar e deixar você ir. Você e Joelle.

Ficaram ali em silêncio durante um tempo.

Então ela disse:

— Às vezes acho que fomos muito azarados. Às vezes penso o contrário. Não podíamos ter um bebê, isso foi difícil, a coisa mais difícil pela qual já passei. Antes de agora. Quero dizer, quem tem de passar por *isso?* Somos uma matéria de jornal agora, não somos? Mas eu o amo. Eu o amei durante todo esse tempo. E acho que você também me amou, apesar de tudo, eu acho. E isso é sorte, não é mesmo? Portanto, quem sabe?

Foi o adeus dela para ele.

Se por acaso.

Ele estava tentando pensar na *sua* despedida. Tentava juntar as palavras certas para expressar a dor devastadora o consumia. Tentava articular esperança. Tentava se recompor. Dizer adeus sem desabar. Ouviu-se um arrastar de pés do lado de fora da porta.

Então, a porta se abriu e Arias estava lá.

QUINZE

Retardo.

Dos oito milhões de palavras em espanhol, uma que ele não conhecia. Às vezes, as palavras em espanhol soavam como inglês. O truque era considerar o seu contexto.

O contexto ali era o imenso painel de partidas e chegadas do aeroporto El Dorado. E as palavras e símbolos que os precediam.

Flt#345 a JFK Nueva York.

Aquilo lhe dava algumas pistas sólidas.

Só que Paul tentava ignorá-las. Estava sendo propositadamente ignorante, um detetive em serviço que não tinha intenção de juntar dois mais dois.

Ele engolira os 36 preservativos havia duas horas em uma casa na periferia de Bogotá.

Fora levado de carro até o aeroporto por Pablo, o mesmo homem que o recebera havia uma semana.

Passara pela segurança e pela alfândega.

O vôo estava em *retardo.*

Tudo bem, meninos e meninas, seu professor de espanhol, Sr. Schulman, costumava dizer. *Alguém adivinha?*

Havia outra pista ali, uma que era praticamente impossível de ignorar. Seus colegas de portão de embarque. Estavam gemendo, murmurando, balançando as cabeças uns para os outros com aquela velha expressão de resignação.

Paul ergueu-se da cadeira. Foi até o balcão de check-in. Sentia os preservativos movendo-se dentro dele a cada passo. Parecia que tinha engolido uma bola de basquete. Um arremesso aéreo de Kobe Brian, pronto a atravessar a rede e eliminar a possibilidade de um rebote em sua trajetória.

— Perdão — disse Paul para a atraente colombiana atrás do balcão da empresa aérea.

— Pois não, senhor? — disse ela. Ela tinha aquela expressão que você vê no pessoal da sessão de devoluções um dia depois do Natal. Fortificações defensivas prontas para o ataque iminente.

— Está tudo certo com o vôo?

É claro que ele sabia que não estava nada certo com o vôo.

Se tudo estivesse certo com o vôo, a palavra *retardo* não estaria ali no painel de partidas e chegadas. Os passageiros seus colegas não estariam emitindo gemidos coletivos de frustração. Mas, até a mulher confirmar isso, ele se faria de idiota. Agarrava-se ao horário que tinha em mente, aquele que previa a sua chegada ao JFK em aproximadamente quatro horas e meia, chegando à casa em Jersey City duas horas depois.

— O vôo está atrasado, senhor.

Subitamente, a coisa que mais pesou em seu estômago foi seu coração. Afundou como uma pedra.

Havia ainda outra pergunta a ser feita.

— Quanto *tempo?*

— Não sabemos. Avisaremos assim que tivermos uma idéia.

Paul também ficou com vontade de avisar algo. Estou carregando 36 preservativos cheios de cocaína dentro do meu estômago, e se não os tirar daqui logo, irão se dissolver e me matar.

Então Arias matará minha mulher e minha filha.

Um policial colombiano estava de pé entre os portões. Fumava e observava as pernas e bundas de toda mulher que passava — um espreitador que dava oportunidades iguais às suas vítimas.

Se você decidir contar a alguém, faça isso, disse Joanna. *Vou compreender.*

Que coisa fácil de se fazer. Falar. Contar.

Ele contaria tudo ao policial, que pararia de olhar para as mulheres que passavam e levaria Paul para o hospital mais próximo, onde tirariam as drogas de seu estômago. Tomariam seu depoimento, incluindo uma descrição completa dos seqüestradores. Eles prenderiam Pablo e Galina.

Quão fácil isso seria.

Só que aquele era um país latino-americano com uma economia inflacionada. Onde tudo era nominalmente caro, mas, na verdade, barato. A vida, por exemplo. A vida era barata lá. A de Joanna era *muito* barata. Se ele abrisse a boca, tinha certeza de que ela fecharia a dela para sempre.

O policial jogou a guimba de seu cigarro no chão, onde a esmagou com uma imponente bota preta.

Então se foi.

Paul sentou-se.

A cada 15 minutos mais ou menos, ele se levantava e se aproximava do balcão de check-in, onde a colombiana com quem já havia falado o evitava. Ela parecia estar sempre arranjando algo que fazer, verificando a lista de vôo ou arrumando as passagens em uma pilha. Ele a estava enervando, como um paquera aborrecido que se recusava a aceitar não como resposta.

— Ainda não sabemos de nada — respondeu na segunda vez em que ele perguntou quando o avião partiria. Ele notou que ela abrira mão inteiramente do *senhor.*

— Tenho uma reunião importante em Nova York. Não posso me atrasar. Compreende?

Sim, ela compreendia. Mas não sabia de coisa alguma. Portanto, poderia ele se sentar novamente e esperar o aviso?

Quinze minutos depois de esperar por um aviso que não vinha nunca, ele estava de volta. E 15 minutos depois disso.

— *Veja* — disse ela. — Já lhe disse. Ainda não temos previsão.

— Bem, o avião está aqui? Você pode me dizer se o avião está aqui?

— Se você se sentar, darei o aviso quando eles nos disserem algo.

Ele não queria se sentar. Queria respostas.

— Quem são *eles?*

— Perdão?

— Quem são esses misteriosos *eles*? Os *eles* que vão lhe dizer alguma coisa?

— Por favor, sente-se.

— Só estou fazendo uma pergunta. Quero saber quanto tempo vou ficar sentado ali. Queria uma pista, uma previsão, *alguma coisa*. É pedir muito?

Paul deu-se conta de que sua voz estava mais alta que o normal. Sentiu isso porque diversos passageiros cansados na sala de espera ergueram as cabeças de suas palavras cruzadas, jornais e revistas para olhá-lo. Pareciam meio alarmados e meio simpáticos à sua causa. Talvez porque ele estivesse apenas fazendo aquilo que eles mesmos queriam fazer — externar a sua fúria crescente —, ainda que estivesse fazendo aquilo de um modo que ofendia o decoro. Manteriam distância e silenciosamente o apoiariam. Paul lembrou-se de uma outra passageira que certa vez exigira informações de um empregado de uma outra linha aérea. Havia muito tempo e acontecera bem longe dali.

A mulher por trás daquele balcão — Rosa, dizia o crachá — não lhe ofereceu tal apoio.

— Eu já *disse*. Quando eles me *disserem* algo, darei um aviso. Agora, devo pedir que...

— Tudo bem, eu me sento. Se você me disser quem são *eles*.

Ela decidiu simplesmente ignorá-lo. Voltou a trabalhar como se ele já tivesse dado as costas e voltado para seu assento.

Paul sentiu algo lhe subir pelo esôfago. Por apenas um instante, achou que fosse um preservativo que estourara em seu estômago, que em um instante ele estaria caído no chão, afogando-se no próprio vômito. Mas não era cocaína. Era ódio — todo o veneno que acumulara nos últimos cinco dias de cativeiro. Ódio por Galina, Pablo, Arias e o homem de charuto — tudo concentrado naquela mulher que se recusava a dizer se ele conseguiria sair da Colômbia a tempo de salvar sua esposa e filha.

— *Fiz uma merda de uma pergunta* — disse Paul. Ou gritou. — *Quero uma merda de resposta.*

Todos deixaram de lado os olhares solidários. Seus rostos registravam puro alarme. O de Rosa inclusive. Ela deu um passo atrás, como se ele a tivesse atacado fisicamente.

— Não há razão para usar tal linguagem — disse ela, ríspida. — Você está se excedendo, e vou chamar as autoridades caso não... — Paul deixou de prestar atenção no que ela estava falando. Principalmente porque podia ver diversas pessoas em uniformes azuis correndo para o lugar da comoção. Não estava certo se eram funcionários de empresa aérea ou uma equipe da SWAT colombiana.

Se a polícia me prender, não vou poder viajar. Foi isso que passou imediatamente por sua cabeça. *O vôo pode estar atrasado, e sabe-se lá quando decolará, mas se me prenderem, não vou estar lá.*

— Perdão — disse Paul. — Perdoe-me. Só estou sob pressão por causa de uma reunião. Desculpe. Sinceramente.

Os de uniformes azuis eram funcionários de empresas aéreas. Três homens e uma mulher que cercaram o balcão em uma impressionante demonstração de apoio. Os funcionários de empresas aéreas tendem a ficar juntos hoje em dia, agora que estão operando na linha de frente.

— Algum problema aqui? — perguntou um dos homens a Rosa.

Ela hesitou, então balançou a cabeça.

— Não, está tudo bem — disse ela. — O Sr. Breidbart vai voltar para o seu lugar.

O Sr. Breidbart voltou para o seu lugar.

O avião já estava uma hora atrasado.

Ele tinha 17 horas de sobra.

DEZESSEIS

Exibiam uma comédia de Reese Witherspoon. Paul sabia que era uma comédia porque diversos passageiros estavam rindo.

Ele também assistia ao filme. Mas não tinha idéia do que se tratava.

Algo estava errado com seu estômago, afora o óbvio. Ao tocá-lo, pareceu um bongô. Podia tocar "Wipe Out" nele. Estava cada vez mais nauseado.

Não vou vomitar, disse para si mesmo.

Se vomitasse os preservativos, teria de engoli-los de novo. Já fora difícil na primeira vez. Cada ingestão desencadeara uma ânsia de vômito. Como conseguira? Usando diversos estratagemas, nenhum deles inteiramente bem-sucedido.

Primeiro, imaginara Joanna e Joelle naquele quarto — concentrando-se no benefício final. Funcionara apenas durante algum tempo. Então, mudara de estratégia e imaginara que cada preservativo era um tipo de guloseima local com gosto estranho, até mesmo repulsivo, mas uma guloseima que visitantes politicamente corretos se sentiam forçados a experimentar.

Quando isso também não funcionara, quando engasgara e quase pusera tudo para fora, pensara neles como doses individuais de *remédio*. Algo prescrito para salvar suas vidas — a de sua mulher e a dele.

De algum modo, conseguira engolir os 36.

A parte mais difícil era mantê-los ali.

O avião decolara com duas horas de atraso. De modo a evitar uma inesperada turbulência sobre o Caribe, o piloto subiu para trinta mil pés. Aquilo atrasaria o vôo ainda mais, explicou o piloto, mas "antes tarde do que nunca", acrescentou naquele sotaque neutro do Meio-Oeste que todo piloto do mundo parece ter. Estava mudando o plano de vôo tendo seu conforto em mente.

O conforto de Paul era medido em números negativos.

Os números negativos sempre o fascinaram. Eram o lado oculto da lua, a antimatéria do universo numérico que ele conhecia. Ele viajava por aquele universo agora.

— Você está bem? — perguntou o homem ao lado dele. Evidentemente, não assistia ao filme de Reese Witherspoon. Olhava para Paul. Paul estava estranho.

— Só um pouco nauseado — respondeu Paul.

O homem pareceu recuar. De algum modo, ele aumentara a distância física entre eles sem em verdade se mover. Paul compreendeu: náusea é a última palavra que você deseja ouvir durante um vôo. Sem contar *bomba,* é claro.

Uma das piadas padrão de seu ramo de negócio era: "ouviu falar no atuário que embarcou em um avião com uma bomba falsa? Queria diminuir as chances de haver outra bomba a bordo."

Ha, ha.

— Quer que eu chame a comissária de bordo? — perguntou o sujeito, cauteloso.

— Não. Vou ficar bem. — Paul sentia as gotas de suor em sua testa. Seu estômago roncava como trovões antes do dilúvio.

— Então está bem — disse o homem. Ele não parecia estar bem.

Paul tentou se concentrar no filme. Reese era advogada ou algo assim. Falava coisas engraçadinhas e ria um bocado.

Ele queria vomitar.

Paul levantou-se e caminhou até o banheiro da classe executiva. Mas estava ocupado e já havia outras pessoas na fila. Uma mãe com um menino de 4 anos. O menino arrastava os pés e periodicamente segurava a parte da frente das calças.

— Ele precisa ir — explicou a mãe em tom de desculpas.

Paul olhou através da cortina semi-aberta da primeira classe. Ninguém na fila do banheiro. Ele atravessou a cortina em direção à frente da aeronave.

— Perdão, senhor.

Um comissário de bordo apareceu do nada. Era magro, jovem, mas com um olhar muito determinado. Naquele momento, ele estava determinado a impedir que Paul, um passageiro de classe executiva, chegasse ao banheiro da primeira classe.

— Por favor, use o banheiro em sua seção — disse ele.

— Claro. Só que está ocupado. Portanto...

— Deve esperar o banheiro vagar — interrompeu o comissário.

— Não posso esperar. Não estou me sentindo bem.

Todos os passageiros da primeira classe estavam olhando para ele. Paul sentiu seus olhos às suas costas. Na hierarquia daquele avião, eles eram brâmanes, e Paul era um intocável. Aquilo deveria tê-lo incomodado em uma vida passada. Mas nesta vida ele era um contrabandista de droga a ponto de vomitar sua carga ilícita no corredor, de modo que não se incomodava. Precisava entrar naquele banheiro.

O comissário de bordo, cujo nome era Roland, olhava para Paul como se para se certificar de que ele estava dizendo a verdade. Estaria realmente enjoado, ou estaria tentando abrir caminho para as glórias do banheiro na primeira classe?

Paul não o esperou decidir. Simplesmente avançou, roçando de passagem um Roland com a expressão derrotada. Entrou no banheiro e trancou a porta.

Sua náusea atingiu um nível insuportável.

Olhou para si mesmo no espelho. Seu rosto estava pálido e molhado de suor.

Ele fechou os olhos.

Pensou em Joanna presa naquele quarto sem ventilação. Sentada no colchão imundo. Completamente sozinha. Imaginou se ela estava rezando por ele, revisitando a fé de sua juventude, quando religiosamente comparecia ao confessionário todo domingo e renunciava aos seus pecados de menina. Assim ele esperava.

Não vou vomitar. Disse aquilo não apenas para si, como também para Deus. Tudo bem, não eram íntimos, mas tentaria mesmo assim. Estava pronto a esquecer o que passara por baixo da ponte e ficar amigo Dele.

Não me deixe vomitar.

Desta vez, falou como se rezasse, um apelo de alguém necessitado de alguma intervenção divina.

Respirou profundamente. Jogou água fresca no rosto. Fechou as mãos em punho. Evitou olhar para a privada, que parecia um convite visual para vomitar drogas.

Funcionou.

Sentiu a náusea diminuir. Ainda estava com ânsia de vômito, mas conseguia se ver voltando para o seu lugar sem vomitar. Talvez esse negócio religioso funcionasse mesmo. Talvez até mesmo um Deus exausto pudesse ser piedoso.

Alguém bateu à porta.

— O que está acontecendo aí dentro?

Roland. Ainda soava indignado.

— Vou sair — disse Paul.

— Ótimo.

Um minuto depois, Paul abriu a porta e passou por Roland, que cheirava fortemente a lavanda. Voltou para seu lugar, onde o homem ao seu lado olhava para ele com suspeita.

— Está tudo bem? — perguntou.

Paul meneou a cabeça. Virou de lado e fechou os olhos. Não conseguia dormir, mas tentaria.

Teria mais duas horas até ter de passar pela alfândega.

HAVIA UM CÃO AO PÉ DA ESCADA. UM PASTOR ALEMÃO COM uma grossa coleira preta.

Paul não conseguia ver quem segurava a coleira, porque o teto restringia sua visão.

Podia ser um cego, pensou. Um mendigo com uma daquelas xícaras brancas na mão e com uma placa que dizia *Sou cego. Por favor, ajude.*

Ou podia ser o outro tipo de pessoa que seguraria um cão com coleira em um aeroporto internacional. Esperando um vôo da Colômbia.

Pensou em dar meia-volta e caminhar contra o fluxo de passageiros. Mas a escada rolante estava lotada, jamais conseguiria.

A escada rolante parecia estar se movendo em SLP, a velocidade mais lenta de um videocassete. A pessoa que segurava o cachorro foi se revelando aos poucos, como se estivesse sendo desenhada por um artista do Washington Square Park.

Primeiro, os sapatos.

Pretos, robustos, solas grossas. Não necessariamente os sapatos de um cego, embora pudessem vir a ser.

Agora, as pernas.

Finas e curtas, cobertas de tecido azul-marinho.

Jeans? Ou o tecido de poliéster usado por certas agências governamentais? Difícil dizer. A fivela do cinto do sujeito era algo substancial, que parecia servir a um outro grande propósito além de simplesmente manter as calças no lugar. O tipo de fivela que impõe respeito.

A camisa começou a se materializar.

Paul rezava para que fosse uma camiseta.

Algo com a inscrição *I Love New York.*

Ou *Meu genro foi à Flórida mas tudo o que ganhei foi ISTO.* Realmente rezava — como no banheiro da primeira classe.

A camisa era branca e com botões. Havia um distintivo nela.

Um policial. Um funcionário da alfândega.

Quando Paul chegou ao fim da escada rolante mais lenta do mundo, viu que estava certo e errado ao mesmo tempo. Era um agente da alfândega, com certeza, mas era uma mulher. Ela tinha cabelos tingidos de louro amarrados em um rabo-de-cavalo, evidentemente para afastá-los de seus olhos diligentes e implacáveis.

Realmente não importava o seu sexo. Ele estava concentrado no cão.

Um farejador — não era assim que os chamavam?

A agente e o cão estavam no lado esquerdo da escada rolante. Paul tentou se aproximar do corrimão direito. O cão estava sentado sobre as patas traseiras, com o nariz inquieto apontado diretamente para cima.

Ele pensava: esses cães são capazes de sentir cheiro de drogas dentro de tanques de gasolina, bonecas de plástico, até mesmo dentro de concreto. E quanto às *pessoas*? Através de camadas de intestinos, gordura, preservativos e pele?

Pele muito suada. Pele que irrompeu em uma verdadeira erupção de suor que ameaçava transformá-lo em um pano de pratos ambulante.

Saiu da escada rolante. Podia sentir a agente de alfândega olhando diretamente para ele. Só conseguia *sentir* isso, porque tentava não olhar para ela. Tentava parecer entediado, desinteressado, despreocupado — tentava parecer assim olhando em outra direção, de modo a não cruzar o olhar com o dela.

Ela devia estar se perguntando o que faria um passageiro vindo da Colômbia suar tanto. Não, parecia mais uma fuzilaria.

Paul conseguia ouvir o cão farejando. Parecia alguém com um resfriado. Seu peito se fechou em um nó apertado. Supostamente, havia três sinais de aviso de um ataque cardíaco: suor excessivo, dor no peito e dormência, e ele estava sentindo os três. Apenas a dormência era de natureza mental. Estava tão apavorado que não conseguia pensar.

Então, fez algo muito estranho.

Acariciou o cão.

O pastor emitia uma série de ganidos nervosos, e Paul estava convencido de que em um segundo a agente pediria que ele saísse da fila e a acompanhasse até uma sala especial onde o fariam passar pelos raios X e o prenderiam por contrabando de drogas.

Estava encarando seu medo de frente. Do modo como seu pai o aconselhara, quando, aos 7 anos, Paul confidenciara o seu medo de montanha-russa no meio do parque Hershey. Seu pai o pusera na altíssima Evil Twister, onde Paul o vomitou todo.

Talvez a arrogância explícita funcionasse desta vez.

O cão ficou quieto e olhou para ele com uma expressão concentrada. Suas orelhas baixaram, e o focinho educado tremeu.

Foi a agente da alfândega quem *latiu* para ele.

— *Senhor!*

Tudo parou. Outros passageiros se voltaram para olhá-lo — um adolescente com mochila, uma família de quatro pessoas carregadas de artigos da Disneylândia, um casal mais velho tentando se juntar ao resto de seu grupo. Outros agentes de alfândega que estavam no outro lado do terminal começaram a se aproximar.

— *Senhor!* — repetiu a agente.

— Sim? — Paul sentiu como se tivesse deixado o próprio corpo. Como se estivesse olhando de cima para aquele ridiculamente aterrador confronto, que acabaria com Paul Breidbart sendo levado dali algemado. E desgraçado.

— Senhor. Por favor, evite acariciar o cão, senhor.

— O quê?

— Ela não é um bicho de estimação, senhor. É um animal de trabalho.

— Sim, claro. Perdão. — Ele afastou a mão. Tremia visivelmente.

Voltou-se e caminhou em direção à placa que dizia *Bagagens por aqui.* Contou seus passos silenciosamente, imaginando que, se conseguisse chegar a dez, estaria livre.

Chegou a onze.

Doze.

Treze.

O cão não farejara a cocaína. Ele estava limpo.

DEZESSETE

Pegou um táxi.

O motorista era um indiano que falava muito mal o inglês. Ainda assim, não teve dificuldade em externar sua alegria por conseguir uma corrida que faria o seu dia. Até Nova Jersey seria bandeira 2.

Pegou a Grand Central Parkway em direção à ponte Triborough, enquanto Paul olhava para o relógio a cada dez minutos. Como um fundista na Maratona de Nova York — tantos quarteirões em tanto tempo.

Até agora, estava mais ou menos no passo certo.

Você está indo bem, dizia-lhe a chefe de torcida em sua mente.

Você está indo bem.

Ele tentava se concentrar na linha de chegada. Os contatos das Farc em Jersey City logo estariam lhe dando tapinhas nas costas por um trabalho bem-feito e fazendo aquela ligação para a Colômbia. No dia seguinte, ele estaria esperando Joanna e Joelle desembarcarem no Aeroporto Kennedy para começarem as suas vidas juntos.

Faltava uma hora.

Então o táxi reduziu a velocidade, passou a rodar muito lentamente e parou.

Subitamente, estavam em um engarrafamento pára-choque contra pára-choque, sem nenhum movimento discernível adiante.

Paul precisava ir ao banheiro.

Tal sensação ficara mais forte quando ele deixara o avião. A princípio, sentira apenas a ligeira sensação de plenitude que o incomodara o dia inteiro — exatamente o que era de se esperar com 36 preservativos recheados dentro do corpo. Mas, então, viera uma necessidade crescente e indiscutível de se aliviar, tão intensa quanto a ânsia de vômito.

Pela segunda vez em um intervalo de horas, Paul tentou convencer o seu corpo a desistir de alguma coisa. Um simples caso de mente sobre o corpo. Seu corpo, porém, recusava-se a prestar atenção. Na verdade, não queria saber de nada. Tinha a sua própria agenda, e exigia ser ouvido.

Não andaram um centímetro durante cinco minutos.

O motorista balançava a cabeça e tentava sintonizar uma estação em um mar de estações de rádio estrangeiras. A cacofonia resultante era desagradável aos sentidos e fisicamente desgastante. Estava limitando seriamente a capacidade de Paul de se concentrar em não se aliviar no banco de trás do táxi.

— Podia parar com isso? — pediu.

— Ahn?

— O rádio. Podia simplesmente escolher uma estação?

O motorista de táxi se voltou como se tivesse acabado de ouvir uma pergunta estarrecedora. Olhou para Paul com olhos de pálpebras pesadas afundados em escuras cavernas de desespero.

— O que disse?

— É aborrecido — disse Paul. Seu estômago estava começando a gritar com ele.

Encontre um banheiro. Qualquer banheiro.

— *Meu* rádio — disse o motorista.

— Sim, mas...

— *Meu* rádio — repetiu com ênfase. — Toco o que quiser. Certo?

Certo. Havia um limite entre passageiro e motorista, e Paul evidentemente o havia ultrapassado.

Seu estômago era uma câimbra interminável. Havia algo ali que queria sair desesperadamente.

Agüente.

O motorista de táxi tocou a buzina. Obviamente, pretendia protestar de algum modo, em vez de fazer algo que realmente surtisse efeito. Os carros diante dele não podiam fazer nada a respeito — estavam tão presos quanto o dele. Ainda assim, buzinou outra vez — desta vez mais demorado, um longo uivo de frustração e raiva.

O motorista de táxi parecia gostar de liberar a tensão desse modo. Sorria como se tivesse ouvido uma boa piada.

Até alguém sair do carro diante dele: um Lincoln com uma placa que dizia *BGCHEZE.*

O homem que se encaminhou até a janela do motorista de táxi parecia preso dentro de suas roupas, calça de moletom marrom apertada e uma simples camiseta que mais parecia uma camisa-de-força.

Fez um gesto com a mão: *abra a janela.*

O motorista de táxi não estava disposto a obedecer. Seu sorriso desapareceu, e ele passou a murmurar em indiano.

— Abra a merda dessa janela — disse o homem, uma vez que o seu gesto não o levou a parte alguma.

O motorista de táxi também gesticulou. Um gesto de desprezo: *vá embora e me deixe em paz.*

O homem não reagiu bem àquilo.

— Para quem você está gesticulando, hein? Gosta de tocar a merda da buzina? Abra a janela. Tenho algo para você, seu merda!

O motorista de táxi não obedeceu. Não. Voltou a acenar para o sujeito e virou o rosto, banindo-o de sua presença.

— Ei, seu cabeça-de-toalha de merda! Entende inglês? Não entende, não é mesmo? Não compreende uma palavra do que estou dizendo. Olhe, vou facilitar as coisas para você. *Abra. A merda. Da. Janela.* — A cada palavra ele batia no vidro com uma mão que parecia ser do tamanho da baixa Manhattan.

O motorista de táxi trancou as portas. Paul deu-se conta disso quando o homem começou a puxar a maçaneta sem conseguir abrir a porta. Aparentemente, aquilo só o fez ficar mais furioso.

Ele começou a chutar a porta do motorista.

Paul não sabia se o sujeito tinha percebido que havia um passageiro no banco de trás. Mesmo que tivesse, não achava que aquilo o deteria.

— Abra a merda da porta, seu babaca! — Agora ele berrava com um motorista de táxi seriamente preocupado. Na verdade, o motorista de táxi parecia estar olhando ao redor em busca de ajuda: primeiro à esquerda, depois à direita, então, finalmente, inexoravelmente, para trás.

— Talvez ele pare — disse Paul, olhando um par de olhos de puro pânico.

— Ele é louco — disse o motorista de táxi.

Paul teve de concordar. Dois pensamentos passavam pela sua cabeça. Primeiro: ele não ia conseguir segurar. Dois: se o maluco conseguisse abrir o carro, mataria o motorista, e Paul não chegaria a tempo em Jersey City. Mesmo se *conseguisse* se controlar.

Paul baixou o vidro.

— Escute, podemos nos acalmar? — disse para o homem. Sua voz soou dolorida e cheia de angústia, até mesmo para ele.

A intervenção pareceu ter acalmado o sujeito momentaneamente. Ele olhou para Paul como se tivesse acabado de ver um objeto interessante merecedor de sua atenção.

— Diga-lhe para abrir a porta — disse.

— Escute, estou certo de que ele não queria tocar a buzina. Ele estava frustrado. Todo esse trânsito. Podemos esquecer o incidente?

O homem sorriu para ele.

— Claro — disse ele.

Então, meteu a mão pela janela aberta de Paul e destravou tranca. Em segundos, abriu a porta. Antes que Paul pudesse reagir, o sujeito tirou-o de dentro do táxi.

Paul tropeçou, quase caiu.

— Ei, vamos, pare com isso — disse ele.

Em algum momento entre *pare* e *isso*, o sujeito socou-o no queixo.

Paul foi ao chão. *Plack*. Mas esta não foi a pior parte. Não.

Ele passara horas lutando para manter a droga dentro de si, lutando com o próprio corpo contra essa intrusão indesejada e não-natural.

E, em um momento humilhante, perdeu a luta.

DEZOITO

Encontraram um posto Exxon em algum lugar do Bronx.

Um oriental que abastecia o carro apontou para os fundos do posto quando Paul perguntou pelo banheiro.

Paul voltara ao interior do táxi no meio da ponte Triborough com a ajuda de uma mulher de meia-idade que magicamente se materializara de uma minivan branca. Recusara a oferta da mulher de buscarem assistência médica. Dissera ao motorista, que permanecera protegido no banco da frente, que não estava interessado em ir à polícia. Não. Apenas até o número 1346 da rua Ganet em Jersey City.

Mas, primeiro, precisava ir ao banheiro.

O motorista de táxi fechou a divisória de plástico entre motorista e passageiro, e Paul ficou sentado de lado durante todo o caminho.

Ao entrar no banheiro do posto de gasolina — que não era muito um banheiro, e, sim, um buraco com privada —, descobriu o que esperava.

Tudo o que engolira em Bogotá havia saído. Os preservativos ainda estavam intactos.

Jogou-os na pia imunda e lavou-os com água morna e cheia de ferrugem. Tirou a calça e espalhou sobre o tecido o líquido amarelo que saiu da saboneteira, e então lavou-a sob a torneira. Limpou-se o melhor que pôde.

Ele não engoliria os preservativos de novo. Não podia. Iria até a casa em Jersey City e diria o que acontecera: que saíram alguns quilômetros antes da entrega.

Colocou as drogas na bolsa de mão que levara consigo até o banheiro. Voltou ao táxi e sentou-se no banco de trás. O motorista arejara a cabine no tempo em que ele estivera no banheiro. Ambas as portas estavam escancaradas, ambas as janelas baixadas.

Pelo menos, o motorista não disse coisa alguma. Paul levara um soco no queixo por sua causa.

Sua gratidão devia ter superado seu desagrado.

TRINTA MINUTOS DEPOIS, ELES CHEGARAM A JERSEY CITY.

Paul olhava para o lado bom da coisa. Sim, havia um lado bom. Até agora ele conseguira. Considere as percentagens.

Estava a alguns quarteirões de entregar a sua carga. De cumprir sua parte na barganha.

O motorista entrou em uma área adornada com placas em árabe. Passaram por uma mesquita amarela completa, de minarete brilhante, um mercado ao ar livre repleto de frutas e verduras exóticas. Passaram por diversas mulheres usando *burkas* negras da cabeça aos pés, andando pelas ruas como sombras.

Meu nome é Paul Breidbart. Tenho algo que vocês estão esperando.

Imaginou o rosto de Joanna ao sair do avião. Ainda com olheiras e cansada, mas corada de gratidão e alívio. Traria Joelle agarrada o peito. Iriam para casa, onde seus melhores amigos, John e Lisa, teriam amarrado balões cor-de-rosa na maçaneta de seu apartamento.

Meu nome é Paul Breidbart. Tenho algo para vocês.

O táxi parou. O motorista virava a cabeça, olhando pela janela lateral.

— Chegamos? — perguntou Paul.

— Rua Ganet, 1346? — perguntou o motorista.

— Sim. É aqui?

— Aqui é a rua Ganet — disse ele.

— Bom — disse Paul. Estavam no meio de um quarteirão. Havia um açougue, uma farmácia e dois postos de troca de cheques ao longo da rua. O outro lado parecia ser residencial, que deveria ser o lado que ele estava procurando.

Só que havia algo de errado. O motorista balançava a cabeça e suspirava.

— 1346? — perguntou outra vez.

— Sim.

— Não existe — disse ele.

— Como?

— Não existe.

— Não entendo.

— Veja — disse o motorista. — Está faltando.

DEZENOVE

Manhã.

Joanna sentia cheiro de banana frita e fumaça. E o familiar odor almiscarado de seu bebê. Sua cabeça macia estava metida sob o queixo de Joanna enquanto mamava a comida amarelo-clara fornecida por Galina.

Paul havia ido embora havia algumas horas. Ou seriam dias?

Ela tentara ser corajosa. Tentara ser forte para Paul — ele precisaria. Quando ele partira, quando deixara o quarto, fora como se a esperança tivesse ido embora com ele.

É assim que a gente se sente quando está completamente só, pensou.

Mas havia Joelle. De modo que ela não estava assim tão só.

Galina voltara assim que Paul se fora, e Joanna agarrara o bebê como costumava agarrar a carteira diante de um possível ladrão na rua 84.

Você não vai tirá-la de mim.

Mas Galina não tirara.

— Gostaria de alimentá-la comigo? — perguntou Galina.

— Sim.

Assim o fizeram. Lado a lado, como as novas mamães com suas babás estrangeiras que se reuniam nos bancos do Central Park toda manhã. Só que não havia balanços, gangorras ou escorregadores.

É claro, havia outra diferença. Aquela babá os seqüestrara.

Joanna não se deu ao trabalho de mencionar este fato em particular. Tentava desfrutar do momento. "Não balance o barco", dizia-lhe a mãe quando ela reclamava de uma coisa ou outra. Queria dizer, contente-se com o que tem. Por quê? Porque sempre pode ficar pior.

Se me deixar abraçá-la e ficar com ela, não direi o que você fez conosco.

Isso, é verdade, ia contra cada fibra do caráter de Joanna. Ela estava habituada a dizer o que pensava. Mas não podia correr o risco de Joelle ser tirada dela uma segunda vez.

Galina perguntou como Joanna passara a noite. Comentou como Joelle comia bem. Demonstrou o jeito certo de fazê-la arrotar. Falava com Joanna como se ainda estivessem no quarto de hotel em Bogotá.

E Joanna meneou a cabeça, respondeu, chegou a *conversar.*

— Onde você nasceu, Galina? — perguntou Joanna depois que Joelle havia comido e dormia em seu colo.

— Frontino — respondeu Galina. — Em Antióquia. No norte — acrescentou, dando-se conta de que Joanna não era capaz de diferenciar uma província colombiana da outra. — Em uma fazenda de frutas. Há muito tempo.

Joanna meneou a cabeça.

— Como era lá?

Galina deu de ombros.

— Éramos pobres. Campesinos. Fui mandada para a escola pelos padres.

Ao ouvir falar em religião, Joanna lembrou-se do hábito negro e do colarinho branco que divisava pela janela do confessionário. O cheiro de naftalina, incenso e talco infantil.

Joanna tentava continuar a conversa. Joelle dormia, e a qualquer momento Galina podia se levantar e dizer *devolva.* Afora isso, era inquestionavelmente agradável poder falar com outro ser humano.

Havia outro motivo. Falar a impedia de pensar.

Dezoito horas, disseram para Paul.

Galina estendeu a mão e acariciou gentilmente o cabelo espetado de Joelle.

Seria difícil não gostar de uma mulher assim, pensou Joanna. Devia haver duas Galinas. Para aquela, ela tranqüilamente entregaria o seu bebê.

— Quando você veio para Bogotá?

— Durante os tumultos — disse Galina. — Quando Gaitán foi morto. — Ela explicou a Joanna como era a Colômbia nos anos 1940. Jorge Gaitán era um homem do povo. não era branco como o resto dos políticos. Meio índio. A esperança dos campesinos, como seu pai. Só que fora assassinado por um desvairado. O país enlouquecera, dissolvido em *La Violencia* que nunca acabara de verdade.

Joanna ouvia, meneava a cabeça, fazia perguntas. Achou que não estava interessada apenas em manter a conversa fluindo, mas, sim, no que Galina dizia. Talvez lhe desse alguma pista.

"Você não compreende", dissera Galina para Paul quando ele perguntara como ela podia tê-los seqüestrado. *Não é seu país.*

Tudo bem, pensou Joanna, *ajude-me a compreender.*

Ela buscou paralelos em Hollywood. A Colômbia era como *Amor, sublime amor,* um filme no qual chorara quando o vira na tevê aos 11 anos de idade. Os Jets contra os Sharks, com o incapaz do policial Krupke no meio. Ali eram esquerdistas contra direitistas, com o governo no meio.

Só que estes não se uniam em face da morte.

Havia apenas a morte.

Ela abraçou Joelle ainda mais, ninando-a suavemente.

Meu bebê...

A canção de *Dumbo* veio-lhe à mente. Dumbo podia voar para longe apenas usando as suas orelhas enormes.

Se um elefante pode voar...

Ela tentou imaginar Paul em um avião em algum lugar sobre o Atlântico. Ou já teria chegado? Quanto tempo se passara desde que Paul havia ido embora?

Ela se virou para Galina para fazer esta pergunta, mas Galina estava olhando para Joelle, aparentemente perdida em pensamentos. Ou lembranças?

— Já tive uma filha — disse Galina.

Joanna estava a ponto de perguntar qual o nome dela, como ela era, onde estava. Teria de usar o verbo no passado.

— O que aconteceu com ela? — perguntou Joanna.

Galina levantou-se e estendeu a mão para pegar Joelle.

Quando Joanna não a devolveu, Galina disse:

— Vou trazê-la de volta.

Joanna não tinha escolha. Entregou a filha para a mulher que a havia roubado.

AO DESPERTAR NA MANHÃ SEGUINTE, JOANNA ENCOSTOU O ouvido contra as pranchas de madeira que cobriam uma das janelas. Tentava expandir o seu universo em alguns metros, até mesmo centímetros.

Ouviu sons de construção: marteladas dispersas e um bater ritmado. Identificou um bate-estaca, uma escavadeira mecânica. Dois cães latiam. Um avião cruzou o céu. Alguém brincava com uma bola de basquete.

Então Galina entrou no quarto. Não trazia nenhum bebê. Desta vez trazia algo diferente.

Notícias.

— Seu marido — disse ela com uma voz monótona e sem emoção. — Ele não entregou a coca.

VINTE

Havia um buraco esturricado, enegrecido, e ainda fumegante mais adiante, no lado esquerdo da rua Ganet.

Paul finalmente deu-se conta de que ali ficava o 1346.

— Pegou fogo — explicou-lhe um morador vestindo um casaco branco com gorro.

— Quando? — perguntou Paul.

— Ontem.

Paul sentiu algo no estômago — exatamente o oposto do que sentira antes. A torturante sensação de plenitude fora substituída por uma sensação igualmente torturante de vazio.

Um buraco negro, sugando-lhe cada partícula de esperança.

— As pessoas que moravam aí? — perguntou Paul. — Sabe onde estão?

O homem deu de ombros.

Ninguém sabia exatamente onde estavam. Também ninguém sabia *quem* eram.

— Malditos porto-riquenhos — disse um homem branco segurando uma lata de cerveja mal oculta em um saco de papel.

— Estrangeiros — disse outro homem, que parecia ser da Europa Oriental e falava um inglês hesitante.

Os estrangeiros foram discretos. Estiveram ali cerca de seis meses. Não eram muito sociáveis. Duas ou três pessoas, dependendo da pessoa a quem se perguntasse. Homens.

— Mas ninguém morreu no incêndio?

Aparentemente, não. Pelo menos, os bombeiros não descobriram corpos.

Àquela altura, o motorista de táxi já estava impaciente. Havia feito sua corrida e estava ansioso para voltar.

— Mantenha o taxímetro rodando — disse Paul.

— Você está bem? — perguntou o motorista de táxi. Devia ter notado o reflexo fantasmagórico de Paul no espelho retrovisor.

Subiram a rua Ganet e encontraram uma lanchonete. Através da janela, Paul viu uma cabine telefônica vazia nos fundos. Deixara seu celular em casa.

Haviam-lhe dado um número. Se por acaso.

Explicaria: "tenho as drogas aqui, os 36 preservativos. Só preciso de alguém a quem entregá-los."

Paul disse ao motorista que esperasse.

— Claro. Mas primeiro me dê o dinheiro que me deve.

Paul tirou 165 dólares da carteira e entregou-os através da divisória. Os guerrilheiros lhe haviam devolvido o dinheiro e os cheques de viagem praticamente intocados.

"Acha que somos *bandidos*?"

Não. Só seqüestradores assassinos.

Quando Paul entrou na lanchonete, ouviu o ruído característico de pneus cantando. Ao se virar, tudo o que pôde ver foi uma nuvem azulada de cano de descarga no lugar onde o táxi deveria estar.

Usou seu cartão telefônico. Após um minuto ouvindo uma série de cliques, o telefone tocou, mas ninguém respondeu. Tocou uma, duas, três, quatro vezes. Paul deixou-o tocar aproximadamente 15 minutos. Eram minutos terríveis, cada um deles com o equivalente emocional de uma semana.

Desligou e tentou outra vez.

Ainda sem resposta.

Paul sentiu-se febril.

Voltou ao 1346. Verificou o rosto de cada transeunte em busca de algum sinal de reconhecimento, mas todos passavam por ele como motoristas apressados.

Plantou-se diante da casa queimada, onde as cinzas ainda pairavam, suspensas no ar denso e úmido.

Deviam estar esperando por ele. Alguém o procuraria em busca das drogas.

Ficou ali uma eternidade. As pessoas iam e voltavam, diante dele, atrás dele. Ninguém parava para conversar. Ninguém perguntava o que havia na maleta.

Então, alguém veio até ele.

Um menino, embora não se parecesse muito com um menino.

Quando ele atravessou a rua e se arrastou até Paul, este achou que o menino estava do outro lado da rua havia um longo tempo. Parecia-lhe familiar.

— Pssst — disse o menino.

— Sim? — perguntou Paul, sentindo um primeiro lampejo de esperança.

— Sei por que está aqui, chefe. — Parecia ser da nacionalidade certa. Ao menos, era latino.

— Sabe?

— Claro, Holmes. — O menino olhou para a esquerda, para a direita, então sinalizou para Paul segui-lo. — Só estava esperando ficar limpeza.

— Vi que a casa havia queimado. Não sabia o que fazer — sussurrou Paul, meio passo atrás. O menino dobrou a esquina e caminhou até uma rua lateral cercada por uma fileira de casas, todas pintadas em tons de marrom.

— Sei — disse o menino.

— Achei que devia esperar até me encontrarem.

— Pensou bem, chefe.

A meio caminho do quarteirão, o menino entrou em um beco entre duas casas. Acabaram chegando a um quintal pavimentado com cimento rachado e pichado com spray. Duas janelas vazias, sem cortinas, estavam voltadas para eles nos fundos da casa.

— Vejamos o que tem na maleta para mim — disse o menino.

Eles o haviam encontrado. Afinal de contas, conseguiria.

Dois segundos após ter aberto a maleta, Paul se deu conta de que estava completamente errado.

Foi a expressão do menino. Ele olhou para dentro da maleta e pareceu, bem... pareceu desapontado.

— Que merda é *essa?* — disse ele.

— Isso é... — começou Paul a explicar, então parou.

— *Dinheiro,* Holmes — disse o menino. — Vai querer ou não?

Não. Fazia sentido: a rua onde traficantes de droga colombianos esperavam por sua cocaína também era a rua onde outros traficantes a vendiam. E ele topara com um deles.

— Não — disse Paul. E começou a fechar o zíper da maleta.

O zíper não chegou a fechar. O menino agarrou-lhe o braço.

— Espere um minuto, Holmes.

Era como mostrar lingüiça para cachorro.

O menino recuperou-se da decepção. Começava a se dar conta do que ele *de fato* vira.

— Onde é o incêndio?

— Tenho de ir. Pensei que você fosse outra pessoa, certo?

— O que há de errado *comigo*?

— Escute, essa coisa não é minha. Preciso entregá-la para alguém. — Paul puxava a maleta, mas esta não se movia.

— *Eu* sou alguém, chefe.

— Isso pertence a gente perigosa, compreende? Vão ficar loucos se não receberem.

Não eram as únicas pessoas perigosas por ali. O menino perdeu o jeito simpático de um vendedor. Seus olhos ficaram frios como pedra, e ele agarrou a maleta com mais força.

— Vou lhe dizer uma coisa — falou o menino. — Solte.

— Não — disse Paul, surpreendendo a si mesmo. O velho Paul teria consultado os números, calculado os riscos. Teria soltado a maleta.

Mas não hoje.

Se perdesse a maleta, estava perdido.

O menino meteu a mão no bolso procurando algo. Paul viu o brilho de metal.

— Escute, chefe, Você vai soltar a maleta, certo? Não vai querer que eu o machuque, certo?

— Não posso deixar — disse Paul.

— Não vai me dar. Então vou tirá-la de você.

Paul não soltou.

Ele mal viu a mão do menino se mover. Não parecia possível que pudesse atingir sua face esquerda e voltar a golpear a lateral de seu corpo em um piscar de olho inchado. Paul sentiu como se tivesse sido atingido por uma bola de basquete — algo que acontecera duas vezes quando ele jogava na liga infantil, deixando uma pequena fissura em seu lobo orbital ainda detectável em raios X.

Surpreendentemente, ele não caiu. Cambaleou, balançou, oscilou. Então, fez algo ainda mais surpreendente.

Reagiu.

O menino afrouxou a mão ao redor da maleta — talvez fosse difícil bater em alguém com uma mão e segurar algo com a outra. Paul puxou a maleta para longe dele, então brandiu-a na direção da cabeça do menino.

PLAFT.

O menino caiu. Feio. O bastante para que batesse com a cabeça no cimento rachado e olhasse para Paul com um traço de incredulidade, se não de medo explícito.

Paul encarou-o de volta.

Talvez tenha sido a expressão de Paul — estava com sua expressão de jogo. Um rosto que dizia *venha, tente outra vez. Só tente.* Ou talvez, e mais provável, tenha sido o carro de polícia que viram passar entre as duas casas na entrada do beco.

Fosse o que fosse, o menino se levantou e correu.

VINTE E UM

Miles respondeu ao terceiro toque.

— Alô?

— Miles?

— Sim?

— Aqui é Paul. Paul Breidbart.

Paul estava de volta à lanchonete. Tentara novamente o número na Colômbia. Seis vezes. Sem resposta. Só conseguia pensar em uma outra pessoa para ligar.

— Paul? — pareceu que o advogado demorou um tempão para se lembrar de quem estava falando. — Bem, como vai? Você e, ahn... Joanna estão de volta?

Paul se perguntou se o advogado precisara consultar a agenda para se lembrar do nome de sua mulher. Provavelmente, adivinhou.

— Não. Sim. *Eu* voltei.

— Você? Ela *não?*

— Estou com problemas, Miles.

— Qual o problema? Tudo bem com o bebê?

— Posso ir vê-lo?

— Claro. Ligue amanhã para o meu escritório e marque um encontro com...

— Preciso vê-lo agora — interrompeu Paul.

— *Agora?* Eu estava voltando para casa.

— É uma emergência.

— Isso não pode esperar a hora de expediente normal?

— Não. Isso não pode esperar a hora de expediente normal.

— Então... está bem — disse Miles após um momento de hesitação. — Isso *é mesmo* uma emergência, não é, Paul?

— Sim. É uma emergência.

— Terá de me encontrar em minha casa. Tem uma caneta em mãos?

— Eu me lembrarei.

O advogado deu-lhe um endereço no Brooklyn.

PAUL USOU UMA LOCADORA DE AUTOMÓVEIS CUJO NÚMERO encontrou em um mural lotado de recortes no vestíbulo fedorento da lanchonete. Chamava-se *Jersey Joe's Limos.*

Estava afixado entre *Stanley Franks Psicoterapeuta* e *Wendy Whoppers Massagista — atendo em domicílio.*

Paul podia ter marcado uma sessão com ambos.

Mas precisava mais de uma limusine.

Mesmo que o Jersey Joe's Limos aparentemente não tivesse limusines. Dez minutos depois de ligar, um Sable verde-floresta parou diante da lanchonete e buzinou duas vezes.

O gordíssimo motorista ofereceu-se para colocar a maleta de Paul no porta-malas. Paul agarrou a alça com mais força e declinou da oferta.

Imaginou quanto tempo teria. Será que lhe seria dada alguma prorrogação? Quando Arias ligasse para aquela casa em Jersey City, ninguém responderia. O telefone não tocaria, porque não haveria telefone. Talvez soubessem que havia alguma coisa de errado — levariam isso em consideração. Acabariam por se conter.

Saíam da rampa da ponte Williamsburg, e gente muito estranha começou a aparecer. Ao menos, estranhamente vestida. Era verão, mas os homens usavam chapéus de pele enormes e longas jaquetas negras. As mulheres estavam ainda mais vestidas.

Ele não ligara o endereço que Miles lhe dera com Williamsburg, bastião do judaísmo ortodoxo. Evidentemente, era onde estavam.

A cada sinal de trânsito, rostos barbudos e suados olhavam para ele através da janela.

Miles morava em uma casa de pedra marrom-avermelhada cuidadosamente decorada com vasos de gerânio escarlate.

Paul pagou ao motorista e saiu com a maleta preta do carro, como se fosse o traficante amigo da vizinhança.

Subiu os degraus de pedra marrom-avermelhada e tocou a campainha.

A porta foi aberta por uma mulher corpulenta e sorridente, que seria agradável de se ver não fosse a densa peruca preta que trazia à cabeça, como um capacete.

— Sr. Breidbart? — perguntou.

— Sim.

A mulher se apresentou como Sra. Goldstein e levou-o a um estúdio com paredes revestidas de madeira.

— Ele virá em um minuto — disse ela. — Por favor, sente-se.

Paul escolheu uma das cadeiras de couro diante de uma escrivaninha enterrada sob uma avalanche de papel.

Após a Sra. Goldstein sair, pensou na peruca.

Câncer?

Uma súbita imagem de sua mãe posicionando meticulosamente o cabelo de outra pessoa diante do espelho da penteadeira voltou à sua mente.

Paul olhou para as prateleiras lotadas que ocupavam duas paredes do estúdio, onde livros e fotografias brigavam por espaço. A maioria das fotografias era de Miles. Cumprimentando pessoas, posando ao lado de crianças latino-americanas. Havia um retrato de Miles e María Consuelo juntos, diante do Orfanato Santa Regina. Havia diversos títulos emoldurados, pendurados aleatoriamente na parede. *Homem do Ano da Associação de Pais Latino-Americanos*. Bem embaixo de uma graduação honorária de uma faculdade de direito e um certificado de serviço de um hospital local.

Quando um homem entrou na sala e voltou-se para fechar a porta, Paul quase perguntou quando o sujeito das fotografias apareceria.

Mas aquele *era* o sujeito das fotografias.

Disfarçado.

Miles estava usando um solidéu negro. Achava-se no processo de retirar de seu antebraço desnudo um pequeno objeto preto que parecia uma caixa, afrouxando um emaranhado de tiras de couro em ziguezague. Usava uma jaqueta preta que ia até os joelhos, parecendo alguém saído do filme *Matrix*.

— Chama-se *tefilin* — disse Miles após apertar a mão de Paul e sentar-se à escrivaninha. Juntou a estranha caixa com tiras de couro ao resto da bagunça de sua escrivaninha, onde ficou como um tipo de criatura exótica, um polvo cheio de tinta, agora morto. — São indispensáveis para as preces matinais.

— Já é de tarde.

— É. Estou atrasado.

— Você é um judeu ortodoxo? — perguntou Paul.

— Ei... você é *esperto*. — Miles sorriu ao dizer isso.

— Você não se veste assim no escritório. Eu não sabia.

— Claro que não, por que saberia? — disse Miles. —

De qualquer modo, sou um ortodoxo *moderno*. Sou um tanto não-ortodoxo em minha ortodoxia. Vestir roupas não sectárias é uma acomodação necessária à minha carreira. Estas roupas podem assustar os clientes. Usar um solidéu em casa é uma acomodação necessária que faço à minha religião. Não fosse assim, Deus ficaria zangado. Entendeu?

Sim, Paul entendera.

Ele estava ansioso para mudar do assunto do judaísmo para o assunto de sua mulher e filha seqüestradas.

— Então — disse Miles —, você está aqui. Bem-vindo de volta. Qual o problema?

— O *problema*? — repetiu Paul, talvez porque fosse uma palavra de esperança. Problemas podem ser enfrentados e superados, não é?

— Bogotá — disse Paul secamente. — Não é mais segura que Zurique.

— O quê?

— Estou em apuros — disse Paul. — Me ajude.

PAUL BEBIA UMA XÍCARA DE CHÁ DE ERVAS GENEROSAMENTE fornecido pela Sra. Goldstein.

"É bom para os nervos", disse Miles.

Os nervos de Miles evidentemente estavam bem — ele recusara a xícara que lhe fora oferecida e estava sentado na escrivaninha com as mãos à testa.

Miles reagira do modo como um advogado consciente reagiria à notícia de que seus clientes foram seqüestrados, com um deles ainda na Colômbia, e o outro forçado a contrabandear drogas pela alfândega dos EUA. Talvez mais ainda. Seu rosto ficara sério, tornando-se uma poça de preocupação, raiva e empatia.

Saiu de trás da escrivaninha e agarrou Paul pelos ombros.

— Meu Deus, Paul. Lamento.

Paul deixou-se ser inundado pelo conforto como uma esponja seca. Até agora, a única pessoa que sentira pena dele fora ele mesmo. Miles queria detalhes.

— Diga-me o que aconteceu... o que aconteceu exatamente.

Paul contou a Miles a respeito da tarde em que voltaram para o hotel e descobriram que seu bebê não estava lá. Sobre o dia seguinte, quando Joanna afirmara veementemente estar certa de que aquele bebê não era Joelle. Sobre a ida até a casa de Galina, do choro vindo dos fundos da casa, seguido da súbita brutalidade de Pablo.

O quarto com janelas lacradas. Arias. O homem com um charuto. A casa incendiada. Paul continuou até o momento em que o táxi o abandonara em Jersey City.

Miles ouviu atentamente, fez algumas anotações em um bloco amarelo que magicamente apareceu em meio à bagunça de sua escrivaninha.

— Pablo? — perguntou Miles. — Esse era seu motorista?

— Sim.

— Ahã. E foi contratado pelo Santa Regina?

— Sim. Por quê? Acha que o Santa Regina tem algo a ver com isso?

— Sem chance. Conheço María Consuelo há anos. A mulher é uma santa.

Paul olhou para o relógio.

— Disseram 18 horas. Faltam duas horas.

— Tudo bem. Vamos pensar nisso logicamente.

Paul ia dizer que era mais fácil falar que fazer. Que não era a mulher nem a filha de *Miles* na linha de fogo. Que o tempo se esgotava. Mas não disse.

— Escute, sei que tudo parece muito sombrio, mas ainda temos algo que eles querem — disse Miles. Olhou para a maleta preta no colo de Paul. — Está aí?

Paul meneou a cabeça.

— Talvez devamos trancar isso no meu cofre. Tenho crianças na casa.

— Tudo bem.

Miles deu a volta na escrivaninha e foi até onde estava Paul. Abriu o zíper e olhou dentro.

Assobiou.

— Não sou especialista em narcóticos, mas parece ser um bocado de droga.

— Dois milhões de dólares.

— Diria que isso vem a ser *muito.*

Miles fechou a bolsa e pegou-a com o braço esticado, do modo como os donos de cachorro carregam o cocô de seus animais até a lata de lixo. Abriu um gabinete de bebidas que em verdade escondia um cofre de aço inoxidável.

Após fechar a maleta no cofre, voltou a se sentar atrás da escrivaninha.

— Se não se incomodar que eu pergunte, como conseguiu engolir tudo isso?

Paul estava a ponto de dizer que era incrível tudo o que você podia engolir quando a vida de sua esposa dependia daquilo. Você é capaz de engolir 36 preservativos, além de seus próprios medos e incômodo.

— Não sei. Tive de engolir.

— Sim, aposto que sim — disse Miles. — Tudo bem, onde estávamos?

— As drogas. Que é algo que eles querem.

— Certo, as drogas. Não farão nada com sua esposa até saber onde está a droga. Não faz sentido?

Paul meneou a cabeça.

— Claro que faz — prosseguiu Miles. — São *dois milhões de dólares*. Além disso, acho que as Farc costumam manter reféns durante longos períodos. Anos, até.

Miles mencionou aquele fato em particular como um paliativo. Teve efeito contrário. Fez Paul ficar nauseado.

Anos.

Miles percebeu.

— Escute, eu só estava tentando dizer que eles podem ter dito 18 horas para você, mas que talvez não estivessem falando sério.

— Como sabe?

— Chame de uma adivinhação baseada na experiência.

Tudo bem, dizia Miles, você tem mais tempo. É como aqueles avisos ameaçadores de conta vencida que você recebe pelo correio — só estão tentando assustá-lo.

Mas Paul *realmente* ficou nauseado — afora estar se sentindo suado, sujo e fisicamente exausto. Fechou os olhos e massageou a testa que pulsava com uma mão que ainda cheirava ao sabão do posto de gasolina.

— Você está bem? — disse Miles com evidente preocupação. — Quero dizer, *relativamente*? Escute, preciso que fique lúcido. Vamos resolver isso, vamos descobrir um jeito. Mas preciso de você, certo? — Olhou para o seu bloco de notas. — Vamos rever nossas opções.

Paul não sabia que tinham alguma.

— Uma: vamos às autoridades. — Miles pareceu contemplar esta idéia durante um instante. Então, balançou a cabeça. — Não. Você provavelmente estava certo. Quero dizer, a quais autoridades exatamente recorreríamos? A polícia de Nova York? O Departamento de Estado? O governo colombiano? Eles não conseguem libertar nem o *seu* próprio povo, imagine uma estrangeira. E mais: se as Farc descobrirem que temos gente procurando por Joanna e o bebê, ela vai se tornar um estorvo para eles. Podem até fazer alguma coisa com ela. E tem algo mais. Você contrabandeou drogas para os EUA. *Muita* droga. À força, claro, o pior tipo de pressão, mas ainda estamos falando de tráfico de narcóticos, um crime federal. Tudo bem, nós não vamos às autoridades. Concorda?

— Sim — disse Paul. Ficou imensamente comovido quando Miles usou a palavra *nós*. Aquilo o fez se sentir menos só no universo.

Miles ergueu um segundo dedo.

— Dois. Não fazemos coisa alguma. Simplesmente nos sentamos e esperamos que entrem em contato com você. — Ele balançou a cabeça outra vez. — Não é muito esperto. Como garantir que eles de fato sabem *como* entrar em contato com você? É provável que não. E quem sabe se a sua mulher disse a eles? Tudo bem, elimine essa. Não podemos ficar parados. Agora... — Ele ergueu um terceiro dedo e inclinou-se ligeiramente para a frente — ...três: nós podemos entrar em contato com eles. Dizer que ainda temos a droga. Tudo o que precisamos é de alguém a quem entregar. *Nós damos as drogas para vocês. Vocês deixam Joanna e o bebê irem embora.* Se não tivermos Joanna e o bebê, não entregamos as drogas. Drogas representam dinheiro, muito dinheiro. Eles vão querer o dinheiro.

Tudo bem, pensou Paul, aquilo soava como um plano de verdade. Perfeitamente lógico, simples, até mesmo *esperançoso*. Exceto...

— Como entrar em contato com eles? Eles não estão respondendo no número que tentei.

— O motorista — disse Miles, estalando os dedos. — Pablo. Vou ligar para o Santa Regina. María deve ter o número dele. — Miles abriu a gaveta da escrivaninha e tirou dali uma pequena agenda telefônica. — Deixe ver... — Verificou uma página, então passou para a seguinte. — Consuelo... Consuelo... aqui está.

Tirou o fone do gancho, discou um número.

Algumas pessoas conversam ao telefone como se o interlocutor estivesse ao lado deles na sala. Miles era assim. Quando disse olá para María, sorriu e balançou a cabeça, como se ela estivesse sentada diante dele.

"Bem", disse Miles, "e você?"

"Sim, levando. E os seus?"

"Que ótimo, adoraria ver uma foto..."

Continuaram nesse tom durante um ou dois minutos, pequenas gentilezas, perguntas educadas, atualização geral.

— María — disse Miles —, eu estava pensando se você não poderia me dar o telefone de um motorista de táxi, Pablo. Não estou certo de seu último nome... Sim, esse mesmo. Estou pensando em indicá-lo para outro casal... É mesmo? Que ótimo.

Miles mostrou o polegar para Paul e esperou, girando um lápis entre dois dedos.

— Ahhh... — Ele escreveu algo. — Obrigado, María... Claro. Falo com você logo. — E desligou o telefone.

— Tudo bem. — Ele olhou para Paul. — Temos o número... — Ele discou outra vez.

Desta vez não houve alôs, nenhuma troca de gentilezas, nenhuma conversa fiada. Isso porque não houve conversa. Miles esperou, girou o lápis, olhou para o relógio, olhou ao redor da sala. Então deu de ombros, desligou o telefone e tentou outra vez.

Mesmo resultado.

— Tudo bem — disse Miles —, ninguém em casa. — Desligou o telefone. — Vou tentar de novo daqui a algum tempo.

Paul meneou a cabeça. A questão era: quanto *tempo* tinham?

— Escute — disse Miles —, eu estava pensando. Você não deve ir para casa. Ainda não. Eles não querem que ninguém saiba que você voltou, certo?

— Sim. — Ele se sentiu revigorado pelo otimismo de Miles, mas, agora que não conseguiram falar com ninguém, voltou a ficar abatido.

— Vamos deixar isso assim, certo? Ao menos por enquanto. Você pode ficar aqui. Até conseguirmos falar com eles. Tudo bem?

Paul meneou a cabeça outra vez, obediente como uma criança. Se Miles estava recomendando que ele ficasse ali, ele ficaria ali. *Sim, senhor.* Ele estava drenado de energia, exausto, precisando urgentemente de um travesseiro.

Miles deu algumas explicações para a mulher — Paul ouviu-o sussurrando no quarto ao lado — e então levou Paul escada acima. Passaram pelo quarto das crianças, onde os meninos jogavam em seus Nintendo com controles remotos nas mãos.

Havia um pequeno quarto de hóspedes no fim do corredor.

Miles acendeu a luz.

— Fique à vontade. Se quiser tomar um banho, o banheiro fica no fim do corredor. Há travesseiros no armário.

— Obrigado — disse Paul.

Ele *realmente* precisava tomar um banho, lembrando-se do que acontecera no meio da ponte Triborough. Mas não tinha força para tanto.

Miles voltou-se para sair, deu alguns passos, então se voltou.

— Vou continuar a ligar para aquele número. Se não o encontrarmos hoje, encontraremos amanhã. Vamos salvá-las, certo? Joanna e a criança, ambas. Faremos o possível.

Era a melhor oração noturna que Paul poderia esperar ouvir. Tirou as meias e os sapatos e deitou-se na cama sem se incomodar em pegar um travesseiro.

DESPERTOU NO MEIO DA NOITE. SEU RELÓGIO MOSTRAVA 3h14.

Por um momento, não soube onde estava, ou o que lhe acontecera. Para ele, ainda era possível que Joanna estivesse deitada na cama ao seu lado e que Joelle estivesse no quarto ao lado, chupando calmamente a sua chupeta.

Então a realidade o tomou. Ele se deu conta de onde estava. De *por que* estava ali. Compreendeu que as 18 horas haviam passado e que sua mulher poderia não mais estar viva. Fechou os olhos e enfiou a cabeça no colchão para tentar voltar a dormir.

Não conseguiu.

Sentiu-se subitamente desperto, cheio da energia daqueles que estão seriamente em pânico. Virou para um lado, para o outro. Pegou um travesseiro no armário; deitou-se e fechou os olhos outra vez. Nada feito. Não conseguia parar de pensar.

Olá, Arias, prazer em vê-lo. Como está passando?

Buenas noches, Pablo.

Galina, que bom vê-la outra vez.

Viu Joanna também, fechada naquele quarto. Sua mulher, sua princesa guerreira.

Desistiu depois de uma hora.

Estava tudo silencioso, aquela hora da noite em que parecia que ele era a única pessoa na face da terra.

"Não seja tolo. A escuridão não pode feri-lo", costumava dizer-lhe o pai quando ele se escondia tremendo embaixo das cobertas.

Difícil acreditar naquilo. Afinal de contas, disseram a Paul que outras coisas não o feririam, embora não tivesse sido o que de fato acontecera. O câncer, por exemplo, que lhe disseram não ser nada de mais, embora já tivesse reduzido sua mãe ao esqueleto humano que ele descobrira deitado naquela cama, e que a mataria três dias depois de seu aniversário de 11 anos. Seu pai estava longe, e não vinha muito em casa. Sua mãe era quem sustentava a família. Ele apelara para rezar séria e constantemente por ela. Quando, ainda assim, ela morrera, quando o padre da família segurara firmemente sua mão, e sua mãe — não a sua mãe, seu *corpo* — fora trazida escada abaixo enrolada em um lençol branco, ele secretamente renunciara à sua crença em uma deidade superiora. Abraçara a lógica fria dos números. Cuidadosamente, construíra um universo de estruturas e padrões onde as probabilidades e a razão eram suas amigas. Onde era possível calibrar estatisticamente as chances de coisas ruins acontecerem, e encontrar conforto nelas.

Não fora por acaso que se sentira atraído por uma carreira cujo único propósito era controlar riscos.

Em linguagem de atuário: *reduzir as possibilidades de eventos indesejáveis.*

Suas habilidades de administrar riscos pareciam estar lhe faltando ultimamente.

Ele rolou para fora da cama e pôs os pés descalços no chão. O chão de madeira estava frio e parecia ser antigo. Não havia televisão no quarto, nem rádio.

Ele precisava de uma distração, algo para desviar a mente. Algo para ler.

Desceu a escada na ponta dos pés, que reagiu com rangidos e estalos. Sem saber onde era a luz do corredor, teve de apalpar o caminho do corrimão até a parede.

Finalmente conseguiu chegar ao escritório de Miles, onde, após muito apalpar, encontrou o interruptor de luz do lado de dentro da porta.

Clique.

Caminhou ao longo das estantes. Tudo bem, vamos procurar alguma leitura leve. Pareceu não estar com sorte. As prateleiras continham o tipo de livros que se espera encontrar no escritório de um advogado. Livros de direito, muitos deles: grossos, encadernações de couro e singularmente pouco atraentes. Havia alguns outros livros, mas nada que parecesse particularmente tentador. Uma bíblia judaica com encadernação rachada e descascando. A *Cabala,* fosse lá o que aquilo fosse. Uma biografia de David Ben Gurion. Um volume fino intitulado *A história de Ruth.*

Este ganhou por falta de outras opções.

Ele poderia fazer uso de uma história. *Qualquer* história. Mas quando ele puxou o volume, não sem alguma dificuldade, uma vez que estava apertado entre os *Estatutos do estado de Nova York* e *Princípios de direito legal,* caiu uma pilha de papéis.

Paul agachou-se para recolhê-las.

Cartas. E, pela aparência, antigas. Amareladas e desbotadas.

Querido papai, papi, pai, dizia a primeira carta.

Um dos jogadores de videogame lá de cima. Escrevendo de uma colônia de férias, talvez?

Sentiu-se como um *voyeur*, um intruso na história familiar dos Goldstein. Aquilo o fez pensar em sua própria família — ou na falta de uma família.

Sentiu uma tristeza súbita e avassaladora, misturada com algo que ele claramente reconheceu como ciúme. Miles era um sujeito de sorte. Tinha uma mulher que não estava na Colômbia sob guarda armada. Duas crianças que escreviam para ele do acampamento, usando deliciosamente todos os termos existentes para *pai*.

Paul teria se contentado com um filho apenas.

Querido papai, papi, pai: lembra quando fomos ao zoológico e você me deixou lá?

Miles levara os filhos para o acampamento, e um deles registrava a sua tristeza, lembrando o pai de outra vez em que fora levado a um lugar e deixado para trás. Momentaneamente perdido em meio à multidão de observadores de macacos enquanto Miles havia ido comprar algodão-doce. Paul criava sua própria versão da história familiar dos Goldstein — que é o que gente sem família faz para passar o tempo.

Teria continuado a fantasiar, não fosse um ruído súbito na porta. Um dos filhos de Miles, vestindo um pijama azul, esfregava os olhos semicerrados, ofuscados pela luz. Parecia ter 14 anos, pensou Paul — aquela idade incômoda e inconveniente entre a infância e a adolescência. As pernas do menino eram compridas demais para o resto de seu corpo, e ele possuía um buço que cobria o lábio superior como uma mancha de batom.

— Ouvi alguém na escada — disse o menino.

Se Paul já estava se achando um intruso, agora ficou embaraçado. Pego em flagrante lendo cartas pessoais entre pai e filho. Como se fosse perfeitamente normal, como se tivesse direito.

— Puxei o livro, e as cartas caíram — disse Paul, pouco convincente.

O menino deu de ombros.

Paul colocou-as novamente dentro do livro e devolveu-o à estante.

— Bem — disse Paul —, vamos voltar a dormir.

O menino meneou a cabeça e voltou-se quando Paul desligou a luz e seguiu-o. Subiram a escada juntos.

— Você já esteve em uma colônia de férias? — perguntou Paul.

— Hã? — O menino ainda estava meio sonolento.

— Colônia de férias. Quando era mais jovem — disse Paul.

— Estive — respondeu o menino. — Campo Beth-Shemel, nas Catskills. Horrível.

— É — disse Paul. — Eu também não gostava de dormir nos acampamentos. — Paul fora mandado para uma colônia de férias quando a mãe morrera.

No topo da escadaria, Paul disse boa-noite e voltou para seu quarto, onde esperou mais duas horas antes de conseguir adormecer.

QUANDO PAUL DESPERTOU, ERA MANHÃ ALTA, E MILLES NÃO estava mais lá.

— Foi trabalhar há horas — disse a Sra. Goldstein. — Pediu que você ficasse à vontade. Portanto, por favor — ela sorriu, tímida —, fique à vontade. Ele vai ligar para você depois.

Encontrara a Sra. Goldstein na cozinha, após calçar suas meias e sapatos e se aventurar lá embaixo. Um dos filhos de Miles estava à mesa lendo uma história em quadrinhos chamada *A vingança do Homem-Aranha.* Era o outro filho de Miles. Parecia ser uns dois anos mais jovem que o irmão.

— Olá, sou Paul — disse para o menino.

O menino murmurou oi sem erguer a cabeça.

A Sra. Goldstein suspirou.

— Diga-lhe o seu nome. Quando alguém se apresenta, você se apresenta de volta.

O menino ergueu a cabeça e girou os olhos.

— David — disse ele antes de imediatamente voltar a mergulhar nas aventuras de um rapaz que se apresentava prendendo os outros e pendurando-os de cabeça para baixo em sua teia pegajosa.

A Sra. Goldstein ainda usava peruca, mas desta vez Paul percebeu um tufo do seu próprio cabelo escapando de um lado. Parecia grosso e escuro, e Paul subitamente compreendeu que não era o câncer, mas a religião, que ditava que ela cobrisse a cabeça.

— Gostaria de tomar um pouco de café, Sr. Breidbart?

— Paul. Por favor.

— Por favor quer café ou por favor me chame de Paul?

— Os dois, por favor.

— Tudo bem. Mas terá de me chamar de Rachel. Ela pronunciou o nome com um *ch* gutural, como fazem os alemães.

— Sim, Rachel. Obrigado.

— Sente-se. Ele não morde.

Paul sentou-se ao lado do menino, que não parecia particularmente surpreso por ter um hóspede estranho sentado na mesa de desjejum ao seu lado.

A umidade parecia ter ido embora. A luz solar amarelo-borboleta filtrava-se por entre os gerânios no canteiro da janela. Se a mulher e a filha estivessem de volta, os três poderiam ir passear no Central Park e abrir uma toalha de piquenique no Sheep Meadow. Teriam desfrutado da recém-descoberta aura familiar.

Depois, após Paul tomar um banho e vestir uma das camisas de Miles cuidadosamente passada e generosamente oferecida pela mulher, após ter lido dois jornais — um deles judeu, que ele folheou sem entender palavra —, após ter feito basicamente *tudo* para evitar ficar desesperado, Miles ligou.

— Pois bem — disse ele. — Prepare-se. Consegui.

— O quê?

— Liguei mais algumas vezes ontem à noite. Nada. Dez vezes esta manhã. Ainda nada. Finalmente o encontrei esta tarde. Nosso amigo Pablo.

— E? — Paul sentiu a esperança começar a voltar.

— Ficou desconfiado, é claro. No mínimo. Primeiro negou conhecê-lo. Mesmo quando disse quem era, que eu sabia tudo o que acontecera. Após algum tempo, ele disse que tudo bem, talvez conhecesse você um pouco, mas que não tinha idéia do que eu estava falando. Ele o *levou* aos lugares, é isso. Eu lhe disse que relaxasse, que ninguém iria à polícia. Sua memória pareceu estar voltando. Eu lhe disse que a casa pegara fogo. Assegurei-lhe que ainda tínhamos a droga. Acho que vai dar certo. Ele vai voltar a ligar para mim. Vai nos dizer onde deixar a maleta. Onde e quando.

— E Joanna? E minha filha... Elas estão...

— Estão bem.

Paul sentiu o grande nó que tinha no estômago começar a ser lentamente desatado. Um pouco, pelo menos.

— Perguntei a Pablo se ele estava absolutamente certo a esse respeito — continuou Miles. — Deixei bem claro para ele, para que não restassem dúvidas. Sem Joanna e Joelle, nada de droga. Acho que ele entendeu. É como uma questão judicial. Você tem de fazê-los pensar que você está por cima, mesmo que não esteja. Quem sabe? Talvez estejamos. Temos as drogas deles, certo?

— Tudo bem.

— *Tudo bem?* E que tal *que ótimo, Miles? Maravilhoso? Estou verdadeiramente exultante com as notícias?*

— Estou verdadeiramente exultante com as notícias.

— Não parece.

— Estou preocupado.

— Tudo bem, você está preocupado. Claro que está preocupado. Quem gostaria de estar na sua pele? Tenha um pouco de fé, eu empresto a minha se quiser, de graça. Eu disse a você. Vamos resolver isso. Ele vai ligar de volta, vamos entregar a cocaína e sair dessa.

— É outra coisa.

— *Qual* outra coisa?

— E se nós entregarmos a droga...

— E...?

— ...e eles ainda assim não a libertarem?

Era um pergunta óbvia, claro. A mesma pergunta que Joanna lhe fizera naquele quarto. Aquela que ele vinha evitando. Fácil de fazer quando a gente já conseguiu evitar a alfândega dos EUA e traficantes juvenis.

Não agora. Não quando ele finalmente estava a ponto de entregar dois milhões de dólares em drogas nas mãos certas.

Miles deu de ombros.

— Não sei como responder a isso. Acho que confiar neles é o preço que devemos pagar. Desculpe, mas é assim.

VINTE E DOIS

Levaram-na para outro lugar sem aviso.

Meio da noite? Meio do dia? Ela não sabia. Estava profundamente adormecida, em meio a um sonho bom. O melhor de todos. Ela estava em casa com Paul naquilo que parecia ser uma tarde preguiçosa de verão. Um domingo, talvez? Quando levantaram da cama por volta das dez horas para comprar o *Times* de domingo e dois cafés gelados.

O sonho tinha aquele jeito de domingo.

Então a porta se abriu — e ela pensou ser um trovão do lado de fora de seu apartamento na rua 84. Chuva à vista.

O que realmente se seguiu foi ela ser arrancada do colchão e do seu sonho. A seguir, sentiu o cheiro ácido de homens nervosos e suados. E o som de ordens ríspidas pronunciadas em um quase inglês que deviam ter aprendido em vídeos de kung-fu.

— Chop-chop — disse um dos homens, na verdade, meninos. — *Vamos.*

Então, a máscara de esqui foi posta sobre a sua cabeça, só que de trás para a frente, de modo que os buracos dos olhos ficaram para trás, e tudo o que ela enxergava era escuridão.

Ela se perguntou se aquilo era o fim. Os primeiros passos de seu caminho rumo a uma cova rasa no meio de lugar nenhum em particular. Candidata a uma daquelas fotografias horríveis nos jornais. Ela provou de seu próprio medo — um tempero amargo na língua.

Andara pensando um bocado na própria morte ultimamente. Desde que Galina sumariamente a informara do insucesso de Paul. Informação com o poder e a solenidade de uma sentença de morte sendo lida por um juiz.

Não era aquilo.

Não era *apenas* aquilo. Era o desprezo dos guardas. O menino que lhe trazia o café-da-manhã já não mais agia como um camareiro esperando por uma gorjeta. Não havia mais *bons-dias* sorridentes. Alguém lhe passara o recado: ela não era mais uma oportunidade de lucro e, sim, uma condenada à morte.

Os outros guardas também. Grosseiros, amargos, aborrecidos. Falavam com ela com raiva mal contida e desprezo mal disfarçado.

Ela podia sentir a ameaça no ar.

Agora, aquilo. Ela foi tirada do quarto, atravessou um corredor, alguns degraus — uns, dois, três —, tropeçou e quase caiu. Amarraram as suas mãos com uma corda, a fibra grosseira cravada em seus pulsos.

— *Não consigo enxergar* — disse ela. Odiava o pânico de sua voz, o tom de vítima indefesa.

Era veterana de departamentos de recursos humanos. Estava habituada a ver vítimas desfilando diante de sua escrivaninha, o tipo de meninas por-favor-não-me-machuque — eram quase *sempre* meninas, chorando por causa de algum abuso. Ela meneava a cabeça, sorria e as confortava, mas sempre havia uma parte dela que gostaria de dizer *por que você não se defendeu, por quê?*

Agora era como elas, reduzida a simplesmente implorar. Seus pulsos já estavam queimando, e ela ainda estava dentro de casa. Sentiu cheiro de gordura queimada, manteiga, abacaxi. Deviam estar passando pela cozinha. Não caminhava: tropeçava e batia nas coisas.

Ninguém lhe respondeu. Ou talvez tenham respondido. Quando ela disse *não consigo enxergar*, a pessoa que caminhava mais à frente deu um puxão na corda. Ela bateu com o ombro na parede.

Essa foi a resposta. *Cale a boca.*

Ela sabia estar do lado de fora por causa do súbito e pungente cheiro de pinho, o aroma doce de hibiscos, e o nauseabundo e familiar cheiro de gasolina. O ar *parecia* diferente — isso também. Tinha a textura da noite, já impregnada pelo orvalho matinal. Foi dolorosamente agradável estar do lado de fora outra vez. Respirar o ar frio e sentir uma brisa suave soprar novamente contra a sua garganta. Só que ela estava sendo levada do lugar que ela conhecia para outro inteiramente desconhecido.

Para longe de Joelle.

Uma porta de carro se abriu.

Mas *não era* uma porta. Joanna foi empurrada dentro de um porta-malas. Nenhuma mão gentil para aparar-lhe a queda. Ela bateu com o queixo no fundo do porta-malas. Gritou ao sentir a dor na mandíbula.

— Silêncio — disse um deles.

O porta-malas se fechou. O pânico a pressionou mais que a corda ao redor dos pulsos. Há pouco ar dentro de um porta-malas. Mais cedo ou mais tarde, acabaria. Para piorar, ela estava respirando muito forte, o peito arfante, como se tivesse acabado de voltar de uma corrida matinal.

Devagar, disse para si mesma. *Pare.*

Ouviu o barulho do motor do carro sendo ligado, e de duas portas se abrindo e fechando. Então, começaram a rodar.

Devagar a princípio, como um barco se afastando de um cais. O carro dobrou à direita, então fez uma longa curva antes de ganhar velocidade.

Pareciam estar andando mais ou menos em linha reta.

Uma auto-estrada?

Para onde? De onde?

No mínimo, teria morrido sufocada ao chegarem. Quando o carro acelerou, sentiu lufadas de ar frio no rosto. Deviam ter tirado algo da parte de baixo do porta-malas para que ela pudesse respirar.

Aquilo a reconfortou um pouco. Se estavam tão interessados em que ela sobrevivesse à viagem, talvez não a matassem ao chegar. Talvez.

Seja forte.

Viajaram ao menos uma hora, talvez duas. O que mais incomodava era a posição de seu corpo, com os braços amarrados presos sob ele. Rapidamente ficaram dormentes. Seus ombros eram outra história. Toda vez que passavam por um buraco, ela sentia uma dor aguda que ia dos ombros até o meio do peito. O carro precisava de amortecedores novos, assim como a estrada precisava de pavimentação. Às vezes, parecia que estavam caindo em um buraco.

Os homens ligaram o rádio do carro. Parecia algum tipo de jogo, talvez futebol.

Fosse o que fosse, atraiu-lhes a atenção. Riam, resmungavam, amaldiçoavam. Havia três, pensou, três vozes diferentes.

Enquanto estivesse envolta em trevas, podia imaginar que alguém mais estava ali com ela.

Joelle.

Durante cinco anos, desejara ter um filho, vivia consumida pela idéia, mas quando finalmente acontecera, quando finalmente entrara no Orfanato Santa Regina e lhe deram aquela extraordinária menininha, fora tomada de amor maternal. Os cordões umbilicais foram rompidos. Essa ligação, ela estava certa, era por toda a vida.

Vou trazê-la de volta, prometera Galina.

De que valiam as promessas de uma seqüestradora? Especialmente agora que Joanna estava sendo levada para outro lugar? Sentiu as lágrimas escorrerem por seus olhos e serem absorvidas pela máscara de esqui. A lã tinha gosto de poeira.

Pare.

Depois de um certo tempo, ela devia ter desacordado, e só voltou a si quando o carro subitamente parou de se mover. Nenhuma corrente de ar. Nenhum buraco de estrada de virar o estômago. O rádio do carro estava desligado.

Ela ouviu um galo cacarejar alto e bom som.

O porta-malas de abriu. Uma luz acinzentada filtrou-se através das fibras de lã. Ela foi puxada pelas pernas. Seu queixo bateu na borda do porta-malas. Ela conseguia sentir o cheiro do próprio sangue.

Foi erguida. O homem que a ergueu aproveitou para passar a mão nos seus seios. *Bueno,* disse ele, e riu.

Um frio súbito tomou conta dela. De todos os fins que imaginara, de todas as numerosas indignidades e violações que previra em seus piores momentos, não pensara naquela.

Mas por que não?

O homem deixou de apalpá-la e conduziu-a até outro lugar. Ela conseguia ver formas vagas através da lã. Estava sendo levada para uma casa.

Logo após cruzar a porta, tropeçou em um alto degrau sobre o qual ninguém a avisara, caiu e bateu com o joelho contra a rocha sólida. Foi erguida outra vez e empurrada na direção de algo que parecia ser um corredor. Ela pressentia duas paredes em ambos os lados.

Cheirava a fazenda, pensou.

Carneiros, vacas, galinhas. Vigas de madeira rústica. Pão no forno.

Subitamente pararam, e a máscara de esqui foi retirada.

Ela estava em um quarto pequeno — não diferente daquele que havia acabado de deixar. As janelas eram lacradas com pranchas de madeira como o outro. Havia um colchão sujo no chão — gêmeo idêntico daquele onde dormira oito noites. Mas havia uma grande diferença.

Gente.

Duas pessoas. Outras mulheres.

Quando os guardas se foram, elas se aproximaram e a tocaram, como se não tivessem certeza de que Joanna fosse real.

— *Hola* — disse uma delas, uma mulher de cerca de 40 ou 45 anos.

— Sou americana — disse Joanna. — Fala inglês?

— Não. Mas, afinal, nem você fala — disse a outra mulher. E sorriu.

CHAMAVAM-SE MARUJA E BEATRIZ.

Maruja era jornalista — ou fora até ser tirada de dentro de seu carro em plena Plaza de Bolívar. Beatriz era uma autoridade governamental que recomendara ações mais fortes contra a guerrilha. Por causa disso, acabara seqüestrada na rua em plena luz do dia e testemunhara seu guarda-costas ser assassinado diante de seus olhos.

Um sujeito mal-humorado que os guardas chamavam de *el doctor* parecia estar no comando. Apareceu alguns minutos depois de Joanna ter sido levada para o quarto. Disse-lhes que não tinham autorização para falar uma com a outra. *Sem conversa.* Apontou o dedo para elas, como uma madre superiora furiosa em um colégio para meninas.

Os outros guardas eram mais tolerantes, segundo Maruja. Ou, ao menos, mais distraídos. À noite, geralmente assistiam a jogos de futebol e novelas em um pequeno aparelho de tevê no corredor, e não prestavam muita atenção nelas.

Joanna perdera Paul, depois Joelle. Agora, estava cercada de gente que passava pelo mesmo que ela. Tinham maridos, filhos, pais. Elas compreendiam.

As três sussurravam e faziam sinais. Maruja e Beatriz contaram as suas histórias. Mostraram fotografias de seus filhos e maridos. De suas casas, também, uma no sofisticado bairro de La Calera, em Bogotá, a outra empoleirada nas colinas ao redor da cidade.

Quando perguntaram a Joanna se ela tinha filhos, ela disse que sim. Uma filha. Mas não tinha fotografias, apenas aquela que trazia na lembrança. Contou-lhes o que acontecera com ela e com Paul. Maruja e Beatriz suspiraram e balançaram as cabeças, demonstrando compreenderem seus sentimentos.

As três dormiam no único colchão: cabeça, pé, cabeça. Maruja, uma fumante ortodoxa de volta ao mundo real, roncava. Beatriz a cutucava com o cotovelo para fazê-la parar. Aparentemente, seu afeto fraternal só ia até ali.

Só podiam de estar nas montanhas, pensou Joanna. Ficou muito frio naquela noite, e colunas de vapor saíam de suas bocas e narinas enquanto se encolhiam umas contra as outras para se esquentarem. Pela manhã, Joanna viu pequenos pingentes de gelo nas ripas de madeira que cobriam as janelas.

No segundo dia, a coisa ficou parecida com uma interminável festa de pijamas. Faziam tranças nos cabelos umas das outras. Um guarda conseguiu para Maruja um vidro de esmalte de unhas barato. Também fizeram as unhas e os pés umas das outras.

O sujeito que apalpara o seio de Joanna manteve distância. O medo que Joanna tinha de ser estuprada diminuiu, afastado por outros medos. Da morte, é claro. E outro medo exasperador que também era um tipo de morte: algum dia sairia dali?

Maruja e Beatriz tinham a palidez acinzentada dos confinados e moribundos. Joanna imaginou quanto tempo levaria até sua pele ficar com o mesmo tom.

Ocasionalmente, os guardas as deixavam assistir à tevê com eles, confidenciou Beatriz. Maruja e Beatriz esperavam ansiosas pelos noticiários. Às vezes seus maridos apareciam, transmitindo-lhes mensagens de esperança.

Estamos negociando. Estamos discutindo. Seja forte.

Joanna sabia que não teria este conforto. Paul se fora e desaparecera no éter, tão rápida e completamente quanto a sua vida anterior.

Na terceira manhã, ouviram alguém bater à porta. Isso por si só era incomum, uma vez que os guardas costumavam simplesmente entrar quando queriam. As três podiam estar dormindo, sussurrando, até mesmo parcialmente despidas e se lavando com esponja e com um balde de água morna: um *banho de puta*, não era essa a expressão?

Naquela manhã estavam sentadas no meio do quarto, inteiramente vestidas, passando o tempo com a enumeração de listas de suas cidades prediletas. Beatriz escolhera Roma, Rio e Las Vegas. Maruja optara por San Francisco, Buenos Aires e Acapulco. Era a vez de Joanna. Ela não conseguia pensar em outra cidade além de Nova York. A cidade onde ela morava, aquela que ela estava ansiosa por rever.

A porta se abriu e Galina entrou.

Joanna estava tão desesperada, que a visão de sua seqüestradora a fez sentir um surto de... de quê? Prazer? Alívio? Simples familiaridade?

Talvez porque Galina parecesse diferente de quando Joanna a vira pela última vez, quando solenemente a informara sobre o fracasso de Paul. Parecia agora a *outra* Galina — aquela com quem você não se importaria de se sentar em um banco ensolarado no parque.

Ela acenou para que Joanna se aproximasse, pois tinha algo a dizer.

— Tivemos notícias de seu marido — murmurou ela, e apertou a mão de Joanna. — Vai dar tudo certo.

Seu coração, espírito (ou seja lá qual for a coisa que faz as pessoas ocasionalmente andarem nas nuvens), disparou Não apenas por causa das notícias. Não.

Galina não havia ido às montanhas sozinha. Um dos guardas — um menino tímido que parecia ter cerca de 13 anos de idade — entrara atrás dela.

Trazia Joelle.

VINTE E TRÊS

Atravessaram a ponte Williamsburg, o túnel Lincoln, em direção a um lugar na periferia de Jersey City. Eram cinco horas. Estavam em uma estrada quase deserta cercada de campos de partasanas oscilantes. *Altas como os olhos de um elefante.* Como disse Paul para Miles, a frase era de um dos musicais favoritos de Joanna, *Oklahoma!*, a cuja reprise assistiram em seu último aniversário.

A palavra *último* ficou presa na garganta.

Fazia três dias e 18 horas desde que ele deixara a mulher e filha.

O pântano pulsava com o zumbido constante dos insetos. Ainda assim, era possível ouvir os resultados da Major League com clareza. Miles ouvia atentamente.

— Beisebol — disse Miles —, é o esporte mais difícil para se jogar. Brutal.

— Quer dizer, apostar?

— É, apostar. Você precisa dar corridas, duas, três, dependendo dos arremessadores. O pior time do mundo ganha sessenta vezes por ano. Imagine. Tem de ser idiota para apostar nisso.

— Você aposta em resultados esportivos?

— Bem, claro. Pouquinho. Você sabe, vinte, trinta dólares, só para as coisas ficarem interessantes. É minha pequena rebelião contra a vida prescrita. A ortodoxia tem pequenas regras para tudo. Pode levá-lo à loucura.

Paul adivinhou que ir para o trabalho sem o solidéu era outras das pequenas rebeliões de Miles contra a vida prescrita.

— Alguma vez já pensou em *não* ser ortodoxo?

— Claro. Mas, então, o que eu seria? É como perguntar a um negro se alguma vez já pensou em não ser negro. Você pode até pensar nisso se quiser, mas você é o que é.

— Então, há regras sobre apostar em jogos de beisebol?

— É... você tem de manter distância dos Padres. — Miles aumentou o volume do rádio para ouvir os resultados da National League.

Paul teve vontade de dizer que ele e seus colegas de trabalho passaram mais horas de almoço do que aquelas que ele era capaz de lembrar estabelecendo taxas de risco de arremessos específicos para rebatedores específicos em campos específicos. Um bando de Bill James regulares. Poderia ter dito a Miles, por exemplo, que uma bola rápida na descendente para Barry Bonds no campo de 3-Corn apresentava um risco de três para um. A cada duas vezes que você pegasse Barry, ele mandaria uma bola para a estratosfera.

Mas nada disse.

Paul sabia que Miles estava falando de esporte para não terem de falar de outra coisa. O que estavam fazendo. Encontrando traficantes de droga em um pântano na periferia de Jersey City. Se falassem sobre isso, seriam forçados a reconhecer que estavam irremediavelmente fora de seu elemento.

— Obrigado — disse Paul.

— Pelo quê?

— Por estar aqui comigo, acho eu.

Miles ficou em silêncio um minuto.

— Eu o mandei para Bogotá. Disse que estaria em segurança. Isso me torna responsável de algum modo, não é?

— Legal. Posso contratá-lo para processar a si mesmo?

— Perdão. Não trabalho com ações judiciais.

— Há quanto tempo você é advogado? — perguntou Paul após aumentar o ar-condicionado.

— Há quanto tempo? — repetiu Miles, como se nunca tivesse pensado nisso anteriormente. — Há muito tempo. Nem tanto tempo assim. Depende do dia.

— Por que quis ser advogado?

— Não quis. Queria ser Sandy Koufax. Deus não cooperou. Minha bola rápida mais parecia um passe. Se você não pode ser Sandy, tem de ser médico ou advogado. Chefe indígena não estava disponível... deveria, somos uma *tribo*, não somos? Escolhi advocacia. Talvez não o tipo de advogado que eles esperavam.

— Eles?

— Você sabe, os sábios da tribo. Todo mundo se dedica ao direito imobiliário, fiscal ou corporativo. Tornei-me um advogado de assistência jurídica. Juizado de menores.

— Como era?

— Loucura. Tinha uns cento e cinqüenta casos. Dispunha de cerca de dez minutos com cada jovem e uma rápida olhada nos seus arquivos antes de dizer "olá" para o juiz. Era assim. E eu não podia apelar.

— Por quê?

— Não podíamos ameaçar os promotores públicos com um longo julgamento com júri porque *não há* júris no juizado de menores, e os jovens não têm qualquer informação com valor de troca. Ninguém quer negociar. O melhor que eu conseguia fazer era interná-los em um hospital do Bronx, porque era mais seguro do que mandá-los para a cadeia juvenil.

— Hospital?

— É, um hospital de doentes mentais. Passavam o tempo tomando remédio em vez de serem estuprados. Acredite: era o paraíso, comparado com a prisão juvenil. O lugar mais seguro do mundo para eles. De qualquer modo, quando comecei a confundir Julio com Juan, María com Maggie, vi que estava com problemas. Disse ao meu supervisor que ele tinha de reduzir o meu número de casos, que eu estava beirando a negligência profissional. Ele respondeu *continue sonhando.* Fui embora.

— Então você foi de delinqüentes juvenis para bebês colombianos.

— É. Decidi começar a intervir em um estágio anterior ao processo. Paga melhor. E quanto a você?

— Eu?

— Você, sim. É difícil crer que você sempre quis trabalhar com seguro. Como caiu nessa?

Não, ele não caíra, pensou Paul. *Minha mãe morreu,* queria dizer. *Minha mãe morreu e eu fiquei com medo.* Pensou em explicar isso a Miles. Que, assim como Einstein, ele estava apenas tentando impor ordem e probabilidade em um universo frio.

— Talvez, no fundo, eu quisesse — foi tudo o que disse.

Uma estrada de terra batida apareceu no lado do passageiro. Não era exatamente uma estrada. Parecia mais uma indentação. Uma trilha para lugar nenhum em particular.

Miles reduziu, então parou.

— Disseram "estrada de terra batida uns cinco quilômetros mais adiante" — disse ele, tentando olhar mais adiante na trilha. — Oh, bem... — Voltou o carro para a entrada da trilha, passando por cima de uma pequena protuberância no chão.

Subitamente, as partasanas batiam em ambos os lados do Buick, como se eles estivessem atravessando um lava-jato. Paul, que detestava montanhas-russas quando criança, também não gostava muito de lava-jatos. Sua imaginação fervilhante atribuíra uma intenção maldosa às cerdas rígidas, esponjas asfixiantes e jatos de água escaldantes.

Sentia agora o mesmo tipo de vulnerabilidade. O carro era seguro. Lá fora no pântano, como saber?

Olhou através do pára-brisa, que logo se tornou um campo de batalha de insetos do pântano mortos. Miles ligou os limpadores na tentativa de limpar o pára-brisa, mas era como se estivessem lutando contra uma monção.

Quando a estrada acabou, estavam a sós no meio de uma clareira. Miles parou o carro.

— Acho que é isso — disse Miles. Deu um, dois tapinhas no volante, olhando nervosamente de lado a lado. Miles podia se sentir meio responsável pela situação em que estava Paul, mas parecia que ele estava arrependido por tê-lo acompanhado. — Qual o protocolo com traficantes? Meia hora de espera? — Olhou para o relógio. — Estamos cinco minutos adiantados.

Paul disse:

— Tem certeza de que é aqui?

— Não.

— Ótimo. Eu só queria saber.

Dez minutos se passaram. Miles falou sobre o clima e então imediatamente ficou sem o que dizer. Paul compreendeu. Era difícil manter a conversa quando se estava apavorado. Paul esfregou as mãos e tentou engolir em seco.

Paul ouviu o carro primeiro.

— Está vindo alguém — disse ele.

Um minuto depois, um Mercedes-Benz azul emergiu em meio à vegetação e parou bruscamente a uns cinco metros.

Os carros ficaram um de frente para o outro.

— Tudo bem — disse Miles após um minuto. — Acho que devemos sair.

Miles apertou o botão do porta-malas, abriu a porta e saiu do carro lentamente. Paul seguiu-o.

Encontraram-se na traseira do carro.

— Quer levar? — perguntou Miles. — Ou eu levo? — A bolsa de viagem estava oculta embaixo de uma lona velha.

— Eu levo — disse Paul. — Afinal, sou eu quem deve entregar a droga.

Ele pegou a bolsa. Ninguém saiu do outro carro. Ainda estava lá, o motor ligado, nenhum movimento discernível no interior.

— Conhece aquela do advogado e do atuário de seguros? — perguntou Miles.

— Não.

— Nem eu.

Aproximaram-se do Mercedes caminhando um ao lado do outro. Paul lembrou-se do clássico filme de caubói, onde dois agentes da lei caminham ombro a ombro em direção aos bandidos no final do filme. Como um atuário responsável, ele seria negligente caso não mencionasse que legiões de heróis de faroeste se arriscaram — numa proporção de meio a meio — a ter suas cabeças estouradas.

A porta do lado do motorista do Mercedes se abriu. Dois homens saíram do carro. Podiam ser vendedores de automóveis. Sem óculos espelhados, correntes pesadas de ouro ou tatuagens vulgares. Vestiam calças bem passadas e camisas de golfe. Um vestia uma azul-clara Izod, o outro, uma listrada Polo.

O motorista — aquele com a camisa Polo — cumprimentou-os com um menear de cabeça.

— Vocês parecem estar um pouco nervosos.

Tudo bem, pensou Paul, vamos dar-lhes pontos por serem perceptivos.

— Quem é Paul? — perguntou. Falava com um forte sotaque, colombiano, imaginou Paul. Sua voz era aguda, quase feminina.

Paul teve de se segurar para não erguer a mão.

— Eu. Eu sou Paul. — Pararam a um metro e meio uns dos outros. A bolsa preta pareceu ter ficado mais pesada de uma hora para outra.

O motorista meneou a cabeça e deu um tapa no pescoço.

— Malditos mosquitos. Vou pegar vírus do Nilo ocidental. — Quando ele tirou a mão, havia uma mancha de sangue brilhante em sua mão.

Ele olhou para Miles.

— E quem é *você*, meu amigo?

— O advogado dele — disse Miles.

— Advogado? — Ele riu e virou-se para o colega. — Porra, eu não trouxe um advogado. — Virou-se para eles. — Vamos ter de assinar documentos ou algo assim?

Miles respondeu:

— Sem documentos. Basta vocês devolverem a mulher e a filha dele.

— Ei, não sei do que você está falando. *Não é trabalho meu* — disse ele, forçando o sotaque para fazer graça. Ninguém riu. — Estou aqui para pegar o branco, certo?

— Certo — disse Miles.

Paul permaneceu calado. Melhor assim. Estava com medo demais para falar.

— Então, chefe? — disse o motorista. — Vai me dar a bolsa ou vai me tirar para dançar? — O outro riu.

Paul estendeu o braço.

— Abra — disse o motorista. — Quero ver o que tem dentro. — Paul baixou a bolsa no chão de terra e abriu. Ao se curvar, sentiu vertigens e quase caiu. Algo começou a zumbir no pântano, um superzumbido, o maior inseto na lagoa.

O motorista se adiantou e olhou dentro da bolsa.

— Ahn? Parecem malditas *camisinhas* para mim. — Ele tinha um olho esquerdo estrábico e parecia estar olhando em duas direções ao mesmo tempo.

Paul começou a explicar.

— Estão cheias de...

— Merda, eu *sei* o que têm dentro. Estou brincando com você, chefe. — Ele sorriu. — Vamos tirar uma e nos certificar, certo?

Quando Paul hesitou, o sujeito disse:

— Faça você. Sem ofensa, mas eles saíram do *seu* cu. — Ele se voltou para o amigo e disse: — *Culero,* eh?

O zumbido do inseto ficou mais alto. Os ouvidos de Paul zumbiam. Paul meteu a mão na bolsa e pegou um preservativo, cuidadosamente amarrado em nó por uma daquelas mulheres na Colômbia. Estendeu-o na palma da mão, agora muito suada.

O motorista tirou algo do bolso.

Clique. Uma lâmina brilhante e sinuosa refletiu a luz. Paul se tensionou, e Miles deu um passo atrás.

— Relaxem, *muchachos.* — Ele pegou a mão de Paul quase com gentileza, e apontou a lâmina diretamente para baixo. Paul se perguntou se o sujeito percebeu que sua mão estava trêmula.

Percebeu.

— Não se preocupe — disse para Paul. — Só errei umas duas vezes.

Ele levou a lâmina em direção à palma da mão de Paul. Quando Paul estremeceu, ele riu e repetiu o gesto. O outro homem — o que vestia camiseta Izod com o pequeno jacaré verde — disse algo em espanhol. Tinha uma voz baixa, quase sussurrada.

O sujeito enfiou a ponta da lâmina no preservativo, fazendo uma pequena incisão. Estava se abaixando para pegar um pouco do pó branco com os dedos, quando algo aconteceu.

Era aquele zumbido.

Foi ficando cada vez mais alto, *insuportavelmente* alto, como se estivesse fazendo vibrar o próprio chão. Dava vontade de gritar *silêncio*, esmagar com um jornal o que quer que estivesse causando aquele barulho, esmagar a coisa sob o sapato.

Mas não adiantaria usar o sapato.

Os dois veículos saíram do meio do mato ao mesmo tempo.

Jipes, daqueles com pneus largos, profundamente sulcados e motores lubrificados. Cuspiam fumaça negra e se aproximavam rapidamente.

O homem olhou para cima e voltou a dar um tapa no pescoço. Exatamente como da outra vez, sua mão voltou suja de sangue.

— Fui atingido — disse ele.

Agarrou a bolsa e fugiu. O outro homem também. Desapareceram no meio do mato. Polo e Izod.

Paul ficou parado onde estava. Foi preciso que algo passasse zunindo pelo seu ouvido e se cravasse no chão a cerca de trinta centímetros de onde estava para fazê-lo se mexer. Além de Miles, que agarrou o braço direito dele e gritou:

— Corra.

Ele seguiu Miles em meio à vegetação.

Atrás de si, ouvia o rumor de motores sendo desligados, portas de carro batendo, gritos, berros e brados de guerra. Paul voltou a se lembrar dos filmes de faroeste: o bando de forada-lei invadindo a cidade em um sábado à noite para relaxar a tensão, disparando seus revólveres para o alto. *Jeep Riders in the Sky.*

Só que eles disparavam com semi-automáticas, e atiravam em sua direção.

Paul correu em meio à vegetação, as hastes secas e finas arranhando seu rosto e seus braços. Seguiu a figura de Miles, que desaparecia mais adiante. O chão não era adequado para se correr a fim de salvar a própria vida — era molhado, denso e macio. Dez segundos ali, e suas meias estavam encharcadas.

Atrás dele, os homens ainda berravam. Ainda atiravam. As pontas das partasanas desapareciam como esporos de dente-de-leão.

Havia algo mais, algo que ficou terrível e desconfortavelmente claro.

Os atiradores os estavam *seguindo.*

As partasanas, Paul percebeu com gratidão, *eram* altas como olhos de elefantes. Maravilhosamente, gloriosamente altas. Altas o bastante, pensou Paul, para engoli-los completamente. Ele mal conseguia ver trechos de céu azul acima de sua cabeça. Os traficantes escolheram um lugar impenetrável, escondido de todos.

Então, ele se lembrou de uma coisa. No jogo infantil da pedra, papel e tesoura, a mais frágil substância da terra sempre ganhava da pedra. Por quê?

Porque o papel *esconde* a pedra.

De algum modo, o pensamento não o reconfortou.

Ele continuou correndo, ofegante, atrás de Miles, como se fosse um cão fiel caçando patos. Tentou não pensar no fato de eles serem os patos. Os pés levantavam torrões de lama, o sangue pulsava em seus ouvidos.

Os homens estavam atrás deles e ganhando terreno.

Paul não soube quem tivera a idéia primeiro, se Miles ou ele. Parece que os dois pararam de correr quase ao mesmo tempo. Voltaram-se, olharam um para o outro e tomaram a mesma decisão silenciosa mais ou menos em uníssono. Jogaram-se no chão.

Se eram capazes de ouvir os homens que os perseguiam, então também podiam ouvi-los.

Deite-se e não faça nada.

Seus perseguidores precisariam de sorte para achá-los.

Recorra aos números. Ele imaginou aquilo como um problema de atuário que tivesse caído em sua mesa. A massa de dois corpos dividida pela medida daquele pântano, dividida por seis ou sete pessoas procurando por eles. Quais as chances de ser encontrado? Substitua as partasanas por feno, e eles seriam a proverbial agulha no palheiro.

Deitaram-se de barriga para baixo.

Logo ficou aparente que Izod e Polo tinham idéias diferentes.

Ainda estavam correndo. Em algum lugar à esquerda, zunindo por entre a vegetação.

Mas atrás deles vinha um tipo de tornado.

Corra, pensou Paul. *Corra, corra.*

Eles tinham a droga. O destino de Joanna estava em suas mãos. Tinham de conseguir sair do pântano.

Mas os sons de passadas distintas pareciam convergir em um único tropel. Então alguém gritou e subitamente sobreveio o silêncio. Até mesmo os insetos pareciam ter baixado as cabeças.

Após um minuto mais ou menos, tudo recomeçou, como um disco introduzido em um aparelho de som.

O que acontecera?

Paul teve sua resposta quase imediatamente.

— Ei! — gritou alguém. — *Ei!* Estamos com seu parceiro de dança. Está parecendo um tanto solitário.

Haviam capturado um deles. Izod ou Polo. Apenas *um*. O outro ainda estava escondido. Provavelmente estava deitado como eles, fingindo-se de agulha.

O som dos pistoleiros procurando-os aumentava e diminuía, como um sinal fraco de ondas curtas. Em dado momento, Paul viu de relance um tênis Puma vermelho a cerca de três metros de onde estava. Já era. Fechou os olhos e esperou a bala nas costas. Quando abriu os olhos, os tênis haviam ido embora.

Voltou ao problema que tinha sobre a escrivaninha. As taxas de riscos tinham de ser formuladas, tabuladas e segmentadas para outra atividade potencialmente perigosa.

Viajar de avião.

Dirigir.

Trabalhos de construção.

Deitar-se no pântano sendo perseguido por pistoleiros homicidas.

— Preste atenção — gritou um dos perseguidores. — Tenho um negócio para lhe propor, *bollo*. Você aparece agora, nós não o matamos. Que tal?

Bollo. Babaca. Uma das palavras em espanhol que os estudantes de oitava série aprendiam, rindo à socapa, entre as aulas.

Tudo bem, pensou Paul, mas por que estavam se concentrando apenas no outro traficante escondido? Seria possível não terem visto Miles e ele na clareira? Era isso?

Miles respondeu à pergunta:

— Ele deve estar com a bolsa — sussurrou. — Querem a *droga*.

O homem com voz aguda e olho estrábico. Polo. Ele arrancara a bolsa de Paul quando começara o tiroteio.

O pistoleiro gritou para que o estrábico aparecesse, chamaram-no de *bollo, abadesa, culo* — coisas não muito agradáveis, imaginou Paul. Ele repetiu a proposta. Se ele se levantasse e lhes trouxesse a bolsa, sairia com vida daquele pântano. Palavra de honra.

Ainda sem resposta.

Paul supôs que Polo não acreditara em uma só palavra. Já haviam metido uma bala no seu pescoço — se não morresse de vírus do Nilo Ocidental, podia morrer daquilo.

— Tudo bem — gritou o homem —, tudo bem, tá legal. Que tal um pouco de música enquanto você pensa? Para seu prazer auditivo.

Alguém voltou até os jipes e ligou um CD player. Ou talvez fosse o rádio do carro. O som latino foi ouvido acima das partasanas. Trompetes agudos e uma boa batida. *Música, legal da parte deles.* Só que havia algo errado com a música. Soava distorcida e desafinada.

Demorou um minuto mais ou menos para Paul compreender por quê.

A princípio, ele pensou que pudesse ser uma aberração das ondas sonoras causada pelas grossas partasanas e pelo calor. Não era.

Era um homem berrando. Izod.

Estavam torturando o seu prisioneiro ao ritmo da música.

Para abafar o som. Ou talvez porque tornasse a coisa mais engraçada. Ou porque gostavam do som latino.

Um, dois, três... grito.

Mantiveram aquilo durante uma música inteira — a canção mais longa do mundo.

"American Pie" deve ter 19 minutos e 30 segundos. Aquela canção era maior.

Finalmente, parou.

— O que acha? — gritou o sujeito. — Celia Cruz, *mi mami*. Tremendo grito, não?

Paul voltou-se para Miles.

— Quem são esses caras?

Quando os jipes irromperam entre a vegetação, e os sujeitos saíram com as armas em punho atirando, ele pensara: *polícia. Agentes do governo. Narcóticos.*

Agora, não.

Miles não respondeu. Talvez porque suas mãos estivessem tapando os ouvidos. Seus olhos estavam fechados, como se também não quisesse ver coisa alguma. Um longo arranhão ia de um lado a outro de sua testa. Fizera um favor para Paul, fora além da obrigação, e agora talvez fosse morrer por causa disso.

— *Julio.* — Outra voz agora, fina e sussurrada. — *Juliooooo...*

Havia algo de lamentável naquela voz.

— *Eles quebraram os meus dedos, Julio. Quebraram toda a minha mão, Julio... Você tem de aparecer! Está me ouvindo? Não posso... Por favor... Eles querem o* llello, *cara, é isso. Por favor, apareça!*

O apelo dos torturadores tinha caído em ouvidos moucos. Então mudaram de tática. Era a vez de Izod.

— *Ouça-me... Eles quebraram meus dedos, todos os meus dedos, Julio... cada um deles... Traga a droga... Eles estão me matando... Por favor, Julio... por favor... Você está ouvindo o que estou dizendo?*

Julio continuou calado.

Começaram outra música.

Outro som latino, com o volume mais baixo, de modo que os gritos de Izod estavam mais discerníveis, destacando-se sobre o ritmo acentuado e os metais da banda.

Às vezes ele berrava palavras.

Ayudi a mi madre!

Por favor, me ajude, mãe!

A música parou outra vez.

Paul ouviu um grito terrível.

— *Julioooo... minha orelha. Cortaram fora minha orelha. Oh, isso dói, Julio... oh, dói muito... Apareça... Por favor, apareça... Por favor... Você TEM de aparecer... Eles cortaram a minha orelha Julio... Você compreende...*

Julio devia ter compreendido — teria de ser surdo, mudo ou estar *morto* para não compreender. Ele não apareceria.

Paul baixou a cabeça contra o chão. Cheirava a vegetais podres. Se ele fosse uma avestruz, teria enfiado a cabeça no chão, mantendo-a.

Era difícil ouvir um homem ser torturado. Mesmo alguém que você não conhecesse. Ele o conhecia bem o bastante para poder *vê-lo*. Calças bem passadas e uma camiseta Izod azul-clara agora vermelho-sangue. Havia um buraco negro onde uma de suas orelhas costumava ficar.

— *Não... não, por favor não... Não... Meus bagos não... por favor. Não, meus bagos, não... Julio, não deixe eles cortarem meu saco fora... Por favooor, Julio, não... Não os deixe fazer isso... Não...*

Um uivo terrível.

Foi tão alto que um dos torturadores lhe disse para *calar a porra da boca*. O homem cujos testículos acabara de arrancar.

O homem *de fato* se calou.

Durante algum tempo, prevaleceu o silêncio. Só os insetos, a brisa suave soprando sobre as partasanas.

— *Posso beber água?*

Era ele outra vez.

— *Queria um pouco de água. Por favor. Um pouco de água...*

Baixinho e educado, como se estivesse em um restaurante, falando com um garçom.

Como se fossem responder-lhe com a mesma educação.

— *Claro, natural ou com gás?*

Afinal, ele parou de falar. Ao menos, palavras inteligíveis. A linguagem humana terminou. Foi reduzido a um grito gutural e indecifrável.

Sua língua.

Haviam cortado a sua língua.

Paul não conseguia ouvir mais.

Precisava parar de ouvir.

As chances de se morrer atingido acidentalmente por um raio é de 1 em 71.601 para um tempo de vida mediano.

As chances de se morrer por causa de uma mordida de inseto não venenoso são de 1 em 397.000.

As chances de se morrer afogado em uma banheira são de 1 em 10.499.

As chances de...

— *Maricón*, veja o que nos obrigou a fazer. Merda... seu namorado sangrou como um maldito *cerado*. Em cima de meus sapatos. Nós lhe demos uma chance, seu veado filho-da-puta.

Seu prisioneiro estava morto.

Alguém foi até os jipes. Paul ouviu portas se abrirem e então serem fechadas.

— O que estão fazendo? — sussurrou Paul para Miles. Mas Miles ainda estava com as mãos nos ouvidos, a pele da cor de nata.

Eles voltaram a andar — um ou dois deles, movendo-se lentamente pelo campo.

Paul sentiu o cheiro primeiro.

Se Joanna ali estivesse, teria sentido minutos antes, ele sabia. Teria levantado a cabeça e dito "que estranho, sentiu esse cheiro?".

O cheiro atravessava as partasanas. Quando Paul ergueu a cabeça outra vez para tentar identificar que cheiro era aquele, ouviu som de líquido sendo derramado.

— Estão fazendo uma linha — murmurou Miles, a primeira vez em que falava na última meia hora. Finalmente tirou as mãos dos ouvidos. Ele era *todo* ouvidos agora, mas claramente não estava gostando do que ouvia.

Uma linha? O que Miles queria dizer? *Que* linha?

— O vento está soprando para lá — disse Miles. Primeiro, um enigmático pronunciamento sobre *linhas,* agora a previsão do tempo.

— Vão queimá-lo — disse Miles em uma voz estranhamente distante. — Vão fazê-lo correr diretamente para eles.

Aquele cheiro.

Querosene.

Tudo bem, Paul finalmente compreendeu. Ele entendeu. Por mais que não quisesse, por mais que desejasse ficar surdo e sem pistas. Estavam fazendo uma linha de *querosene.* Faziam essa linha atrás deles, atrás do próprio vento, que soprava para longe deles. Paul imaginou aquilo: uma sólida parede de chamas. E imaginou outra coisa: aquela casa em Jersey City. Aquilo que *costumava* ser uma casa em Jersey City. O lugar onde ele supostamente deveria encontrar os dois sujeitos do Mercedes azul, Polo e Izod. Mas não os encontrara lá, porque alguém havia queimado a casa, reduzindo-a a um buraco escuro.

Quem?

Os mesmos caras que os estavam cercando com querosene. Essa era a conclusão lógica, de acordo com a evidência empírica.

Duas vezes Paul tentara entregar a droga, e duas vezes fora impedido pelo mesmo bando de incendiários.

Paul voltou-se para Miles outra vez para perguntar algo, mas a questão lhe escapou quando ele viu Miles se afastando sobre os cotovelos e joelhos. Parecia... estranho. Como um branco tentando dançar como um negro. Como se estivesse *rebolando*. Só que o fazia com o dobro da velocidade, movendo-se na velocidade do pânico.

Paul viu por quê.

As chances de morrer por inalação de fumaça em um incêndio são de 1 em 13.561.

A primeira chama apareceu uns quarenta metros à direita atrás deles. Parecia algo bíblico: como um sólido pilar de fogo. As fileiras de partasanas queimavam como carvão encharcado de fluido de isqueiro, então o fogo era espalhado para a frente pelo vento. Se corressem do fogo, enfrentariam outro tipo de fogo, do tipo produzido por armas semi-automáticas. Miles, que gostava de apostar em jogos de beisebol, apostava ser capaz de ir na direção oposta, em direção ao fogo. Apostava que seria capaz de passar antes que toda a fileira queimasse. Que podia superar o fogo e o vento na corrida.

Quando Paul o alcançou, Miles já havia se virado. Eles se arrastaram por entre as plantas de barriga para baixo a alguns metros um do outro, os narizes alguns centímetros acima do pungente fedor do pântano, um odor ainda preferível à outra alternativa.

Carne queimada, Paul não conseguia evitar essa percepção, tinha um odor doentiamente doce.

Os sujeitos haviam entendido errado. Tentavam fazer se mexer alguém que não podia correr. *A bala no seu pescoço,* pensou Paul. O homem com camisa Polo estava morto.

Continuaram a se arrastar.

Imagine aquelas criaturas metade peixe do Plistoceno, saindo da água em busca de um futuro melhor. Se soubessem o que os esperava, pensou Paul, teriam dado as costas e voltado.

Sentia-se apenas meio humano agora. Coberto de limo e lama, sangrando por causa das plantas afiadas como navalha e insetos que picavam furiosamente. Respirar era quase impossível — a fumaça negra e asfixiante já estava quase ao nível do chão.

Ele se movia às cegas. Seus olhos lacrimejavam, em parte por causa da fumaça, em parte por saber que havia fracassado.

Podia sentir o fogo à sua esquerda. Quão longe estaria? Vinte metros? Perto o bastante para sentir o calor como uma onda, do tipo que o pega no repuxo e não o deixa ir. Pequenas bolhas começavam a irromper em seus antebraços.

Rápido. Rápido. Rápido.

Quais as chances de conseguirem? O atuário dentro dele dizia:

Nil. Zippo. *Nada.*

Desista.

Ele não podia. A autopreservação venceu a autopiedade. Para sua mulher e filha saírem da Colômbia, ele tinha de sair daquele pântano.

Paul viu as primeiras labaredas através das hastes. As partasanas estalavam, literalmente se desintegrando diante de seus olhos meio cegos. Parecia que cada partícula de ar estava sendo sugada dali. Os homens gritavam acima do ruído ensurdecedor do fogo, como estudantes universitários na abertura de uma competição.

Miles tombou de lado.

Ficou ali deitado, respirando com dificuldade, desesperadamente tentando absorver o ar.

— Vamos, Miles. Um pouco mais. — Paul falava com um enorme esforço. As palavras saíam-lhe entrecortadas, como se estivesse falando outro idioma. Não tiveram efeito. Miles ficou ali deitado, imóvel.

O fogo se dirigia diretamente para eles. Estava quase lá.

— Eu... não posso... — sussurrou Miles entre um e outro arfar. — Eu...

Paul agarrou a gola de sua camisa, quente e fumegante, como se tivesse acabado de sair da secadora.

Puxou.

Não adiantou. Era um gesto meramente simbólico, uma vez que ele não tinha força para tirar Miles do fogo, do mesmo modo que não tinha força para se erguer e se encontrar com os assassinos que iniciaram o incêndio.

Afastou-se.

Subitamente, Miles pareceu ter reunido a pouca energia que lhe restava. Moveu-se. Meio metro mais ou menos. Então, mais meio metro. E, após cuspir uma placa de catarro preto, mais meio metro.

Muito tarde.

Estavam na boca da fornalha, que se abria para eles. Não iriam conseguir.

Ainda que eu ande pelo vale das sombras, meu... tua vara e teu... tua vara... onde estavam as palavras quando você mais precisava delas? Arrastava-se sobre mãos e joelhos sangrentos. Fazia o que todo ateu fazia nas trincheiras. Murmurava as palavras mágicas que abandonara quando era um menino triste e solitário.

Miles estava ao seu lado. O fogo o iluminou momentaneamente.

A pele de Paul começou a ficar chamuscada, a queimar literalmente. Ele respirou mais uma vez e então cobriu o rosto, esperando que não doesse.

Isso foi tudo.

VINTE E QUATRO

Nada lhe fora dito. Mas ela sabia ainda assim.

Galina podia ter-lhe dito que tudo daria certo, mas não estava nada certo.

Era monótono, inútil e interminável.

Pelo menos, cada momento em que ela não estava com Joelle em seus braços. Tais momentos, em contraste, eram dolorosamente vívidos.

Ela experimentava tais momentos apenas duas vezes por dia: pela manhã e pela tarde. Galina a levava até outro quarto na fazenda — ela estava certa de que *era* uma fazenda, uma vez que podia ouvir perus, galinhas, vacas e ovelhas. Também lhes sentia o cheiro, misturado com o indefectível odor de esterco recém-revolvido. Ela nascera em Minnesota, um estado rural, e seu sentido olfativo fora aperfeiçoado com esse aromas telúricos.

Quando perguntou a Galina o que acontecera — se Paul entregara a droga como esperado —, ela deu de ombros e não respondeu.

Nenhuma resposta era necessária. Fosse como fosse, Joanna sabia que não teria de empacotar suas coisas tão cedo.

Era a rotina que a salvava — aquelas manhãs e tardes em que alimentava Joelle, esperadas com ansiosa antecipação. Mas a rotina também a estava matando, pouco a pouco. A mesmice, o torpor, a sensação de sítio persistente e contínuo.

Também estava perdendo peso e conheceu ossos dos braços e da caixa torácica que não sabia existirem.

Certa noite ela ouviu sons de pancadaria em algum lugar na casa. Foram seguidos do ruído de alguém gemendo. Um homem.

Beatriz e Maruja estavam acordadas, ouvindo ao seu lado no colchão.

— Quem é? — perguntou.

— Rolando — sussurrou Maruja.

— Rolando. — Joanna repetiu o nome. — Quem é? Outro prisioneiro?

— Outro jornalista que virou notícia — disse Maruja.

— Assim como você?

— Não. Não como eu. Pior. O filho dele... — sua voz esvaeceu como se ela tivesse voltado a dormir.

— Seu *filho*? O que tem seu filho?

— Nada, vá dormir.

— Maruja. O que...

Ele tinha um filho... isso é tudo. Shhh...

— O que aconteceu a ele? Diga-me.

— Ficou doente.

— Doente?

— Câncer. Leucemia, creio eu. Queria ver o pai uma última vez antes de morrer.

— E?

— Saiu nos jornais — sussurrou ela. — Na televisão. Um tipo de novela nacional. Deixaram Rolando ver. Os talk shows. Ele viu o filho na tevê falando com ele, implorando que o libertassem.

Joanna tentou imaginar como devia ser ver seu filho moribundo na tevê, mas desistiu, porque era muito difícil contemplar.

— As pessoas se ofereceram... como dizer... *los famosos.* Políticos, atores, *futebolistas.* Ofereceram-se para ocupar o lugar de Rolando. Fiquem *conosco,* diziam, de modo que Rolando pudesse ficar com o filho. Ele tinha alguns meses de vida.

— E o que houve?

Maruja balançou a cabeça. Os olhos de Joanna estavam se acostumando ao escuro, e ela podia ver o vago perfil do queixo pontudo de Maruja.

— Nada.

— Mas o menino...

— Morreu.

— Oh.

— Rolando viu o funeral na tevê.

Joanna não percebeu que começara a chorar. Não até sentir o colchão molhado contra seu rosto. Nunca fora de chorar. Talvez porque passasse a maior parte de seu dia de trabalho fazendo outras pessoas *pararem* de chorar, mesmo que secretamente desprezasse sua demonstração pública de fraqueza. Mas agora achava que chorar era tanto terrível quanto maravilhoso. Isso a fez se sentir *humana.* Saber que ainda era capaz de se sentir comovida pela tragédia de alguém, mesmo em meio à sua própria.

— Rolando? — perguntou Joanna. — Há quanto tempo está aqui?

— Cinco anos.

— *Cinco anos?*

Não parecia possível. Era como ouvir falar daquelas pessoas que sobrevivem décadas em coma e são mantidas vivas em um tipo de animação suspensa.

— Quando o filho morreu, Rolando ficou furioso. Não ouvia. Retrucava — disse Maruja, como se estivesse falando com uma criança. Joanna imaginou se a rebeldia de Rolando dificultara a vida de Beatriz e Maruja. Era provável. — Ele fugiu certa vez — murmurou Maruja. — Mas é claro que o pegaram.

Fugir. Bastava o som daquela palavra para o coração de Joanna disparar: que noção misteriosa e exótica.

Fugir. Seria possível?

Ela ouviu mais pancadaria, gritos, que soavam como alguém sendo jogado contra a parede. Fechou os olhos, tentando não imaginar o que estava acontecendo naquele quarto. Rolando estava *amarrado na cama,* disse Maruja.

Joanna imaginou como seria fugir, qual a sensação. Imaginou o vento às suas costas, o cheiro de terra e flores, a sensação inebriante de que cada passo aumentava a distância entre ela e eles. Era um sonho tão bom que ela quase esqueceu quem teria de deixar para trás.

Joelle.

Eles estavam com seu bebê.

A fantasia acabou: puft! Joanna foi deixada com a dor vazia no peito, o vazio que fica quando a esperança se esvai.

A pancadaria acabou terminando. Uma porta se fechou.

Ela teve dificuldade de voltar a dormir. Maruja e Beatriz conseguiram, mas ela permaneceu obstinadamente desperta. Em mais algumas horas seria manhã, e Galina traria Joelle. Juntas, iriam alimentá-la e trocar suas roupas.

Era algo a que valia a pena se apegar. Mesmo naquele lugar. Três mulheres dormindo em uma cama, e no quarto ao lado um homem amarrado como um animal de estábulo.

Ela cochilou, mas foi acordada alguns minutos depois pelo galo maluco que parecia cantar em todas as horas do dia e da noite.

Joelle estava com tosse.

Quando Galina a pousou nos braços de Joanna, seu corpo tremia a cada pequeno espasmo.

— É só um resfriado — disse Galina.

Mas quando Joanna tentou alimentá-la, Joelle recusou o bico de borracha. Joanna esperou alguns minutos e tentou outra vez. Joelle ainda não queria comer. Continuou tossindo com violenta e crescente regularidade. Cada tossida fazia os seus olhos negros profundos se arregalarem, como se estivesse surpresa e afrontada com aquilo. Joanna pressionou o lábio sobre a testa de Joelle — algo que vira alguns de seus amigos fazerem com os filhos.

— Ela está *quente*, Galina.

Galina enfiou a mão por baixo da camiseta de Joelle para sentir-lhe o peito, então encostou a face contra a sua testa.

— Ela está com febre — confirmou Galina.

Joanna sentiu um aperto no estômago. *Então é assim*, pensou. Estava aterrorizada não por si, mas por sua filha.

— O que vamos fazer?

Estavam no quarto pequeno para o qual Galina sempre a levava para alimentar Joelle. Quatro paredes brancas com a marca de um crucifixo que outrora ficava sobre a porta. Passaram a levá-la até lá sem máscaras, algo que tanto a reconfortara quanto aterrorizara na primeira vez. Pareciam estar dizendo: *você está aqui para ficar muito tempo*. Não era mais preciso brincar de esconder com ela.

Quando Galina pôs a mão na testa de Joelle, ela a afastou como se tivesse queimado.

— Espere — disse ela, e saiu do quarto.

Voltou com algo na mão. Uma varinha de condão?

Não. O termômetro que comprara para eles em Bogotá. Joanna deixou Galina remover a fralda de Joelle. As pernas dela estavam assadas e vermelhas. Galina deitou-a de costas no colo de Joanna e disse-lhe para segurar firme.

Gentilmente introduziu o termômetro.

Quando Joanna viu o mercúrio subir, disse:

— Oh. — Uma reação involuntária ao medo explícito. Quando Galina o retirou e trouxe à luz, marcava 40°.

— *Ela está doente* — disse Joanna. Não era uma febrinha comum de bebê. Desta vez era para valer.

— Precisamos lavá-la com uma esponja.

— Aspirina? — perguntou Joanna. — Você tem aspirina infantil?

Galina olhou-a como se ela estivesse pedindo um DVD player ou um esfoliante facial. Obviamente, estavam em uma área rural — onde os guardas se achavam relaxados o bastante para assistir tevê à noite e não se incomodar em impedir Maruja, Beatriz e Joanna de conversarem entre si. Um lugar tão longe de uma farmácia bem suprida quando das patrulhas das AUC.

A febre de sua filha estava altíssima, mas aquilo não importava. Estavam por conta própria.

— *Por favor.* — Joanna sentiu estar implorando, mas desta vez aquilo não a surpreendeu ou desagradou. Ela ficaria de quatro por seu bebê. Daria o braço direito ou a própria vida por ele.

— Se a banharmos com uma esponja, conseguiremos baixar a febre — disse Galina, mas não soou muito convincente. As rugas de preocupação em seu rosto assumiram o aspecto de medo verdadeiro. Joanna descobriu que isso era muito mais aterrorizante do que o que marcava o termômetro.

Galina saiu em busca de um pano úmido.

Que estranho, pensou Joanna, o fato de Galina aparentemente ser capaz de tão facilmente fazer a transição entre seqüestradora e babá, primeiro uma, depois a outra.

Ela voltou trazendo uma vasilha de peltre cheia de água. Em algum lugar, conseguira uma toalha de mão, que ela molhou enquanto lançava olhares preocupados para Joelle, que ainda berrava. Torceu a toalha e começou a esfregá-la gentilmente no bebê. Joelle não cooperava — contorcia-se e tentava se voltar no colo de Joanna, como se o toque da toalha fosse doloroso.

Berrava angustiada, em surtos de partir o coração. Seu corpinho tremia.

Joanna agarrou a mão de Galina.

— Não está adiantando. Está piorando.

A toalha pairou, flácida, pingando lentamente sobre o chão de madeira.

Ping, ping, ping.

— Olhe para ela, pelo amor de Deus. *Olhe para ela.*

— Vou fazer baixar a febre — disse Galina. — Por favor.

Mas não tentou livrar o braço. O que os guardas pensariam se vissem Joanna com as mão ao redor do magro pulso de Galina?

Joanna soltou.

Ao terminar, Galina voltou a verificar a testa de Joelle.

— Um pouco mais frio, não?

Mas quando Joanna fez o mesmo, foi como se estivesse tocando uma chama.

Galina tirou a fralda de Joelle, erguendo-a do colo de Joanna, e voltou a enrolá-la em um cobertor grosseiro de lã. Joelle ainda berrava — seu rosto vermelho e tenso como um punho —, enquanto Joanna a ninava contra o peito e balançava para a frente e para trás no pequeno espaço a elas destinado. Cantou para a filha, quase sussurrando.

Hush, little baby, don't say a word,

Mommy's gonna buy you a mockingbird.

*If that mockingbird don't sing...**

Sua mãe costumava cantar aquilo para ela. Tocava o dueto de James Taylor e Carly Simon no aparelho de som da sala e dançava ao redor do sofá-cama com Joanna em seus braços. Aquilo sempre fizera Joanna se sentir segura e amada.

Não estava funcionando com Joelle.

Ela parou de berrar, mas apenas porque estava esgotada. Quando abriu a boca, não parecia ter energia bastante para emitir um som humano.

Galina disse:

— Tenho de levá-la agora.

— Não.

— Eles ficarão furiosos se eu não o fizer.

Joanna estava muito amedrontada para perceber, mas depois ficou pensando nas palavras de Galina.

Eles ficarão furiosos se eu não o fizer.

A primeira pequena admissão de que, na dinâmica nós-contra-eles da casa — Maruja, Beatriz e Joanna contra os guardas —, podia haver outros *eles* também.

Galina e ela.

Galina teria deixado Joelle com ela, só que não podia porque *eles* ficariam furiosos.

Em um mundo desprovido de esperança tangível, você se agarra a gravetos verbais. Ela devolveu Joelle a Galina. Foi levada de volta para a prisão, também conhecida como seu

*Silêncio, meu bebê, não diga uma palavra,/ Mamãe vai comprar um passarinho para você./ Se o passarinho não cantar..." (*N. do T.*)

quarto, onde Maruja e Beatriz notaram a expressão em seu rosto e perguntaram o que estava errado.

QUANDO A HORA DA REFEIÇÃO VESPERTINA CHEGOU, GALINA apareceu na porta pálida como um fantasma. Esta não foi a parte preocupante. Ela estava sem Joelle — esta sim era a parte preocupante.

— O que houve? Onde ela está? — perguntou Joanna.

— Em seu berço. Ela finalmente acabou dormindo. Não queria despertá-la.

Ainda assim, levou Joanna para a sala de alimentação. A caminho de lá, passaram por dois guardas *mestizos* jogando cartas — um deles, uma menina com pele acobreada e cabelos negros e brilhantes que lhe caíam sobre as costas. Após fechar a porta, Galina disse:

— Ela está com pneumonia.

— *Pneumonia?* — A palavra soou como um tapa na cara. — Como sabe? Você não é médica. Por que diz isso?

— Seu peito. Posso ouvir.

— Poderia ser um vírus? Apenas uma gripe?

— Não. Seus pulmões: estão cheios de fluído.

O medo agarrou Joanna e recusou-se a largá-la.

— Você tem de levá-la a um hospital, Galina. Você *tem* de fazê-lo. Agora. — Galina olhou-a com uma expressão que, sob diferentes circunstância, Joanna teria chamado de meiga. Era a ternura demonstrada para os deficientes mentais sem esperança.

— *Não existem* hospitais — disse Galina. — Não aqui.

NAQUELA NOITE, JOANNA PODIA OUVIR A FILHA GRITAR.

Aquilo aborreceu os guardas. Deu-lhes nos nervos. No meio da noite, um deles tirou-a da cama, onde ela segurava a mão de Beatriz para evitar correr até a porta e gritar com eles.

— *Vamos* — disse ele, empurrando-a através da porta. Beatriz ergueu-se para protestar.

— *Para eso...* — O guarda, que se chamava Puento e geralmente era dócil e amável, empurrou Beatriz contra a parede.

Um bebê que chora pode testar a paciência dos pais, de acordo com a revista *Mother & Baby*.

Para onde Puento a estava levando?

Após ele fechar a porta, outro guarda foi até ela carregando Joelle com os braços esticados. Posteriormente, Maruja lhe diria que os *guerrilleros* das Farc eram particularmente temerosos de ficarem doentes, uma vez que não havia médicos por perto para tratá-los.

O menino literalmente jogou Joelle nos braços de Joanna. Mantendo uma distância segura, apontou para que ela entrasse no quarto de alimentação e deu-lhe um pequeno empurrão nas costas com o cabo do rifle. Afinal, bateu a porta atrás delas.

Joelle nadava em suor.

Cada respiração era seguida de um gorgolejar abafado e áspero. Quando Joanna encostou o ouvido no peito de Joelle, pareceu-lhe estar auscultando alguém que estava morrendo de enfisema.

Onde estava Galina?

Joanna bateu na porta: uma, duas, três vezes. Afinal, Puento abriu, parecendo disposto a retribuir-lhe as batidas.

Joanna pediu que trouxessem Galina imediatamente, agora mesmo, *neste segundo*.

Não houve resposta.

Ela decidiu pedir uma toalha, imitando nervosamente o ato de torcer um pedaço de pano. Não sabia se Puento havia entendido, e, caso entendesse, se iria se importar.

Aparentemente, não. O menino bateu-lhe a porta na cara.

Minutos depois, entretanto, voltou com um trapo imundo. Atirou-o em direção a ela.

Ela esquecera de pedir água, mas, por sorte, o pano parecia úmido o bastante. Joanna procedeu ao agora familiar ritual de desnudar seu bebê, tentando não prestar atenção em sua pele azulada e seu tremer de beija-flor. Esfregou-o do modo como Galina faria.

— Vai ficar tudo bem — sussurrou para a filha. — Vamos para casa ver o papai. Você vai gostar de Nova York. Há um carrossel e, no inverno, podemos andar de patins no gelo. Há um zoológico com ursos polares, macacos e pingüins. Você vai adorar os pingüins. Eles andam engraçado.

Abraçou seu bebê toda a noite. Na maior parte do tempo, Joelle berrou, gemeu e gorgolejou. Esses eram os bons momentos. Os momentos aterrorizantes eram aqueles em que Joelle caía no sono e parecia parar de respirar.

Em dado momento, quando Joelle estava clara e evidentemente viva, basicamente arrebentando os pulmões de tanto berrar, Puento abriu a porta e olhou para ambas com uma expressão quase assassina. Ergueu sua sempre presente Kalashnikov — era como Paul dissera que se chamavam aqueles *rifles feitos na Rússia*, velhos e pouco confiáveis — e apontou-o para a cabeça de Joelle.

— Vou fazê-la parar. Ela está doente. Vou fazê-la parar. Prometo.

Ele abaixou o rifle e fechou a porta.

Joanna deve ter cochilado.

Acordou com alguém lhe sacudindo o ombro.

Era Galina.

A primeira coisa que Joanna percebeu foi a total ausência de choro, a calma absoluta e chocante. A segunda, que não havia Joelle em seus braços. O bebê havia sumido. Durante um instante de parar o coração, imaginou que a filha não sobrevivera à noite. Que Galina viera dizer que o corpo de Joelle fora levado e enterrado em algum lugar.

Estava a ponto de começar a gritar quando a *viu*.

Estava deitada calmamente nos braços de Galina.

Respirava melhor, não normalmente, claro, mas absoluta e inequivocamente *melhor*.

— Trouxe um remédio — disse Galina. — Em gotas. *Antibióticos*. Ela vai ficar boa, creio eu.

Galina viajara quase duzentos quilômetros, Joanna saberia depois. Ligara para um médico conhecido e fizera uma *farmacia* abrir para dar-lhe as gotas.

Ela vai ficar boa, creio eu.

O novo mantra de Joanna.

Joelle havia esfriado bastante, a tosse diminuíra, e ela quase havia parado de tremer.

Galina observou Joanna alimentando-a. Galina parecia estranhamente fascinada, quase hipnotizada. Talvez fosse falta de sono, pensou Joanna.

Não, aquilo era diferente, como se ela estivesse tomada pelas lembranças.

Joanna lembrou:

Tive uma filha.

— Galina?

Demorou quase um minute até Galina sair de seu devaneio e responder.

— Sim?

— Sua filha. O que aconteceu com ela?

Galina voltou-se e inclinou a cabeça, como se estivesse tentando ouvir algo no quarto ao lado. Ou, talvez, num lugar ainda mais longe.

— Ela foi assassinada — disse Galina.

— *Assassinada?* — Joanna não estava preparada para a palavra. Morta, sim, mas *assassinada?* — Sinto muito... isso é horrível. Como, Galina? O que houve?

Galina suspirou. Olhou para a marca do crucifixo ainda visível na parede. Fez o sinal-da-cruz com uma mão ligeiramente trêmula.

— Riojas — sussurrou ela. — Já ouviu falar em Manuel Riojas?

VINTE E CINCO

Galina olhava para mãe e filha. Pensava:

Santa Maria, mãe de Deus.

Por um instante, foi como aquela fotografia em minha escrivaninha. Quase preto e branco após tantos anos, mas subitamente trazida à vida. Sim.

Era eu. E ela. Minha filha.

Ela estava de volta aos meus braços. Era pequena outra vez. Apenas uma niña. *Minha* niña.

Será que ela já foi tão pequena?

Será?

Consegue se lembrar?

CLAUDIA.

Clau-di-a.

Seu nome era como uma canção. Ao gritá-lo pelas ruas do Chapinero perto da hora do jantar, ou escada abaixo em seu *apartamento* após a aula, era difícil deixar de cantarolar — mesmo que estivesse muito brava. Mesmo que estivesse *fingindo* estar brava por Claudia ainda não ter feito o dever de casa, ou estar atrasada para o jantar.

Era impossível ficar *realmente* brava com ela. Era aquele tipo de criança. Uma dádiva de Deus. Sempre acabava conseguindo fazer o dever, e sempre o fazia bem o bastante para tirar a nota máxima.

Também podia se atrasar para o jantar, mas ao chegar, esbaforida e convenientemente arrependida, os cumulava com uma narrativa vertiginosa dos acontecimentos do dia.

"Desligue o rádio e coma", diria Galina.

Mas a verdade era que ela gostava mais de ouvir rádio do que de ver a sua filha magricela comer.

Claudia era uma dessas crianças estranhamente *lúcidas*. Precocemente sensitiva ao mundo e à maioria de seus habitantes. Contumaz compartilhadora de brinquedos, mesmo depois que seu boneco favorito — Manolo, o toureiro — tivera uma perna arrancada pela menina malvada da porta ao lado.

Ela era o tipo de menina que gastava de tanto usar a expressão *por quê.*

Por que isso, por que aquilo, por que *eles*?

Em um país como a Colômbia, Galina sempre achara que *por que* era uma expressão que era melhor esquecer.

Talvez, então, fosse de se esperar que, ao ingressar na Universidade La Nacional — com mérito, é claro —, Claudia fosse se relacionar com um certo tipo de gente. Que, ao começar a obter respostas para aquelas perguntas persistentemente indignadas — como por que um por cento de colombianos controla 98 por cento da riqueza do país, por que todos os programas para diminuir a pobreza e a fome falharam miseravelmente, por que as mesmas pessoas continuavam a dizer as mesmas coisas nas mesmas posições de poder, por que, por que, por que ... —, fosse aliar-se àqueles que podiam fazer algo a respeito.

Ou, ao menos, *falasse* em fazer algo a respeito.

Simples grêmios políticos, a princípio. Inofensivas sociedades de debates.

"Não se preocupe, Mama", diria a Galina e ao pai. "Tomamos café e discutimos quem vai pagar a conta. Então falamos em mudar o mundo."

Galina ficou preocupada.

Ela mesma tinha uma consciência social razoavelmente desenvolvida que nunca lhe fizera muito bem. Ainda se lembrava das passeatas por Gaitán — o líder *mestizo* determinado a democratizar a Colômbia —, evocava com pungente afeto a sensação que se espalhara pelas ruas como uma brisa de primavera no meio do inverno. "Não sou um homem, sou um povo." Ela se lembrava de seu corpo repleto de perfurações na primeira página do jornal de seu pai. Depois disso, estabelecera-se um tipo de fatalismo — como um endurecimento de artérias, desenvolvendo-se progressivamente com a idade. Os jovens eram inoculados contra *essa* doença em particular; passaram-se anos de suor e lágrimas antes de o idealismo desabar como um castelo de cartas.

Claudia começou a passar cada vez mais tempo fora de casa.

Cada vez chegava mais tarde, o que ela atribuía a encontros com um ou outro namorado.

Galina sabia que não era isso.

Claudia estava tomada de amor, sim. Mas não por um rapaz. Aquela nervosa agitação e aqueles olhos brilhantes eram por uma causa. Ela tinha uma monstruosa paixão por uma convicção.

Quando Galina a advertia quanto a se envolver em *La política*, encontrava invariavelmente um silêncio de pedra ou, pior, um balançar de cabeça exasperado, como se Galina não pudesse conceber tais coisas. Aquilo que estava errado e precisava ser *consertado*. Como se ela fosse uma imbecil, cega e surda para o mundo.

Era exatamente o oposto. Era seu verdadeiro *conhecimento* do mundo, de como as coisas funcionavam na Colômbia, ou não funcionavam, porque em verdade nada funcionava no seu país, nada mesmo — era *esta* compreensão dolorosamente acumulada que a fazia temer tanto pela filha.

Quando Claudia teria entrado em contato com *eles?*

Talvez quando dissera a Galina que sairia em uma excursão com amigas. "Para Cartagena", dissera. Quando voltou, dez dias depois, não havia bronzeado à vista. Ao contrário, ela parecia ainda mais pálida. "O tempo estava horrível", explicou. Galina estava tremendamente tentada a verificar os jornais para confirmar isso. Não o fez.

Cartagena ficava ao norte. Onde também, ela o sabia, ficavam as Farc.

Essas pequenas viagens se tornaram cada vez mais rotineiras.

"Para um seminário universitário", explicava.

"Para visitar uma amiga."

"Uma viagem de acampamento."

"Uma mentira atrás da outra."

O que Galina podia fazer? Claudia era maior de idade. Claudia estava amando. Quais as opções de Galina a não ser esperar, esperar que passasse, como a maioria dos primeiros amores? Ouvia um novelo de mentiras e usava-o para enxugar as próprias lágrimas.

Claudia começou a se vestir mal. Todos os jovens o fazem de uma certa maneira, mas Claudia não estava fazendo um manifesto estilístico. Era mais um manifesto de *solidariedade.* Passavam-se dias sem que ela usasse maquiagem ou se olhasse num espelho.

Ela não sabia que aquilo apenas a tornava mais bela.

Teria Galina mencionado quão bela era Claudia? Quão perfeitamente graciosa? Quase *felina*. Sinuosa, olhos graciosos. Ovais, âmbar profundo, e uma pele que a *madre* de Galina costumava chamar de *café au lait*. Devia ter herdado a aparência de alguém que não Galina. Talvez da avó paterna, a *chanteuse*, uma cantora de *ventello* de algum renome que diziam ter partido corações de Bogotá a Cáli.

Um dia, Claudia foi embora e não voltou.

Outra excursão de férias, uma excursão ao litoral com amigas. Mas quando Galina ligou para essas amigas, ansiosa, quase em pânico, dois dias depois da data de seu suposto retorno, estas professaram total ignorância do assunto.

"Que viagem de férias?"

Estranho. Ela não sentiu surpresa. Apenas confirmação. Aquilo, e terror simples e inexorável. Sentou-se junto ao telefone, esperando que tocasse. Tentando evitar pegá-lo e discar para a *policía*. Ela *sabia* onde Claudia estava; meter a *policía* naquilo seria pior do que não fazer coisa alguma.

Afinal, Claudia *acabou* ligando.

Galina admoestou, vociferou, berrou. Do modo como se repreende uma criança.

Como Claudia podia não ter ligado, *como* podia?

Claudia não era mais a menina atrasada para o jantar.

"Estou com eles porque não estar com eles é estar com os outros," disse.

Falou com segurança. Logicamente. Até mesmo apaixonadamente. É possível que houvesse uma parte de Galina, aquela parte havia muito enterrada que certa vez protestara ao lado do pai por Gaitán, que talvez até mesmo sentisse *simpatia* pela sua causa.

Afinal, disse o que dizem as mães. O que lhes é dado dizer.

Até mesmo para filhas revolucionárias que foram para as montanhas.

"Você vai ser morta, Claudia. Vão me chamar para buscar o seu corpo. Por favor. Volte. Por favor, estou implorando."

Mas Claudia não deu ouvidos às suas súplicas — do mesmo modo como, certa vez, ainda menina, recusara-se a usar galochas na chuva.

"Assim não consigo sentir as poças", *Mama*.

Claudia, acima de tudo, era uma menina que gostava de sentir as poças.

O pai ficou arrasado. Ameaçou ir à *policía*, para trazê-la de volta para casa. *Você devia saber*, acusou Galina, *Você devia saber o que ela estava fazendo.* Galina sabia que ele estava dizendo aquilo por frustração e amor ferido; ele sabia que ir à *policía* era perigoso, e ir atrás de Claudia era inútil, uma vez que não sabia por onde começar a procurar.

Então, sentaram-se em seu casulo de dor particular. Esperando por uma primavera que poderia vir ou não.

Ocasionalmente, os amigos passavam mensagens. É melhor que ela não ligue para vocês, explicou um certo rapaz, um colega de viagem da universidade que tinha um cavanhaque de dez centímetros e usava um boné preto à Che Guevara. Ela está bem, disse-lhes. Está compromissada.

Galina também estava compromissada. A ver o rosto da filha outra vez. Precisava tocá-la. Quando criança, Claudia se sentava como um pássaro aninhado sobre as dobras de seu vestido. *Sou um canguru,* sussurrava-lhe Galina, *e você está na minha bolsa.*

Agora sua bolsa estava vazia.

Certo dia, receberam outra mensagem do rapaz.

Esteja em tal bar às oito da noite de hoje.

Quando Galina perguntou por quê, ele disse *apenas esteja lá.*

Ela não perguntou outra vez.

Vestiram-se como se para ir à missa. Não era isso, afinal, pelo que rezavam? Chegaram com horas de antecedência. O bar era desagradavelmente escuro e decadente, freqüentado por prostitutas e travestis.

Esperaram uma, duas, três horas. Na verdade, Galina esperaria dias.

Então, sentiu um tapinha no ombro. Não, foi *mais* que um tapinha: uma mão afetuosa pousando em seu ombro como uma borboleta. Ela conhecia aquele toque. As mães conhecem. *Seu* sangue corre ali.

Como estava Claudia? Andrajosa, magra, doente?

Se fosse esse o caso, talvez pudessem convencê-la a voltar atrás — do modo como se convence alguém a sair da borda de um precipício. Talvez pudessem simplesmente erguê-la e carregá-la de volta para casa.

Claudia não parecia andrajosa. Ou magra. E certamente não estava doente.

Ela parecia *feliz*.

E o que você mais deseja para uma filha?

O que deseja por último toda vez que reza por ela?

O que murmura para si mesmo quando lhe pedem para fazer um pedido e apagar as velas de outro aniversário que você preferiria não celebrar?

"Queria", você murmura, "que minha filha fosse feliz."

Só isso.

Claudia parecia exultante, inequivocamente feliz.

Será que *radiante* seria uma palavra muito forte?

Se antes passava pelas agruras do primeiro amor, agora ela estava claramente em meio a um relacionamento maduro. Uma olhada para ela, e Galina já sabia que iriam embora dali sem a filha.

Claudia beijou Galina, então beijou o pai.

Os três deram-se as mãos, exatamente como quando Claudia tinha 4 anos de idade e ela os convencia a jogar outra partida de cão e gato. Claudia geralmente era o gato. E o gato sempre era capturado.

Galina perguntou como ela estava. Mas já sabia a resposta.

— Bem, mama — disse Claudia.

— Por que não nos *contou*? — perguntou Galina, e então começou a fazer o que ela prometera não fazer. Chorar, perder a calma, se descompor.

— Shhh... — sussurrou Claudia, filha-subitamente-transformada-em-mãe — Pare, mama. Estou *bem*. Estou ótima. Eu *não podia* contar a vocês. Você sabe disso.

Não. Tudo o que Galina sabia era que Claudia estava em seu coração. E que dali em diante a vida consistiria em encontros apressados em bares de travestis e mensagens furtivas através de amigos.

Claudia nada lhes disse de específico. Onde estava. Com quem estava. O que mais fez foi pedir notícias de casa. Como estava seu gato, Tulo? E suas amigas, Tani e Celine?

Durante todo o tempo em que estiveram juntos, Galina recusou-se a largar a mão da filha. Em algum recanto primitivo de seu cérebro, acreditava que, sem a soltar, Claudia seria forçada a ficar com eles. Que, desde que estivessem se tocando, não poderiam se separar.

Estava errada, é claro. As horas passaram, o oposto de todos aqueles dias de espera por notícias, quando pareciam parados no tempo.

Claudia anunciou que iria embora.

Galina ainda tinha um último enorme pedido a fazer. Exercitava aquilo enquanto Claudia perguntava por notícias de casa, de amigos e colegas de escola, enquanto Galina apertava a sua mão como a um salva-vidas.

— Quero que me ouça, Claudia. Que fique sentada e ouça tudo o que tenho a dizer. Está bem?

Claudia meneou a cabeça.

— Compreendo como se sente — começou a dizer. De fato, compreendia. Mas aquilo não importava. — Você acha que estou velha demais. Que não posso sentir o que você sente. Mas eu sinto. Houve uma época, quando eu era muito jovem, em que fui exatamente como você. Mas eu sei o que sei. As Farc, ou as AUC, pouco importa. Ambos os lados são culpados. Ambos os lados são inocentes. No fim das contas, são a mesma coisa. Tão inocentes quanto assassinos. E todo mundo morre. Todo mundo. Estou lhe pedindo como mãe. Por favor. Não volte para eles.

Ela podia estar falando chinês. Ou não falando coisa alguma.

Claudia não podia ouvi-la, e, mesmo que pudesse, era incapaz de compreender uma palavra.

Deu um tapinha na mão de Galina, sorriu do modo como se ri para gente senil. Em seguida, levantou-se e abraçou o pai, enquanto Galina permaneceu sentada, estática em sua cadeira. Então Claudia se abaixou e pousou a cabeça em seu ombro.

— Eu amo você, mama — disse ela. E foi tudo.

A caminho de casa, permaneceram em completo silêncio. Vestiram-se como se para ir à missa, mas voltaram de um funeral.

Depois disso, só receberam algumas mensagens.

De tempos em tempos, o rapaz da universidade ligava para dar notícias. Toda vez que Galina abria o jornal, prendia o fôlego...

A PORTA RANGEU AO SE ABRIR.

Galina parou de falar.

Tomás — um dos guardas — meneou a cabeça para ela, indicando que se levantasse.

Joelle estava fora de perigo. Joanna teria de devolvê-la e voltar para seu quarto.

— O que aconteceu a ela? — perguntou Joanna a Galina, ao passar-lhe Joelle, subitamente ansiosa para saber o fim. — Você não terminou a história.

Galina simplesmente balançou a cabeça e apertou Joelle contra seu colo. Então se encaminhou para a porta.

VINTE E SEIS

Ele não sabia que continuava vivo até se dar conta de que estava chutando. *Chutando.* Movendo as pernas para trás e para a frente em um esforço de apagar o fogo que subia por sua pele.

Devia ter desmaiado por causa da fumaça. Lembrou-se da muralha de chamas avançando contra eles como um ato de Deus. Talvez não tivesse sido um ato de Deus, pois se lembrava de ter *rezado* para Deus antes de tudo ficar escuro... e ali estava ele, *vivo.*

Então ele e Deus talvez tivessem feito as pazes. Talvez Deus tivesse dito: que tal deixarmos os números, equações e taxas de risco de lado e experimentarmos um pouco de fé cega para variar?

Na verdade, ele não estava em chamas. Não literalmente. Suas calças, o que sobrara delas, estavam fumegantes. E a pele que se via através de seus farrapos estava rosa-bebê, indício de queimaduras de primeiro grau.

De algum modo, eles conseguiram ultrapassar a linha de querosene. Tudo à sua esquerda estava queimado, exalando fumaça negra. O vento levara o fogo em uma única direção. O que significava dizer que Miles estava certo. Eles avançaram contra o fogo. E ganharam.

Ou ele ganhara. Miles havia desaparecido.

E quanto a *eles*?

Paul ergueu a cabeça e olhou ao redor.

Parecia uma paisagem vulcânica. Imagine um desses documentários do Discovery Channel onde ilhas de vegetação luxuriante são reduzidas a fumaça e fogo. Aqui e ali, as chamas ainda se erguiam em altas labaredas.

A solidão era lunar.

Eles haviam ido embora.

Ao êxtase, sobreveio o horror. Eles haviam ido embora, a *droga* também. Fora sepultada pela fuligem negra. Sua única chance da salvar Joanna desaparecera. "Quando Deus fecha uma porta, também abre uma janela", costumava dizer sua falecida mãe. Mas, de acordo com sua recém-encontrada doutrina de fé, era inteiramente possível que o oposto também fosse verdadeiro. Que quando Deus abre uma janela, também fecha uma porta.

Paul estava vivo; Joanna e Joelle estavam mortas.

Ou logo estariam.

Ela voltou a cair no chão ainda fumegante, como se tivesse levado um tiro.

Alguém disse olá.

Uma criatura com um rosto completamente negro, exceto os olhos brancos, toda sua figura envolta em fumaça.

Um *anjo*? Teria vindo à Terra para dizer a Paul que ele estava errado, desculpe, você não sobreviveu ao fogo? Dado o provável destino de Joanna e Joelle, seriam as notícias assim tão ruins?

Não era um anjo.

Era Miles.

ENCONTRARAM O CARRO DE MILES ONDE O HAVIAM DEIXADO.

Ambas as portas estavam abertas, e o pára-brisa, quebrado. Não foi isso que preocupou Miles.

Não o fato de terem danificado seu carro, mas o fato de o terem *visto*, tomado nota do número de sua carteira, talvez de seu registro, que estava metido em algum lugar no porta-luvas. Agora que a euforia de ter sobrevivido amainara, Miles parecia compreender que não haveria calmaria por muito tempo. Refugiou-se em algum lugar dentro de si mesmo.

Eram dois.

Paul se desculpara com Miles a caminho do carro: "Perdão por quase tê-lo matado." Miles reiterou que fora ele quem mandara Paul e Joanna para a Colômbia. Só que desta vez não soara convincente.

Então, ambos se calaram.

As rachaduras em padrão de teia de aranha no pára-brisa transformavam o ato de dirigir em um exercício de adivinhação. Havia ou não carros diante deles, os sinais de trânsito tanto estavam verdes quanto vermelhos, as placas eram ilegíveis. A caminho do pântano, cruzaram com quatro caminhões de bombeiros com as sirenes ligadas.

Paul tentava se orientar com a cabeça para fora da janela.

Em algum lugar entre Jersey City e o túnel Lincoln, Paul perguntou:

— Quem eram eles?

Miles não respondeu imediatamente.

— Devem ter queimado a casa em Jersey City — acrescentou Paul. — Só podem ter sido eles.

Miles meneou a cabeça.

— Faz sentido.

— Então?

Miles pareceu perdido em pensamentos. Ou isso ou ainda estava se sentindo deprimido demais para falar. Estavam sob o brilho fluorescente do túnel Lincoln — sempre um tipo de experiência de ficção científica.

Após um instante, Miles disse:

— Não sei quem são. Mas posso *adivinhar.* São do outro lado.

— Que outro lado? O governo colombiano?

— O governo colombiano não sai atirando em gente por aí.

— Tudo bem. Então, de quem está falando?

— Do outro lado na guerra. Aqueles malucos paramilitares de direita. Manuel Riojas. — Não parecia muito feliz com a sugestão.

— *Riojas?* Pensei que ele estivesse na cadeia. Eles o extraditaram. Para a Flórida.

— Claro. *Ele* está na cadeia. Eles, não.

— *Eles?* Quem são eles?

— Sua gente. Sua gangue. Seus soldados rasos. Sabe quantos colombianos há em Nova York?

Miles tentou limpar as mãos esfregando-as no divisor de assentos, que acabou ficando preto de fuligem.

— Eles seguiram os contatos das Farc? — disse Paul, tentando raciocinar enquanto falava. — É isso que está dizendo? Encontraram aquela casa em Jersey City e a queimaram? Então os seguiram até aqui?

— Talvez. Por que não? Estão em lados diferentes, mas pagam o mesmo preço pelas coisas. Drogas representam dinheiro. Dinheiro representa armas.

Tudo bem, pensou Paul. Imaginou se em algum momento dinheiro significava apenas dinheiro.

— Considere isso dois coelhos com uma só paulada. Mataram alguns amigos das Farc e conseguiram algumas drogas ao mesmo tempo. Apenas a minha teoria.

Dado o que Paul lera a respeito de Manuel Riojas, era uma teoria que não pedia muita consideração.

— E agora?

— Podia enganá-lo e dizer que tenho uma grande idéia. Você acreditaria em mim?

MILES INSISTIU QUE PARASSEM EM SEU ESCRITÓRIO NO CENTRO.

— Vai ser difícil explicar à minha mulher por que parece que acabamos de voltar de Bagdá. Tenho um chuveiro lá. E algumas roupas.

O escritório de Miles ficava num prédio de tijolos marrons no East Side. Havia três meses, Paul e Joanna entraram ali e lhes fora dito que teriam uma filha em dois meses.

Miles estacionou em uma garagem sob o edifício.

Ao saírem do carro, Paul sentiu aquele cheiro peculiar de qualquer garagem: mofo, poeira e óleo de motor. Joanna, lembrou-se com tristeza, seria capaz de distinguir outras coisas também.

Entraram por uma porta lateral, através de um corredor de cimento cinza coberto de condensação brilhante. Uma simples lâmpada fornecia toda a luz que havia.

Subiram pela escada até o primeiro andar, que abrigava uma modesta recepção repleta de revistas velhas. Paul lembrou-se de ter se sentado ali com Joanna, folheando um exemplar da revista *Time* estrategicamente ali colocado. "Infertilidade: O novo castigo" era a matéria de capa.

— O banheiro é lá em cima — disse Miles. — Quer ir primeiro?

— Obrigado — disse Paul. — Não tenho nada para vestir.

— Vou lhe emprestar um jeans.

Quando Paul ligou o chuveiro, a água aos seus pés ficou preta. A pele em suas pernas e braços parecia estar esfolada, e ele imaginou se precisava de atenção médica.

Ao sair do chuveiro, examinou-se no espelho do banheiro. O rosto parecia bem — um pouco mais corado que o usual, certamente mais desesperançado. Nada que um médico pudesse fazer a respeito.

Miles deixara um jeans e uma camisa social branca do lado de fora do banheiro, sobre uma cadeira. Eram dois números menores que ele. Ele foi até o corredor, onde Miles esperava pacientemente por sua vez.

Miles passou por Paul a caminho do banheiro sem nada dizer.

Quando saiu, estava com a pele mais ou menos de volta à cor normal.

— Vamos até meu escritório — disse ele sem qualquer entusiasmo particular.

Estar no mesmo lugar onde fazia seu trabalho, onde mexia os pauzinhos e conjurava bebês, não pareceu ter melhorado a disposição de Miles. Sentou-se em sua escrivaninha e pareceu estranhamente perdido ali — como se tivesse esquecido o que fazia para viver.

Bastou a Paul olhar para cima para se lembrar.

Aquele que salva uma criança salva o mundo.

Tudo bem, Miles. Há outra criança que precisa desesperadamente ser salva. E sua *mãe.* Ela também.

Olhou para o resto da sala enquanto Miles estava ali sentado em silêncio, meditando. Entre um diploma honorário da Baruch Law School e uma citação da diretoria de um hospital do Bronx, havia um cartaz que ele nunca vira. *O Time Nazista de Beisebol,* dizia, com o nome de cada jogador em sua respectiva posição no campo em forma de diamante. *Joseph Goebbels* ficava no lugar do arremessador. "Sempre lança bolas em curva" era a legenda ao seu respeito. *Hermann Goring* ficava por trás do prato: "grande defesa". *Joseph Mengele,* na direita: "arma letal". *Albert Speer*, na terceira base: "força surpreendente." Os gandulas eram *Eva Braun* e *Leni Riefenstahl*. O técnico? *Hitler*, é claro: "grande motivador". Não o bastante: o cartaz lembrava a todos que o time *Perdeu o Campeonato Mundial de 1945*.

Ha,ha.

Paul se perguntou se outros judeus além de Miles achavam aquilo particularmente engraçado.

— Suponho que não tenha dinheiro para lhes pagar, certo? — disse Miles afinal. Olhava para os dedos, cujas unhas ainda estavam sujas de preto, mesmo após o banho.

— Dois *milhões*? — disse Paul. Podia ter sido dois bilhões.

— Tudo bem. — Miles deu de ombros. — Só estava perguntando.

Paul tomara uma decisão. Não era uma decisão fácil, mas evidentemente era a *única* possível. Não importava o fato de ele ter contrabandeado drogas para o país. Não mais. As drogas haviam se perdido. Sua família estava por um fio.

— Vou às autoridades — disse ele.

— *Autoridades?* — repetiu Miles, como se fosse um conceito estranho e estrangeiro. — Tudo bem. De que autoridades estamos falando?

— A polícia, o governo, quem quer que possa fazer algo. O Departamento de Estado, os colombianos. Cada autoridade que houver, todas elas. Vou lhes dizer tudo, entregar-me à misericórdia da corte. Não é essa a expressão?

— A misericórdia da corte? Ah é, essa é a expressão. Com certeza. É isso mesmo. Não creio que misericórdia passe pelo detector de metais. Talvez queira reconsiderar.

— *Reconsiderar?* O que sugere que eu faça? Que diga a Pablo que perdi dois milhões de dólares em drogas, mas, se ele não se importar, gostaria de ter minha mulher e filha de volta? Tenho de fazer algo. É a única coisa que me resta.

— Talvez não — disse Miles.

— Do que está falando?

Miles se levantou, olhou para as quatro paredes, começou a caminhar lentamente atrás da escrivaninha, passo a passo, parecendo recuperar a aura de capacidade diante dos olhos agradecidos de Paul, até parar, erguer a cabeça e estalar os dedos.

— Plano B — disse Miles.

VINTE E SETE

Seu nome era Moshe Skolnick.

Era um homem de negócios russo, disse Miles.

Que tipo de negócio?, perguntou Paul.

— Não faço idéia — respondeu Miles. — Mas ele é muito bom nisso. — Fosse qual fosse a natureza de seu negócio, Moshe tratava com colombianos. — Ele tem contatos lá. Viaja para Bogotá ao menos três vezes por ano.

O plano B, recorrer a Moshe, era preferível ao plano C, ir às autoridades, disse Miles, porque Paul precisava de alguém que conhecesse as pessoas certas. Ou, mais preciso, as pessoas erradas.

— Alguém que goze de credibilidade em ambos os lados.

Paul concordara em tentar outra vez. Se Paul era movido por puro pânico, Miles parecia movido por pura teimosia, como se desistir fosse uma afronta pessoal. Outrora, prometera-lhes um bebê, e este estava apenas meio entregue. Parecia determinado a terminar o trabalho.

Estavam de carro, a caminho de Pequena Odessa.

— Como o conheceu? — perguntou Paul.

— É o que acontece no meu tipo de trabalho. Você encontra todo tipo de gente que, de outro modo, não conheceria.

— Era um cliente seu?

— Mais um cliente de um cliente.

— Não é um amigo?

— Você não o desejaria ter como amigo. Nem como inimigo. Ele me deve um favor.

Primeiro, Miles deixou Paul em seu apartamento.

Ele precisava de suas próprias roupas. As calças de Miles pareciam estar interrompendo a sua circulação. Precisava estar em seu território, vivendo a sua vida. Esconder-se já não adiantava muito. Ele e Miles resolveram que, caso encontrasse os seus amigos John ou Lisa, atribuiria a ausência de Joanna a um problema de visto, algo que Paul viera resolver. Com sorte, não os encontraria.

Subiu pela escada para diminuir a chance de encontrá-los. Chegou ao seu apartamento sem topar com nenhum conhecido.

Quando fechou a porta, bem de leve para que John ou Lisa não ouvissem, viu um berço na sala de estar. Era cor-de-rosa, decorado com ursinhos e, preso a ele, um enorme laço vermelho, que parecia uma imensa flor de estufa. Estava vazio.

Foi até lá e pegou o cartão grudado com fita adesiva na cabeceira do berço.

Parabéns por nossa nova neta. Achamos que precisariam disto quando voltassem para casa. Matt e Barbara.

Eram os pais de Joanna, fazendo a sua primeira participação como avós.

Sentiu uma pontada no coração. Se dor no coração era um termo inadequado, se as emoções residiam em algum lugar de seu cérebro e não mais embaixo, por que doía fisicamente *ali?*

Deviam estar em casa a essa altura. Os três.

Os amigos deveriam estar aparecendo, trazendo tortas, garrafas de champanhe, pequenas roupas cor-de-rosa de bebê. Os pais de Joanna estariam hospedados no quarto de hóspedes para passarem ao menos uma semana. O apartamento estaria pulsando de vida.

O vazio atual parecia acusá-lo de alguma coisa. E ele também sabia de quê.

Tudo o que ele tinha a fazer era olhar para o relógio sobre a tevê da sala de estar, com a hora e a data expostas em números cor de sangue.

Miles voltaria em 15 minutos para pegá-lo. Vestiu uma calça cáqui e uma camiseta, meteu o telefone celular no bolso e foi até a porta.

Na secretária eletrônica, piscava uma luz verde.

Oh, bem.

Apertou o botão *play*.

Olá, Sr. Breidbart. Estou ligando em nome da Home Equity Plus. Estamos oferecendo uma taxa especial de refinanciamento válida apenas para este mês...

Oi, é o Ralph. Quando voltarem, dêem uma ligada para mim, está bem? Não consegui encontrar sua lista na McKenzie. Por falar nisso, parabéns pelo bebê. Charutos a caminho.

Oi! É a mamãe, amor. Recebi sua carta, mas não sabemos quando vocês vão voltar. O gerente disse que vocês mudaram de hotel. Liguem para nós! Amamos vocês! Gostaram do berço?

Olá, Sr. e Sra. Breidbart. Aqui é María. Estou ligando para saber como estão as coisas.

María Consuelo, fazendo a ligação de acompanhamento que prometera fazer.

Esta ligação foi seguida de duas outras ligações de María. Então, seguiu-se uma *espetacular oferta* de uma empresa de tapetes. Seguida de uma gravação de um deputado fazendo campanha por sua reeleição. Então, outra mensagem de María.

Nesta quarta ligação ela parecia estar claramente aborrecida. Ligara quatro vezes, *quatro vezes*, e não recebera resposta. Gostaria que lhe fizessem a gentileza de ligar de volta dizendo como estavam as coisas.

Oi, María. Para falar a verdade, as coisas não estão muito bem. O bebê que você nos deu foi seqüestrado por seu motorista e sua babá. Eu contrabandeei drogas para dentro de meu país na tentativa de libertá-las, mas fomos atacados e quase morremos queimados. Portanto, no fim das contas, as coisas poderiam estar melhores. Obrigado por perguntar.

PEQUENA ODESSA SE PARECIA COM O PRÓPRIO NOME. ERA como um outro país.

A tarde ficara cinzenta e enevoada, e um vento forte soprava do mar. Era possível ver carneirinhos de espuma branca sobre a água e pequenos redemoinhos de areia rodopiando pela praia.

Metade das placas das lojas era escrita em russo. A rua diante do mar era repleta de clubes noturnos, a maioria com nomes de cidades russas.

O Kiev. O S. Petersburg. Moscou Central.

A falta de sono estava abatendo Paul. Ele cochilou sobre a ponte Williamsburg, e só a combinação de ranger metálico e trepidação o fez despertar para o cenário em preto e branco. O curto sono fora deliciosamente doce, mas, assim que ele abriu os olhos, o horror rapidamente voltou.

Moshe trabalhava em um grande depósito.

Miles estacionou no terreno dos fundos. Dois homens estavam reclinados sobre o único outro carro — um Buick marrom —, fumando e conversando em russo.

Ao saírem, Miles acenou, mas eles não acenaram de volta.

— Simpáticos — disse Miles. — Eles me adoram.

O estacionamento ficava diante de um portão de carga semi-aberto. Eles se agacharam para passar. O interior era incrivelmente grande — do tamanho de uma loja da Home Depot, e igualmente repleto de mercadorias.

Havia filas de máquinas de lavar, secadoras, refrigeradores, tevês, aparelhos de som, computadores e móveis. Havia bicicletas, bolas de basquete, tacos de golfe, roupas e pneus. Havia videogames, livros, móveis de jardim e churrasqueiras a gás.

Um grupo de homens se reunia ao redor do setor de ferramentas. Um deles se virou e acenou.

— Aquele é Moshe — disse Miles.

Paul achou que o outro estava muito bem-vestido para estar em um depósito. Vestia o que parecia ser um terno de mil dólares, completo, com gravata de seda azul e sapatos muito bem engraxados. Tinha cavanhaque e sobrancelhas grossas, que lhe davam um ar de permanente bom humor.

Deu um passo à frente e apertou Miles com um abraço de urso, dando-lhe um beijo em cada face.

— Ei... Miles... meu advogado favorito. — Tinha voz de fumante, áspera e baixa, acrescida de um forte sotaque russo.

Após devolver Miles ao chão — em seu entusiasmo chegara a erguê-lo alguns centímetros do chão —, voltou-se para Paul e sorriu.

— Paul?

Paul meneou a cabeça.

— Olá — disse ele. — Prazer em conhecê-lo.

Moshe balançou a cabeça.

— Nem tanto prazer assim, creio eu. Miles me falou de sua... situação. Catástrofe. Aceite minha solidariedade. Sua esposa e filha, hein? Esses guerrilheiros... — Emitiu algo que deveria ser uma maldição em russo. — Sabe o que fazemos com guerrilheiros na Rússia, hein? Lembra aquele teatro em Moscou... aqueles chechenos filhos-da-mãe? Bum... bum... mandamos todos para o inferno com gás.

Como Paul se lembrava, as autoridades russas também mataram a gás duzentos inocentes. Achou melhor não mencionar aquilo para Moshe.

Limitou-se a perguntar-lhe se podia ajudar.

Moshe enlaçou Paul com um braço enorme.

— Sabe, eu conheço esses desgraçados. Alguns deles. Veremos o que se pode fazer, certo? Às vezes as coisas podem ser negociadas. Eles são tão marxistas quanto nós. Todo mundo é negociante, certo? Veja... eles não vão matá-las. Isso é pouco provável. Vou fazer algumas ligações.

— Obrigado. De verdade.

— Não me agradeça. Não fiz nada ainda. — Ele sorriu. — Vamos ver.

Olhou através do portão semi-aberto e balançou a cabeça.

— Ei, Miles, meu advogado genial, quantas vezes eu já lhe disse para não estacionar ali? Você está bloqueando a entrada.

— Oh, perdão. Vou tirar.

— Dê as chaves a um de meus rapazes. Eles se encarregarão disso, certo? Vamos até o escritório conversar.

— Um de meus rapazes amassou o meu pára-choque da última vez. Deixe comigo — disse Miles.

Um homem passou por ali, bufando sob o peso de um enorme caixote sobre o ombro esquerdo. Parecia estar na iminência de cair e se espatifar em pedacinhos. Tinha as letras *CCCP* tatuadas no braço — sigla da antiga federação esportiva soviética.

— Vá na frente — disse Miles para Paul. — Volto em um minuto.

— Estacione na Rostow, *meshugener*, certo? — disse Moshe. — Se estacionar na Ocean, vão multá-lo.

Miles disse *tudo bem*. E passou por baixo da porta corrediça.

— Paul. — Moshe acenou para que ele o seguisse. Atravessaram uma porta lateral e saíram em um corredor com paredes revestidas de uma imitação barata de madeira. O escritório de Moshe era no fim do corredor — *El Presidente*, estava escrito no vidro. Paul acreditou que fosse uma brincadeira.

— Vamos esperar por Miles, está bem? — O escritório tinha uma sala de espera com dois sofás. Ele apontou para um deles. — Por favor.

Paul sentou-se, e Moshe entrou no escritório.

TRIM.

TRIM.

Ele adormecera. Aparentemente, seu celular o despertara.

Quanto tempo dormira?

O telefone parou de tocar — ele se lembrava do toque como um eco. Tirou-o do bolso das calças, abriu-o e verificou o número. Um código de área que não reconheceu.

Onde estava Miles?

A porta se abriu, e lá estava Moshe, sorrindo.

Ele olhou para o relógio, um caleidoscópio brilhante de ouro e diamantes.

— Que merda — disse ele. — Já começamos. — E voltou a entrar no escritório.

Mas o celular voltou a tocar.

— Sr. Breidbart?

Era María Consuelo.

— Sim, olá.

— Estou ligando há três dias. Sabia disso?

— Sim, María. Estivemos...

— Sempre ligo para novos pais adotivos para saber como estão as coisas. Disse isso a você e à Sra. Breidbart, certo?

— Sim, disse. Estávamos... na casa de um parente.

— Eu estava ficando preocupada. Precisamos nos certificar de que as famílias estão se consolidando. Como está tudo? O bebê está bem?

— Sim, está.

Moshe era visível apenas através da porta entreaberta de seu escritório. Ele apontava para o relógio.

— Só um minuto — disse-lhe Paul. Mas Moshe não ouviu. Ele curvou a cabeça e levou a mão em concha ao ouvido como um comediante esperando pelas risadas.

— O quê? — disse María.

— Não, não foi com você. Estava falando com outra pessoa. O bebê está bem. Realmente preciso ir. Certamente terei...

— Posso falar com a *Sra.* Breidbart, por favor?

Durante um instante, Paul não soube o que responder.

— Não — disse ele. — Ela não está aqui.

— Oh? Ela está bem?

— Sim, está. Só não está comigo. Não no momento.

— Ela poderia me ligar? Gostaria de falar com ela.

— Sim. Ela ligará.

— Bom. Está certo de que está tudo bem?

— Sim, tudo ótimo. Não poderia estar melhor.

— Tudo bem, então.

Paul estava para desligar, já a ponto de fazê-lo, mas subitamente não foi capaz de se conter.

— María?

— Sim?

— Estou curioso. Há quanto tempo usa os serviços de Pablo? Você o conhece bem?

— Pablo?

— Sim. O motorista que você nos indicou. Você utiliza seus serviços há muito tempo?

— Eu lhes indiquei um motorista? Não.

— Não? Como assim, não? Estou falando de *Pablo*. Você o contratou para cuidar de nós em Bogotá.

— Não. Eu não contratei.

— Tudo bem, alguém de sua equipe. Alguém cuidou disso para você.

— Não fornecemos acomodações e transporte. O contrato estipula isso claramente, certo?

— Então, quem...

— Quem? Seu advogado. O Sr. Goldstein, certo? — *Seu advogado, Sr. Goldstein.*

— Miles — disse Paul.

— Sim, certamente. É responsabilidade dele fornecer acomodações e...

— Transporte.

— Sim.

Moshe ainda o esperava no escritório. Ainda sorria.

— O Sr. Goldstein ligou há dois dias, María — disse Paul, mantendo a voz baixa. — Lembra? Pediu o número de Pablo.

— Ligou para mim? Não. O Sr. Goldstein não me ligou.

— Ele não ligou para você. Ele não ligou para você e pediu o tal número? Há dois dias... quarta-feira à noite?

— Não.

Paul lembrou-se: Miles ao telefone, sorrindo, meneando a cabeça, rindo, *demonstrando emoções* para alguém que não estava ali na frente dele. Mas *havia* alguém ali, diante dele.

Paul.

— Tudo bem. Obrigado.

— Teve algum problema com seu motorista?

— Nenhum problema.

— Por favor, peça à Sra. Briedbart que ligue para mim.

— Sim. Adeus.

Ele estava funcionando no automático — assim como é possível guinar com o carro para a direita ou para a esquerda, parar nos faróis e acelerar nas auto-estradas, mesmo quando sua mente está em algum lugar longe dali. Sua mente estava distante, muito distante, presa em algum lugar entre o terror e o desamparo.

— Você não vem? — Subitamente Moshe estava em pé bem diante dele.

Ele ainda sorria, mas Paul compreendeu que era como o sorriso de Galina quando lhes abrira a porta da frente e lhes dera as boas-vindas à sua casa.

— Vocês têm um banheiro aqui? — perguntou Paul. — Preciso de um banheiro. — É incrível como o instinto de preservação assume o controle.

Como é possível alguém estar paralisado de medo, o corpo positivamente dormente, e ainda assim ser capaz de mover a boca e perguntar por um banheiro — inventar *qualquer coisa* que o impeça de entrar num determinado recinto? Porque sabe com absoluta certeza que, caso entre ali, jamais sairá.

Moshe pareceu refletir sobre o pedido durante um momento.

— Lá atrás — disse ele, apontando com o polegar. — Saindo pela porta à esquerda.

Paul levantou-se. Suas pernas estavam como no escritório de María, parecendo gelatina mole. Ele tentava não deixar que Moshe soubesse que estava por dentro do grande segredo, que sabia ser o único ator nesta peça que não conhecia o roteiro.

— No fim do corredor — disse Moshe, mas Paul percebeu que ele parara de sorrir.

— Tudo bem. Volto já.

Ele se voltou para ir.

Moshe pousou a mão sobre o ombro de Paul, que sentiu unhas afiadas cravadas na sua carne.

— Rápido — disse ele. Seus dentes eram amarelos e deformados, algo não evidente a distância. Agora que estava perto o bastante para sentir-lhe o cheiro, Paul pôde ver o legado físico de uma infância em uma Rússia empobrecida.

— Claro. Não vou demorar. Volto logo. — Soou mal. Estava dando informação demais.

— Bom — disse Moshe, aparentemente despreocupado. — Temos muito que fazer, hein?

— Sim. Muito.

Paul atravessou a porta, resistindo à vontade irreprimível de correr. É o que se faz diante de um perigo mortal, certo? Está gravado em seu sistema, essa necessidade de dar no pé e fugir como um morcego do inferno.

Paul podia ouvir Moshe às suas costas no corredor, evidentemente se certificando de que ele estava indo para onde dissera que ia.

O banheiro ficava a uns dez metros no fim do corredor. *Hombres*, estava escrito na porta. Talvez viesse com o modelo *El Presidente* na Spaghetti Western Collection.

Ele não tinha um plano quando dissera que precisava ir ao banheiro. E não tinha um plano agora.

Apenas um objetivo: sair dali vivo.

Podia sentir Moshe ainda ali, no corredor. Observando-o.

Entrou no banheiro.

Havia uma pia, um mictório imundo e dois boxes estreitos.

E agora?

O *telefone.*

Podia ligar para a polícia. Diria que fora ameaçado, que estava em uma armadilha, correndo perigo físico.

Foi até o primeiro boxe e trancou a porta. Sentou-se na privada.

Sacou o telefone e discou 911, um número agora e para sempre associado com a data de mesmo número.

Nada. Apenas aquele toque de três tons anunciando que fizera algo de errado. Que a pessoa para quem se está ligando se mudou ou mudou de número.

Ele verificou o número no visor: 811.

Tudo bem, nervos. Discou outra vez, imaginando se o seu celular estava no modo vibrador, uma vez que tremia em sua mão. Mas ele sabia perfeitamente que não era o telefone que estava tremendo.

Desta vez conseguiu.

— Emergência, como posso ajudar? — Uma voz feminina que soava vagamente automatizada.

— Estou em perigo — murmurou Paul. — Por favor, mande a polícia.

— Qual o problema, senhor?

Ele não havia acabado de dizer qual era o problema?

— Esses caras... estão tentando me matar.

— Trata-se de uma invasão, senhor?

— Não. Estou em um lugar... em um escritório. Não, um depósito.

— Foi atacado, senhor?

— Não. Sim. Estão a ponto de me atacar.

— Onde está, senhor?

— Ahn... em Pequena Odessa.

— Pequena Odessa. É no Brooklyn, senhor?

— Sim, no Brooklyn.

— Qual o endereço exato, senhor?

— Eu não... Algum lugar perto de...

Ouviram-se passos no corredor. Paul parou de falar.

— Diga seu nome, senhor.

Os passos pararam do lado de fora da porta. A porta se abriu. Dois homens entraram, um deles assobiando "Night Fever". A torneira foi aberta, um dos homens começou a lavar as mãos.

— Senhor? Seu nome, senhor?

Alguém escarrou na pia. Os homens começaram a falar. Falavam uma mistura de russo e inglês, mudando de um para outro aparentemente ao acaso.

O homem lavando as mãos disse algo em russo, então perguntou se alguém chamado Wenzel havia feito o *vig*.

O assobio parou.

— O quê?

— Wenzel. Pagou o vig ou não?

— Oh, claro.

— Maldito PNB da Eslováquia, certo?

O outro homem respondeu em russo, e ambos riram.

Seguiu-se mais conversa, principalmente em inglês — "se vir Yuri por aí, diga ao filho-da-mãe que ele está ferrado comigo" —, interrompida pelo som de um dos homens urinando.

— Senhor... ainda está...

Paul desligou o telefone. Subitamente deu-se conta de que estava prendendo a respiração desde que os homens entraram. Quando expirou, pareceu o barulho de um ar-condicionado recém-ligado.

Ambos os homens se voltaram para o boxe. Aquele momento embaraçoso em que a gente se dá conta de que havia uma outra pessoa ali durante todo o tempo em que se estava falando.

Paul podia ver seus pés sob a porta do boxe, sapatos-tênis híbridos com faixas de corrida de náilon.

Um deles disse algo em russo.

Quando Paul não respondeu, mudou de idioma.

— Está sofrendo aí, Sammy?

— Não.

Silêncio. Eles não reconheceram a voz.

— Tudo bem — disse um dos homens. — Só verificando. Somos da patrulha dos cagões. — Eles riram, deram as costas e foram embora.

Paul estava a ponto de apertar a tecla *enviar* outra vez, mas podia ouvi-los falar através da porta. Alguém estava ali falando com eles — Moshe?

Perguntava a eles se Paul estava lá.

Sim, disseram. Havia alguém cagando no boxe.

Tudo bem, aquilo lhe dava uns cinco minutos. Menos, talvez, antes que o próprio Moshe entrasse ou mandasse um de seus homens. Para fazer o quê?

Puxar Paul para fora do boxe e acabar com ele.

A atendente da emergência pedira-lhe o endereço, mas ele não sabia. Deveria haver seminários a respeito: se vai ser morto em algum lugar, *anote o endereço*. Anote o *nome* também; esquecera-se do nome escrito no teto do depósito.

Ele se levantou e abriu a porta do boxe. Havia uma pequena janela. Ele a abriu. Quase. A meio caminho, a janela emperrou. Parecia não ser aberta havia anos, ao menos não de dentro — havia aranhas mortas na fresta entre a janela e a tela enferrujada.

Havia também uma aranha que não estava morta. Preta, gorda, teimosamente resistindo em sua teia repleta de moscas. *Aranhas* iniciavam alfabeticamente, antes de *carrapatos* e *retrovírus*, a longa lista de coisas a serem temidas por Paul.

Paul acionou a descarga para abafar o barulho, então deu um grande empurrão na janela. Ela se abriu.

Uma coisa de cada vez. A aranha.

Ele tentou esmagá-la contra a tela com um chumaço de papel higiênico, mas a tela estava tão enferrujada que caiu.

Bom. Melhor ainda: a aranha desapareceu com a tela.

Paul subiu na pia e, usando-a como apoio, começou a forçar seu corpo através da janela. Estava de frente para o terreno dos fundos. Miles fora embora havia muito tempo. Apenas aquele Buick marrom permanecia ali. O homem com *CCCP* tatuado no braço estava encostado na porta do lado do motorista, fumando um cigarro.

Se ele se virasse só um pouquinho para a direita a fim de coçar o braço, cuspir ou esticar o pescoço, teria uma visão perfeita de um homem apavorado tentando pular uma janela.

Não importava. Voltar não estava entre as opções.

Era apertado. A janela tinha mais ou menos o mesmo tamanho daquela do quarto em Bogotá, aquela através da qual estendera os braços para tentar fazer a menina com uniforme escolar perceber que estavam gritando por socorro. Ele ainda estava gritando *socorro.* Mas se o fumante o visse, ele não teria ajuda alguma.

Continue.

A moldura da janela parecia estar arrancando camadas de sua pele. Ele achou que podia estar sangrando. Lembrou-se de uma cena chocante do canal Animal Planet: uma enorme jibóia saindo de dentro de sua própria pele. Se ao menos ele pudesse fazer o mesmo... deixar seu eu queimado e alquebrado para trás em troca de algo fresco e novo.

O fumante jogou o cigarro no chão e ficou olhando para a guimba um instante, aparentemente hipnotizado com o fio de fumaça que ondulava à sua frente.

Paul tinha metade do corpo para fora da janela, mas nada onde se agarrar. Suas coxas sustentavam todo o peso de seu corpo. Parecia que iriam literalmente quebrar ao meio.

Ele sentiu uma comichão nas costas. Virou a cabeça para trás.

A aranha.

Negra, peluda, e de volta. Passeava por sua pele nua onde a camisa fora erguida.

Ele forçou com vigor renovado, mantendo um olho na aranha.

Deveria estar olhando para o outro lado.

Quando finalmente se virou para ver o homem com a tatuagem da *CCCP*, este estava olhando para ele.

Afastara-se do carro e se movia como para ter uma visão melhor da cena. Que visão estranha, *um homem adulto se esgueirando através de uma janela.*

Ou não estava se esgueirando. Estava entalado. Podia sentir cada um dos cabelos em cada uma das oito patas da aranha.

— *Que diabos está fazendo?* — O homem parou a uns três metros dele. Um urso russo. Os músculos de seu braço davam às letras tatuadas um estranho volume. Parecia um garoto-propaganda de esteróides.

— Tem uma aranha em mim — disse Paul. Foi a primeira coisa que lhe veio à mente, provavelmente porque, afora o gigante em pé diante dele, aquilo de fato fosse a primeira coisa a vir à sua mente.

— Aranha?

— Sim. Entrei em pânico — disse Paul.

— Hein?

— Pulei pela janela.

— Aranha?

Ele começou a rir. Uma gargalhada de verdade, de dar nó na barriga e rolar no chão, como uma risada de claque da WB. A qualquer momento, as lágrimas iam começar a escorrer de seus olhos.

— Medo de *aranha*? — disse ele. — Ha,ha,ha. — Tudo bem, ao menos acreditou nele.

— Pode me tirar daqui? — pediu Paul.

O russo aproximou-se lentamente e agarrou Paul pelos braços.

Paul sentiu a enorme força dos músculos do sujeito — como algo não humano, até mesmo mecânico. Quanto ele puxou, Paul achou que ou sairia voando da janela ou seus braços sairiam das articulações. Meio a meio.

Subitamente, estava de pé, braços intactos.

Podia não ter sido boa coisa.

O homem caminhou para a esquerda, onde pegou um enorme bloco de cimento que se soltara da base de um parquímetro e que, por alguma razão, estava jogado ali no estacionamento. Ergueu aquilo com as mãos e olhou para Paul com um sorriso estranho.

Paul deu um passo atrás.

O homem ergueu o bloco de cimento acima da cabeça e começou a se aproximar de Paul.

— Espere.

Mas ele não esperou.

O russo soltou o bloco com toda força, a uns vinte centímetros do pé direito de Paul.

Ele riu, levantou o bloco, admirou a horrível mancha de sangue marrom. Algumas das pernas da aranha tinham sido amputadas mas ainda se moviam.

— Não mais — disse ele.

Antes que Paul pudesse se mover, ouviu-se um ruído no interior do banheiro. Moshe olhava-os através da janela aberta.

Ninguém disse coisa alguma.

Moshe pareceu confuso. Evidentemente, Paul esgueirara-se através da janela do banheiro — de que outro modo poderia ter saído do depósito? —, mas se perguntava se Paul realmente *sabia.* Devia estar indeciso quanto a qual Moshe deveria representar ali. O amigo de um amigo preocupado com a sua situação, disposto a ajudar Paul a salvar a mulher e a filha?

Ou o homem a quem pediram que o matasse?

— Ele estava com medo de uma aranha — disse o benfeitor de Paul, ainda divertido com tudo aquilo.

Moshe não compartilhava de seu divertimento. Olhou para Paul e disse:

— *Que* aranha?

— Nas minhas costas — disse Paul. — Eu estava diante da pia, e a aranha pousou em mim. Tenho um tipo de fobia. Entrei em pânico.

— Fobia? — Evidentemente ele não estava familiarizado com o termo. Provavelmente estava muito mais familiarizado com a mentira. Olhava diretamente para os olhos de Paul — do modo como os jogadores em *Celebrity Poker* olham para os rostos dos adversários para ver se estão blefando. Dava para sentir aquele olhar *fisicamente,* como um toque de verdade.

Moshe disse algo em russo, com o canto da boca.

O quê?

Paul decidiu não esperar para ver.

O homem com a tatuagem no braço podia facilmente se mexer e esmagar Paul com um único soco ou simplesmente soltando o bloco de cimento de suas mãos. Aquele que largara mas que Paul erguera. Deve ter sido uma tremenda surpresa saber que alguém que morria de medo de aranha era capaz de atacar alguém fisicamente. O homem não se moveu até o bloco de cimento entrar em contato com a sua cabeça. Caiu com um baque surdo.

Paul correu.

— *Paul!* — gritou Moshe atrás dele.

Nunca conseguiria sair do estacionamento. Livrara-se do usuário de esteróides, certo, mas em um minuto haveria outros. Muitos e muitos outros.

Ele ouviu gritos, o som da porta de metal se abrindo.

Não tinha uma dianteira considerável. Não tinha chance.

Às vezes você dá sorte.

Como qualquer bom atuário poderia lhe dizer, às vezes as chances são apenas isso. Chances. Números. Não importavam. Você podia estar absolutamente certo de que, caso vivesse o bastante, um dia eles iriam se manifestar e morder a sua bunda.

Ou beijar a sua boca.

A caminho do portão aberto, passou pelo Buick estacionado. Mesmo em plena corrida — tudo bem, nada parecido com Carl Lewis, mas uma boa corrida para um corredor ocasional mediano —, conseguiu olhar lá dentro.

As chaves estavam na ignição.

Ele parou, abriu a porta e entrou. Girou a chave e enfiou o pé no acelerador.

Atravessou o portão no momento em que três homens vieram correndo em direção a ele.

Mas seus carros não estavam no estacionamento.

Estavam estacionados na Ocean ou na Rostow, de modo a não atravancarem a entrada de carga.

VINTE E OITO

À luz do amanhecer, o prédio de tijolos marrons de Miles no Brooklyn parecia mais escuro, quase ameaçador.

A torre negra dos contos de fadas.

Paul passara a noite em seu carro, parado em um estacionamento sob a ponte Verrazano. Afastara a hipótese de voltar ao seu apartamento, pois temia haver alguém lá esperando por ele. Acordou com um mendigo batendo em seu pára-brisa e achou estar vendo uma imagem espelhada de si mesmo.

Olhou no espelho retrovisor. Sim, era um bom candidato à vagabundagem. A pele estava pálida. Os olhos estavam lacrimejantes e repletos de pontos de sangue. A cabeça doía.

Perguntava-se: *por quê?*

Parecia ter ingressado no mundo bizarro das revistas de Super-Homem que lia quando criança, lugar onde tudo estava de cabeça para baixo, do lado do avesso. Onde gente que parecia ser seu amigo, de fato não era. Lugar onde você não tinha pistas.

Parte de sua mente racional continuava a se perguntar se ele poderia estar enganado. Sobre tudo. Se compreendera o que María dissera ao telefone. Se, ao somar dois e dois, acabaria com cinco.

Talvez Miles *tivesse* contratado Pablo. Talvez María tivesse simplesmente esquecido a ligação de Miles na noite de quarta-feira.

E Moshe? Talvez o que sussurrara para o usuário de esteróides tivesse sido algo inocente. Algo sobre a aranha — sobre atuários com tolas fobias.

E aqueles homens correndo atrás dele? Mas por que *não* o fariam, uma vez que ele havia acabado de acertar um de seus colegas de trabalho?

Talvez.

Só que ele não conseguia se esquecer do modo como Moshe olhara para ele através da porta do escritório — aquele sorriso prenhe de fria falsidade. O modo como Moshe olhara para ele caminhando para o banheiro, como se observando uma presa.

E havia mais. *Miles fora estacionar o carro em outro lugar e não voltara.*

As coisas estavam começando a ficar animadas na vizinhança.

As pessoas começavam a sair de casa — jovens, velhos, até mesmo anciãos. Diferentes de Miles, eram pessoas que não ousavam ofender Deus, mesmo que ele tivesse assustado um cliente ou dois. Os homens usavam longas suíças enroscadas caindo sobre os ombros como cachos vitorianos. Todos usavam solidéus negros. Deviam estar indo para o culto. Paul subitamente deu-se conta de que era sábado.

Dezoito horas e quatro dias. O medo tomou conta dele e recusou-se a ir embora.

A casa de Miles continuava visivelmente tranqüila.

Paul esperou vinte minutos: oito horas, uma hora razoável para estar desperto e funcionando.

Saiu do carro e caminhou até os degraus de tijolos marrons.

Pensou ter visto um relance de movimento através da janela da sala, suave e insubstancial, como a sombra de uma borboleta.

Ao bater à porta, teve de esperar apenas dez segundos antes de Rachel abrir.

Estava vestida com a sua melhor roupa de sábado, a peruca firmemente fixada sob um chapéu de abas largas, evidentemente pronta a se juntar à multidão em suas orações. Ela olhou para ele, surpresa, dando uma rápida olhada no pulso sem relógio.

Sim, era um pouco cedo para visitas.

— Olá — disse Paul, o mais normal que conseguiu. — Miles está?

Era uma pergunta óbvia, parecia dizer o rosto de Rachel. Onde mais estaria Miles às oito da manhã de sábado a não ser em sua própria casa?

— Ele não está se sentindo bem. Eu estava a ponto de levar as crianças para a sinagoga, Sr. Breidbart. Ele o esperava?

Boa pergunta, pensou Paul.

Quando Miles perguntou a Rachel "quem é?" por trás da porta e caminhou sonolento para ver sem esperar pela resposta, Paul concluiu que a resposta era não.

Miles não o esperava.

O advogado pareceu surpreso, até mesmo chocado. Não seria exagero usar um velho clichê e dizer que ele parecia estar vendo um fantasma. Ele *não* parecia estar se sentindo bem, mas a visão de Paul evidentemente o fazia se sentir pior.

Miles recuperou-se. Talvez seus instintos de advogado tivessem assumido o controle da situação, mudando sua expressão para aquela que se esperava que mantivesse caso um de seus clientes tivesse acabado de confessar um assassinato. Obviamente, Miles não praticava direito criminal — escolhera adoção internacional. E algumas outras coisas para a quais talvez não fosse necessário obter licença.

— Paul — disse ele, um quase sorriso engessado no rosto. — Eu disse que estaria sempre disponível, mas isso é ridículo, não acha?

Tudo bem, pensou Paul, dê-lhe crédito por manter o senso de humor em situações críticas.

Algo incomodava Paul, afora o óbvio.

Pense.

Miles o levara para Pequena Odessa para ser morto. Paul atacara uma pessoa, roubara um carro e escapara. Moshe teria ligado para Miles contando as novidades.

Então, por que estava tão chocado ao ver Paul ao vivo e ainda de pé?

— Tive um pequeno problema — disse Paul.

Rachel estava de pé entre os dois, como um juiz que não compreendia como a briga havia começado.

— Você devia subir e descansar — disse ela para Miles, séria o bastante para se fazer ouvir. Negócios são negócios, mas aquele era um dia de folga.

— Problemas? — respondeu Miles, ignorando a esposa. — Por falar nisso, desculpe ter ido embora ontem. Moshe lhe contou?

Mais direto ao ponto, pensou Paul, Moshe *lhe* contou? E se não tivesse contado? E daí? Pela qüinquagésima vez naquela manhã, Paul se perguntou se era possível ter entendido errado as coisas. Daria qualquer coisa para ser esse o caso.

Rachel limpou a garganta.

— Está tudo bem, querida — disse Miles. — Prometo que, após conversar com Paul, vou descansar.

Miles estava mesmo precisando de descanso. Parecia febril e cansado, como se não dormisse havia dias.

Eram dois, então.

Rachel claramente não estava contente com a intrusão de Paul, mas aquiesceu em silêncio. Chamou pelos filhos.

Saíram pela porta da frente e desceram a escadaria de tijolos marrons, seguindo a mãe com grande entusiasmo.

Restaram apenas os dois.

— Entre — disse Milles.

Levou Paul à familiar bagunça de seu escritório.

— Então, o que Moshe disse? Ele pode ajudá-lo?

Paul ainda precisava desesperadamente acreditar em Miles.

Queria se desculpar por ter atingido aquele sujeito com um bloco de cimento e roubado um carro.

Queria se agarrar à imagem de um Miles que desafiara a morte ao seu lado nos pântanos de Jersey City.

Não conseguia se esquecer da expressão inicial de Miles à porta. Sua surpresa com a *existência* de Paul. Miles sabia o que esperava por Paul naquele depósito. Se Paul estava errado a respeito de tudo mais, disso ele tinha certeza.

— Qual o problema? — perguntou Miles, ainda um advogado amigo disposto a ajudar. — Você disse que teve problemas. O que houve?

— María me ligou — disse Paul, deixando que esta frase simples ficasse no ar um instante.

— María? — foi tudo o que Miles disse.

Paul percebeu que o telefone que Miles usara para ligar para María Consuelo — ou *não* ligar para ela — estava fora do gancho. Então, lembrou-se de algo.

Judeus religiosos não podiam receber telefonemas do anoitecer de sexta-feira até o anoitecer de sábado.

Regras ortodoxas.

Miles acreditava que Paul estivesse morto e enterrado, porque Moshe não conseguira ligar e avisá-lo do contrário.

— Naquela noite, você pegou o telefone e ligou para María? — disse Paul. — Não, você *não* ligou. Só fingiu ter ligado.

Paul certificou-se de estar falando devagar o bastante para que Miles compreendesse a importância do que estava dizendo — e porque era difícil dizer aquilo de modo direto e equilibrado.

— Se María não tivesse me ligado e dito isso, eu teria entrado naquele escritório com seu amigo. Estou certo de que não sairia dali.

O rosto Miles empalideceu. Paul lembrou-se de um balão de Ação de Graças que vira ser furado na tevê quando criança — o imenso rosto sorridente de um xerife de desenho animado se encolhendo até se tornar algo não substancial.

— Você é um atuário de seguros — disse Miles —, certo?

— Sim.

— Pois bem. Quais as chances de você sair daqui com vida?

Ele apontava uma arma para a cabeça de Paul.

Aquilo subitamente se materializou detrás da escrivaninha. Devia tê-la tirado de uma gaveta.

— Deixe-me dar-lhe os fatos — disse Miles. — É assim que trabalham, certo? Fatos... então cifras. Esta é uma Agram 2000. Feita na Croácia, ação mecânica. Pertenceu a um honestíssimo assassino da KGB... ao menos foi o que Moshe me disse. Gostam da Agram porque ela é pequena o bastante para caber no bolso e por ser muito precisa até seis metros de distância. Mais fatos. Estamos a sós, minha mulher e filhos estão rezando para um Deus justo e benevolente. Além disso, essa coisa engraçada na ponta do cano...? Um silenciador. Ninguém vai ouvir eu atirar em você. Pois bem, quais as suas chances?

— Poucas — disse Paul. E ficando cada vez menores, pensou. Miles estava com dificuldade de manter a mão firme, aquela que segurava a Agram 2000.

— Por quê? — perguntou Paul.

Por um momento, pareceu que Miles não o ouvira; parecia estar ouvindo alguma outra coisa. Ele se levantou, foi até a janela, olhou através da cortina, ao mesmo tempo em que mantinha a arma voltada para Paul.

— Vê alguém ali? — perguntou.

— Alguém? Como assim?

— Como assim? Quero dizer, vê alguém ali? Alguém que não esteja usando um solidéu, por exemplo? Deixa pra lá. Não importa.

Ele voltou para trás da escrivaninha e sentou-se.

— Por quê? — perguntou Paul outra vez.

— Por quê? Você soa como uma criança fazendo uma das quatro perguntas. O que você acha?

— Dinheiro.

— Dinheiro. Bem, certo, dinheiro faz *parte* disso. Já apostou em alguma coisa, Paul?

— O quê?

— Já apostou em alguma coisa? Creio que não. Pergunta idiota. Provavelmente é contra o código dos atuários. Lembra-se dos Buffalo Bills de 1990?

Paul estava com dificuldade de se lembrar de qualquer coisa além da pistola apontada para a sua cabeça.

— Meu primeiro erro colossal. Sabe, você pode apostar alto se tiver coragem. Caso *saiba.* Nenhum desses pontos aborrecidos com os quais se preocupar. Mesmo tendo de pôr três para ganhar um. Tudo bem, eu tinha certeza. Eu *sabia.* Minha religião prescreve um banho ritual por ano.

— Você perdeu.

— Oh, sim. Tem certeza de que não vê ninguém ali, Paul? Alguém passando de carro em frente à casa?

— Não.

— Bom.

— Você disse que aposta trinta dólares aqui e ali — disse Paul. — Só para manter as coisas interessantes.

— Eu menti. É mais interessante quando você aposta trinta mil. Vou lhe dizer como comecei. Certo dia eu estava sentado ao lado do telefone. Sabe por quê?

— Não.

— Nem eu. Alguma coisa. Quando tocou e eu atendi, a pessoa do outro lado disse "Sr. Goldstein, *este* é seu dia de sorte". Era de um serviço de prognósticos. Um oráculo délfico da geração ESPN. Dão-lhe o primeiro palpite de graça, só para mostrar como são bons. Eram excelentes. Naquele dia, ganhei. Cheguei a ganhar outra vez. Esse é o problema. Você começa a se sentir onipotente. Esquece que isso está reservado para o homem lá em cima. Comecei a praticar uma forma pessoal de economia às avessas. Apostei mais do que realmente *tinha.*

Alguém ligou um carro. Miles voltou a cabeça em direção à janela, agarrando a pistola com nós dos dedos subitamente brancos.

— É apenas um carro — disse Paul.

— Claro. É apenas um carro. Todo mundo *caminha* no sabá. — Manteve um olho em Paul, o outro na janela, até ouvir o ruído do motor desaparecer rua abaixo.

— Está esperando alguém?

— Sim. Estou esperando alguém. Só não estou certo de quando irão chegar. Chegarão logo, creio eu.

Miles fechou os olhos, enxugou a testa.

— Meu bookmaker não é muito compreensivo, Paul. A respeito de não ter dinheiro. Quais as chances de ele dizer *nenhum problema* e zerar a dívida? Vamos, Paul... números?

— Não sei. — Paul continuava respondendo, como se estivessem naquele carro em Nova Jersey, apenas dirigindo.

Como se a pistola da KGB não estivesse apontada para a sua cabeça. Talvez algo brilhante lhe ocorresse.

— Você não sabe? Ora, vamos. Você o *conheceu*. Moshe, o negociante russo. Por falar isso, na verdade ele não faz muitos negócios com colombianos. Não precisa. A ele basta aceitar minhas apostas.

Paul lembrou-se da conversa que ouvira no banheiro. Teria Wenzel *feito o vig?*, perguntara um dos homens. *Maldito PNB da Eslováquia.* E ambos riram.

— A propósito, sabe como os russos chamam os colombianos?

Paul balançou a cabeça.

— Amadores. — Ele sorriu e voltou a enxugar a testa. — Moshe me chamou de advogado judeu favorito no depósito, lembra-se? Isso porque outros advogados judeus tiram dinheiro dele. Sou a exceção. Vê? devo a Moshe o que não tinha. Quais as chances de sair dessa?

Paul estava calculando outras chances, tentando medir a distância até a porta do escritório, imaginando quanto tempo levaria para chegar à porta da frente da casa caso conseguisse sair do escritório.

— Você ainda está aqui — disse Paul.

— É. Ainda estou. Você pode ser esperto ou pode ser sortudo. Preciso de ambas as coisas. Abri os braços e esperei pelo maná do céu. E recebi.

— Como?

— *Como? É isso* que estou tentando lhe dizer. — A pistola derivou do alvo lentamente, mas Miles percebeu e, com um sorriso ligeiramente tímido, voltou a apontá-la para Paul.

— Você não quer atirar em mim — disse Paul.

— Não? Estranho. Muito estranho. Veja, estou novamente em apuros. Não por sua causa... você é apenas *inconve-*

niente. São aqueles idiotas com Uzis e querosene que me preocupam. Revistaram meu carro, sabem que estou aqui. Estão cheirando sangue. Estão começando a juntar as peças. Posso *sentir*. Estão se aproximando.

— Começando a juntar *quais* peças?

— Talvez *sejam* amadores perto dos russos, mas não muito. No panteão dos assassinos, vamos chamá-los de segunda divisão. Estou frito.

Miles parecia frito. Seu rosto estava coberto de suor. Paul não conseguia deixar de pensar se o dedo do gatilho também estava suado, se poderia escorregar sem querer.

— Não entendo — disse Paul.

— Sei que não.

— Os homens no pântano. Você disse que eram partidários de Manuel Riojas. O que ele teria contra você?

— Que chances tem o pobre Paul de entender essa? Digamos que nenhuma boa ação passa sem punição.

— Qual boa ação?

— Tudo bem. Nenhuma má ação passa sem punição.

— Eu não...

— *Aquele que salva uma criança salva a própria pele.*

Era como se Miles estivesse falando em fragmentos, Paul seguindo um passo atrás, recolhendo as peças e desesperadamente tentando uni-las.

— *Joanna!* — Paul quase gritou. Miles mentira sobre ter ligado para María. Subitamente ocorreu-lhe que ele poderia ter mentido sobre outra coisa. — Você disse que ela estava bem. Está?

Pareceu ter demorado um segundo para Miles se concentrar na pergunta que lhe era feita e respondê-la.

— Claro — disse ele. — Dentro das circunstâncias. Desculpe por sua mulher e filha. Não foi minha culpa... não de todo. Não era para ter acontecido assim. Não posso ajudá-lo nessa. Gostaria de poder.

— Miles...

— Não. — Miles apontou a pistola para Paul. — Minha vez. Tenho mais uma pergunta para você. A última, prometo. Nem mesmo é uma pergunta de atuário. Pronto? Lápis a postos?

Paul estava se preparando para se jogar em direção à porta. Ou por cima da escrivaninha. *Escolha uma alternativa.* Ele nada tinha a perder.

— Sabe qual é o maior pecado no judaísmo ortodoxo? Além de casar com uma *shiksa,* claro?

— Não — disse Paul.

— Claro que sabe.

Paul estava a meio caminho sobre a escrivaninha quando a bala explodiu do cano. Entrou pela cavidade craniana, que governa a memória e as habilidades sociais, saindo por trás do pescoço e cravando-se na capa dos *Estatutos de adoção do estado de Nova York*. Paul fora *em direção* a Miles porque achava que isso lhe daria o elemento surpresa.

Estava errado a esse respeito.

Miles o surpreendera primeiro.

O pior pecado do judaísmo ortodoxo?

Não era assassinato.

Não.

Prometo que, após conversar com Paul, vou descansar, dissera ele para a mulher.

Manteria sua palavra.

VINTE E NOVE

A Joanna fora concedida uma daquelas raras tardes nas quais lhe era permitido ficar mais tempo com o bebê, embalá-lo para dormir e simplesmente olhar para ele.

Quando voltou para seu quarto, Maruja e Beatriz não estavam mais lá.

Tinha corrido um boato. Uma possível troca de prisioneiros ou resgate em dinheiro. Na última vez que em Maruja vira o marido na tevê, ele dera pistas de libertação iminente.

Joanna pegara Maruja rezando com o rosário de contas que lhe fora dado por um dos guerrilheiros, Tomás, rapaz de olhos tristes e secretamente religioso, que o confeccionara com rolhas, dando-o de presente quando ela pedira uma Bíblia.

O homem que chamavam de *el doctor*, que periodicamente os visitava como um zelador cuidadoso fazendo a ronda, dissera a Maruja e Beatriz que logo poderiam vir a fazer uma pequena viagem, e piscara para elas.

Joanna sentia-se dividida. Parte dela estava felicíssima por Maruja e Beatriz. Haviam se tornado irmãs, e ela sentia a dor delas por estarem separadas tanto tempo de seus filhos e famílias.

A outra parte de Joanna sentia-se arrasada, invejosa e abandonada.

Agora, Maruja e Beatriz tinham ido embora.

O quarto trescalava solidão, de gente que fez as malas e partiu. Estava recém-arrumado: o colchão batido e virado, o chão varrido. As poucas roupas que Maruja e Beatriz acumularam com o tempo — dadas pelos *meninos*, como Beatriz chamava os seus guardas, muitos dos quais *de fato* eram meninos — estavam evidentemente ausentes. Beatriz fizera um armário, usando dois caixotes de leite. Quando Joanna olhou lá dentro, havia apenas a camisa da seleção colombiana com que Maruja a presenteara.

Joanna sentou-se no canto e chorou.

Após uma hora, bateu na porta e pediu para ver *el doctor.* A porta foi aberta por Tomás, que parecia ainda mais melancólico que o normal e que não respondeu uma coisa nem outra. Algumas horas depois, porém, *el doctor* bateu à porta e entrou.

— Sim? — disse ele, com aquele sorriso magnânimo que Joanna achava incongruente na pessoa de quem era prisioneira.

— Onde estão Maruja e Beatriz? — perguntou Joanna.

— Ah. Boas novas — disse ele. — *Libertadas.* — Como se estivesse torcendo por elas todo o tempo.

— Oh — disse ela. — Isso é maravilhoso.

— Sim. — Seu sorriso se abriu ainda mais. — A próxima é você.

Joanna permitiu-se acreditar nele... por um momento.

— E meu *bebê.*

— Sim, é claro. Os bebês pertencem às suas mães.

— E quanto a Rolando? — perguntou ela.

El doctor ignorou-a. Olhou ao redor do quarto vazio.

— Você tem mais espaço agora, certo?

Joanna meneou a cabeça.

— Bom.

NA PRIMEIRA NOITE D.B. — DEPOIS DE BEATRIZ —, JOANNA teve dificuldade para dormir. O colchão, sempre lotado e confortavelmente quente, parecia agora incomodamente espaçoso e frio. Havia no ar um cheiro estranho, ligeiramente nauseabundo. Ela despertou sedenta de companhia. De algum modo, aquilo se traduziu em algo mais tangível.

Ela bateu à porta e pediu água.

A guarda feminina com cabelos longos abriu a porta. Assistia tevê, onde um sóbrio âncora de telenoticiário lia uma folha de papel.

Ao sair para buscar a água para Joanna, a guarda fez questão de desligar o aparelho.

A água, que estava morna e ácida, não ajudou Joanna a dormir. Ela ficou deitada de olhos abertos, olhando para o teto. Beatriz desenhara uma multidão de estrelas no gesso do teto com uma caneta hidrográfica. Um modo de derrubar as paredes da prisão e criar uma patética ilusão de liberdade.

Joanna afundou a cabeça no colchão e egoisticamente desejou que Beatriz estivesse ao lado dela.

Aquele cheiro. *O que era?*

Parecia mais forte agora. Ela concluiu que devia ser do próprio colchão. Ele havia sido virado em uma desleixada tentativa de arrumação, mas o lado no qual dormia — ou tentava dormir — estivera voltado para o chão sujo todo o tempo. Era a *ausência* de cheiros também, pensou — o cheiro familiar de amigos que se foram.

Ela se levantou, virou o colchão, então voltou a se deitar.

Não se deu conta a princípio.

O quarto estava muito escuro. Seus olhos tiveram de se acostumar à escuridão e ao fato de o cheiro, em vez de melhorar, ter ficado exponencialmente pior.

Joanna virou-se para a esquerda, para a direita, chegou a reverter sua posição na cama. Somente quando afundou o rosto na espuma do colchão e quase ficou sem ar, foi que se deu conta.

Sentou-se de um salto e olhou para o lugar no colchão onde sua cabeça estivera havia pouco.

Era como uma figura de teste Rorschach, como se estivesse olhando para uma mistura amorfa de cores e sombras e finalmente descobrindo a imagem assustadora lá dentro.

Uma mancha grande e irregular.

Achou que sabia o que era. Uma mancha aproximadamente do tamanho de uma cabeça humana.

Fechou os olhos e apertou o dedo no meio da mancha marrom-ferrugem. Estava úmida, como a terra do porão de uma casa. Ao olhar para a ponta do dedo, estava manchado de marrom. Sangue.

Ela se pôs de pé e caminhou a esmo pelo quarto como se estivesse bêbada, tomada por um pânico crescente.

Bateu furiosamente à porta.

Tomás novamente. Ela queria dizer seus nomes em voz alta, pronunciá-los clara e inequivocamente. Mas então viu algo pendurado no bolso da calça do rapaz.

O rosário feito de cortiça. O que dera a Maruja, aquele que ela jurara guardar para sempre como um símbolo eterno de fé, esperança e teimosa sobrevivência.

Joanna esperou que ele fechasse a porta. Então, caiu no chão e cobriu o rosto com as mãos.

Então gritou *malditos assassinos*.

ELES SABIAM QUE ELA SABIA.

Sobre Maruja e Beatriz.

Provavelmente fora ela quem se denunciara, pelo modo como se sobressaltava quanto entravam no quarto ou se aproximavam a menos de meio metro dela. Ela não conseguia deixar de se perguntar *qual deles* puxara o gatilho ou usara a faca. Teria sido Tomás, que parecia estar mais apático que o normal ultimamente? Ou Puento, que apontara o rifle para Joelle quando ela chorava em meio à agonia de sua pneumonia? Ou os dois?

Ela tinha de se certificar sempre de que não estavam vindo *buscá-la*.

Ficou absolutamente certa de que eles sabiam que ela sabia quando *el doctor* veio se desculpar por ter de acorrentá-la à parede.

Pareceu genuinamente entristecido a esse respeito, mas explicou que era para seu bem.

— Se as patrulhas das AUC começarem a atirar — disse ele —, estará mais segura assim, não é mesmo?

Não. Pela primeira vez, Joanna pediu para ser poupada. Por favor.

Ele deu de ombros e suspirou. Estava fora de seu alcance, explicou. Seria apenas durante a noite.

A corrente prendia a sua perna esquerda a um aquecedor havia muito quebrado.

Não era fisicamente desconfortável — a dor não era física. Aquilo determinava um marco de sua existência. Agora, estava, literalmente, presa.

Um deles a desacorrentava pela manhã. Joanna não voltava a respirar normalmente até este ritual ter sido cumprido. Então sabia que continuaria viva ao menos durante mais uma manhã. Podia se permitir esperar pela hora da alimentação de Joelle. Este viver de hora em hora estava custando caro. Geralmente ela se via sobressaltada, chorosa e exausta. Havia momentos em que era incapaz de parar de tremer.

Quando disse a Galina estar certa de que Maruja e Beatriz tinham sido mortas, Galina balançou a cabeça e disse "não, foram libertadas".

— Não foram libertadas — disse Joanna. — Tomás estava com o rosário de Maruja. Ela nunca o deixaria aqui. A garota desligou a tevê quando viu que eu estava olhando naquela noite. Havia sangue na cama. Eu sei.

Galina não escutava. Não lhe dava ouvidos.

Era enlouquecedor. Era doentio.

Evidentemente, falar com Galina sobre certas coisas era como falar para uma parede. Joanna sabia como era isso, porque falava com a parede em vez de conversar com Maruja e Beatriz. Decidiu que aquilo era ligeiramente mais racional do que falar consigo mesma.

Às vezes a parede se transformava em alguém conhecido. Paul. De tempos em tempos, tentava imaginar onde ele estava — em uma prisão por contrabando de drogas? Morto? Quando se sentia sufocada de medo, punha-o ali ao seu lado e preenchia seu dia com a presença dele.

Às vezes Paul respondia de volta.

O que está errado?

Mataram minhas amigas.

Talvez esteja errada quanto a isso.

Não. Havia sangue no colchão. Descobri no que dia em que se foram.

Talvez uma de suas amigas tenha se cortado.

Não. Era muito sangue. E Maruja deixou algo para trás.

Ainda assim.

Você tem de acreditar em mim. Às vezes sinto estar ficando louca, mas não vou ficar.

Tudo bem, eu acredito em você.

Estou com medo agora. Tenho medo o dia inteiro.

Agüente firme. Você é Xena, minha princesa guerreira, lembra-se? Além do mais, eu irei buscá-la.

Quando? Quero ir para casa, Paul.

Logo, meu bem.

Quando?

Logo.

ELA PEDIU O ROSÁRIO A TOMÁS.

— Imagino que Maruja o tenha devolvido quando foi libertada — disse Joanna.

Tomás não respondeu, mas, quando Joanna pediu, entregou-lhe o rosário.

Joanna andara observando como a porta se fechava. Uma chave girada do lado de fora fazia girar o trinco sobre a trava. Era aquilo. O batente de madeira parecia antigo e carcomido de cupins.

Joanna tirou uma conta de cortiça do rosário. A rolha estava pouco maleável, como barro meio endurecido.

Na manhã seguinte, quando Galina veio buscá-la para alimentar Joelle, Joanna introduziu o pedaço de cortiça no orifício da trava, apertando-o lá dentro com o polegar.

Naquela noite, observou quando uma das meninas saiu do quarto e trancou a porta. Esperou o clique revelador. Não o ouviu.

Uma excitação crescente tomou conta dela. Um brilho quente, como um gole de conhaque envelhecido quando se está com muito, muito frio.

Beatriz desenhara estrelas para fugir da prisão, mas fora assassinada em sua cama.

Aquilo era melhor.

Só que ela estava acorrentada à parede. E não podia ir embora sem seu bebê.

Havia uma pergunta sobre o que fazer a seguir. Ela não acordara pela manhã com um plano de fuga. Não conversara com a parede sobre estratégia. Dera o primeiro passo e pensara: *se funcionar, darei outro.*

Então algo se apresentou, algo que derrubou dois obstáculos de uma só vez.

Joelle voltou a adoecer.

Apenas uma gripe forte desta vez — o bastante para congestionar suas vias aéreas e deixá-la irritável e ligeiramente febril.

Joanna perguntou a Galina se Joelle podia ficar com ela. Não uma hora ou duas, mas a noite inteira, como quando Joelle tivera pneumonia e ela pudera ninar a filha durante horas a fio.

Galina disse que sim.

Então Joanna pediu algo mais. Poderia desacorrentá-la? E se Joelle precisasse ser ninada? Joanna talvez precisasse caminhar com ela pelo quarto. Seria muito bom se não estivesse acorrentada ao aquecedor.

Galina pareceu menos complacente neste ponto.

Joanna voltou a pedir, e, finalmente, Galina disse que falaria com o guarda.

Era Tomás. Talvez ele gostasse mais dela agora que se tornara religiosa. Talvez estivesse tentando se redimir do assassinato de suas amigas. Ele disse que tudo bem. Sem correntes naquela noite.

Quando ele fechou a porta atrás de si e girou a chave, Joanna prendeu a respiração.

Nenhum clique.

Então ali estava ela. Dera um passo, depois outro e mais outro, e, subitamente, chegara à porta. Estava incrivelmente aberta.

Durante um instante, Joanna imaginou se seria capaz de atravessá-la.

A mancha de sangue no colchão a impelia e a refreava. Se falhasse, eles a matariam por ter tentado. Se ficasse, acabariam matando-a de qualquer modo.

Coragem.

Esperou durante horas — até seu relógio interno dizer-lhe que era perto de duas da madrugada. Estava razoavelmente certa de que não haveria ninguém atrás da porta. Quando precisara daquele pano úmido no meio da noite, tivera de bater na porta durante cinco minutos antes de Puento atender.

Ela caminhou até a porta na ponta dos pés e encostou o ouvido à madeira. Nada.

Girou a maçaneta.

Ela não se moveu. Por apenas um instante disse "Tudo bem, eu estava errada. A rolha não funcionou. A porta ainda está fechada. Estou presa."

Mas então imprimiu um pouco mais de pressão.

A maçaneta girou.

A porta se abriu.

Era como uma porta cinematográfica de casa mal-assombrada: aquela que não se deve abrir mas acaba sendo aberta. A porta que tem algo malévolo esperando por você do outro lado.

Não havia nada ali.

Um corredor vazio.

Desde que passara a ir ao quarto de alimentação sem venda, decorara onde estavam as coisas. À sua direita estavam a cozinha, o quarto de alimentação, o lugar onde mantiveram Rolando — se é que ele estivera de fato ali.

À esquerda: liberdade.

Joelle dormia em seus braços. Joanna receava que ela despertasse e começasse a chorar, o que seria o melhor sistema de alarme que um guarda das Farc poderia desejar. Tinha de se mover lenta e cautelosamente.

Quando saiu no corredor, pareceu estar atravessando algo físico: um campo de força de ficção científica. Ela parou e respirou. Então se voltou para a esquerda e atravessou o corredor, um passo de cada vez, até chegar àquilo que parecia ser a porta externa, aquela que atravessara vendada e aterrorizada.

Ainda estava aterrorizada.

Abriu a porta.

TRINTA

Trajetória.

Os átomos, elétrons e neutrinos têm trajetórias. As vidas também.

Em sua trajetória, a bala que matara Miles, que o deixou de ombros caídos e um ar estranhamente tranqüilo ainda segurando a Agram 2000, atravessara o seu pescoço e atingira diretamente um dos livros de direito que ocupavam a maior parte de sua estante. *Estatutos de adoção do estado de Nova York.* A força da bala deslocara vários outros livros, espalhando suas páginas como confete.

Paul ignorou aquilo a princípio. Trajetória.

Decidiu assumir uma trajetória errática própria. Primeiramente, quase voando para longe de uma escrivaninha subitamente manchada de sangue, então cambaleando a esmo dentro da sala como um boxeador nas últimas, incerto se deveria cair ou continuar lutando.

Continuou de pé.

Pistas, insistia a razão.

Miles era o seu último vínculo com aquilo que acontecera na Colômbia.

Pistas.

Miles estava certo quando falara do silenciador. Ninguém ouviria o disparo, que mais parecia o som de alguém enfiando o dedo na boca e fazendo estalar a bochecha. Como um efeito de desenho animado.

Mas havia muito sangue. A sala fedia a sangue. Paul deu a volta na escrivaninha e aproximou-se de Miles — de seu *corpo*. Tentou ignorá-lo, aquele monte de carne sem vida que costumava ter um nome, uma voz e uma família.

"Sabe qual é o maior pecado do judaísmo ortodoxo?"

Paul abriu a gaveta da escrivaninha. Papéis, grampos, lápis, dois pacotes de chiclete pela metade. Menta Wrigley. Uma calculadora, canhotos de bilhetes, clipes de papel, envelopes. Não fazia idéia do que estava procurando.

Pistas.

O problema: o que *era* uma pista? Como distinguir pistas de coisas comuns, as coisas da vida diária?

"Estão começando a juntar as peças. Posso sentir."

Olhou para os papéis na gaveta da escrivaninha. Um formulário W2 de imposto. Uma solicitação de renovação de assinatura de um jornal de direito. Um cupom da Toys "R" Us — circundado com tinha vermelha. *Chatty Cathy.* O calendário dos New York Giants de 1999.

Um livro de telefone.

Aquele que Miles consultara antes de fingir estar ligando para María, quando estalara os dedos e dissera "o motorista. Pablo. María deve ter o número dele."

O número de María estava ali, claro.

O de Pablo também poderia estar.

Paul não sabia o sobrenome. Sempre fora Pablo, o motorista, Pablo, contratado para ajudar.

Depois, Pablo, o seqüestrador.

Teve de procurar no A, B, C, D, E, F, G, H, I, J e K antes de encontrar. *Pablo Loraizo.*

Estranho, o último nome soava-lhe familiar

Arrancou a página e enfiou-a no bolso.

Procurava pistas, mas não as encontrava. Pistas sobre o que fazer. Ligar para a polícia? Ir à sinagoga local e informar a Rachel e às crianças que seu marido e pai acabara de estourar os miolos?

Ir embora.

Ir embora soava bem. Quando a polícia viesse falar com ele, diria que conversaram e depois ele fora embora. *Suicídio?* Que suicídio? Ou diria tudo a eles: que Miles o enviara para a Colômbia para ser seqüestrado, e sua esposa e filha serem mantidas para serem trocadas por um resgate. *Que* resgate? Dois milhões de dólares de cocaína pura que ele diligentemente fizera passar pela alfândega. Talvez deixasse essa parte de fora.

Sentia-se tonto, como na casa de Galina, quando se levantara para confrontar Pablo e acabara caindo. Seu pensamento estava confuso, sem objetivo. Ao contrário da bala que atravessara a cabeça de Miles.

Passou a prestar atenção naquilo, na trajetória.

A bala fizera uma bagunça. Havia páginas de livros espalhadas pelo chão. Não, não eram páginas de livros. De perto, via-se que eram escritas a mão.

Cartas.

Tudo bem, lembrou-se Paul.

A noite em que não conseguira dormir e viera até ali em busca de algo para ler. Acabara lendo aquela carta enviada da colônia de férias: *Querido papai: lembra quando você me levou ao zoológico e me esqueceu lá?* Alimentando sua solidão à custa da família de outra pessoa.

Caminhava sobre as folhas de papel para sair dali, quando percebeu algo.

Leu, ajoelhado, atônito, mão nos joelhos.

A trajetória de uma bala é governada pelas leis da física, pensou.

Pelas forças de propulsão, resistência e gravidade. E pela posição da mão que atira. Isso é importante. Para onde a mão aponta.

Talvez, pouco antes de enfiar uma bala na cabeça, Miles tivesse pensado nas chances de o *pobre Paul entender o que estava acontecendo* e decidido melhorá-las.

Ele disse "estou apontando para lá."

Nesta direção.

TRINTA E UM

Estava de volta ao conforto do lar. Não conseguiu pensar em nenhum outro lugar para onde ir.

Exceto que não era confortável. Havia muitas lembranças.

Empurrou o berço pelo apartamento em direção ao gabinete, de modo a não ter de olhar para ele. Ursinhos cor-de-rosa sorriam para ele enquanto ele empurrava o móvel pela sala, como se divertidos pelos seus esforços infantis de esconder o desamparo de sua situação.

Lisa deve ter ouvido o arrastar do móvel sobre o chão, porque um minuto depois Paul ouviu uma batida à porta. Quando foi na ponta dos pés olhar pelo olho mágico, Lisa, a melhor amiga de Joanna, olhava de volta, sua expressão desconfiada fazendo sua boca se curvar nos cantos, um jeito adorável que Paul sempre achara vagamente sensual. Mas não hoje. Ou Paul e Joanna estavam de volta — subitamente e sem aviso — ou alguém estava assaltando o apartamento.

Paul *sentia-se* um pouco como um ladrão, um intruso em sua própria vida.

Paul esperou que ela fosse embora.

Tinha a história do visto na ponta da língua, mas não estava disposto a usá-la. Ainda não.

Após Lisa bater outra vez, então dar de ombros e ir embora, Paul pegou a pilha de cartas que recolhera no escritório de Miles. Se as cheirasse de perto, ainda podia sentir cheiro de sangue.

Fechou as persianas e desligou o telefone. Demoraria um pouco até Rachel localizá-lo. Não se lembrava se ela sabia seu sobrenome, provavelmente não. Pouco importava: em certo ponto, ela olharia para o livro de telefones de Miles, com a polícia sobre seu ombro, e separaria todos os *Pauls.* Iriam encontrá-lo. Acabariam ligando.

Fui conversar com Miles sobre os meus problemas de adoção. Quando saí da casa, ele estava vivo. Se estava deprimido? Um pouco. Mencionou algo sobre dívidas de jogo. Estou tão triste com a notícia.

As cartas não eram datadas.

Mas ele podia organizá-las cronologicamente pela cor. De branco a amarelo.

A mais recente era a que lera naquela noite, a carta que o filho de Miles escrevera na colônia de férias. Mas eram as outras cartas que o interessavam. As outras cartas que saíram de dentro do livro *A história de Ruth.* Estas eram diferentes. Estas não haviam sido escritas por uma criança.

Foram escritas *a respeito* de uma criança.

Prezado Sr. Goldstein, começava a primeira.

Tenho uma criança necessitando desesperadamente de adoção.

A maioria das pessoas escrevia para Miles desejosa de adotar uma criança. Precisando, pedindo, até mesmo *implorando* por uma criança. Aquela carta era diferente. Oferecia uma criança.

Considere isto um pedido especial, continuava a carta. *Tem de acontecer imediatamente. Não há tempo para cuidar dos documentos de praxe. Por isso estou lhe escrevendo pessoalmente. Por isso preciso de sua ajuda. Preciso ter notícias suas logo. Hoje. Amanhã. Imploro que me responda o mais rapidamente possível.*

Paul leu a segunda carta, depois a terceira.

Leu-as lenta e cuidadosamente, às vezes voltando para reler algo antes de ir adiante. Todas as cartas, é claro, eram escritas *para* Miles. Não tinha as cartas que Miles escrevera de volta. Era como bisbilhotar metade de uma conversa telefônica. Precisava intuir as respostas e preencher o espaço vazio.

As cartas explicavam quem era a criança. Uma menina de 3 anos. O autor da carta dizia que ela tinha de deixar a Colômbia imediatamente. E explicava o porquê. O pai estava atrás da criança. A menina corria sério perigo. E finalmente, e mais revelador, as cartas explicavam como aquilo aconteceria.

Após ler a última carta, ele releu todas. E lembrou-se como Miles falara em fragmentos e como ele, Paul, tentava juntá-los.

Que chances tem o pobre Paul de entender o que está acontecendo?

Precárias, Miles, pensou, *ínfimas,* mas estavam melhorando.

O nome completo do pai da menina não era revelado. Apenas uma inicial. *R.* Em algum lugar entrelinhado, seu nome deve ter sido sussurrado no ouvido de Miles, e então nunca mais mencionado.

Mas o nome do autor da carta estava ao fim de cada página. Foi isso que Paul percebeu ao sair do escritório de Miles, cheiro de sangue nas narinas, aquilo que o fez parar, olhar e ler. A assinatura ao final da página.

Letras muito bem caprichosas, especialmente o *G.*

De Galina.

TRINTA E DOIS

A princípio, pensou que o barulho na porta era um sonho.

Talvez porque fosse isso que estivesse fazendo. Sonhando ou, ao menos, sonhando pela metade.

Com sua mulher e filha.

Com a menina.

E a frase sobre a mesa de Miles.

Aquele que salva uma criança salva o mundo.

Quem seria a menina? A neta de Galina.

Ela declarara aquilo claramente em sua segunda carta para Miles. E também escrevera sobre o pai da menina. *Isso* também.

Certa vez pensei que minha própria filha estava a salvo dele, escreveu. *Estava errada.*

Ela implorava pela ajuda de Miles. Sua neta precisava ser retirada do país.

O pai está procurando por ela. Não vai parar de procurar até encontrá-la. Como sabe, R tem o poder e os meios de conseguir isso.

Ela precisava ser adotada por alguém nos EUA. E o mais rapidamente possível.

À medida que as cartas se sucediam, ela ia falando um pouco mais sobre a menina.

Ela viu coisas que uma criança não devia ver, escreveu. *Que ninguém devia ver. Ela tem pesadelos.*

Por volta da quarta carta, tornou-se óbvio que Miles lhe dera uma resposta positiva. Que ajudaria. Mais que isso. Evidentemente, fizera-lhe uma oferta de surpreendente generosidade e altruísmo. Aceitara adotar a neta de Galina.

Tem certeza? Escreveu ela. *Mesmo feliz como estou, gostaria de lembrar que isso não é uma coisa passageira. É para sempre. Você não será apenas pai dela. Será seu protetor. Seu guardião. Sua única esperança.*

Sim, Miles deve ter escrito, ele tinha certeza.

Mas queria algo em troca.

O quê?

Era difícil dizer.

Era óbvio que a felicidade de Galina mais ou menos esvaecera. Suas cartas tomaram o tom sóbrio de um acordo comercial.

Compreenda que o que me pede pode não ser possível, escreveu Galina. *Eu não os conheço. Não falo com eles. Só posso pedir.*

Eles.

Paul era como uma criança de 2 anos começando a compreender que palavras sem sentido dizem respeito a coisas importantes.

Eles concordaram.

Devem ter concordado, porque a última carta de Galina era uma angustiada súplica pelo futuro da neta.

Vou pedir algumas coisas, escreveu ela. *Conforte-a quando ela acordar assustada no meio da noite. Por favor, leia para ela — ela gosta de histórias sobre trens, palhaços e coelhos. Ensine-lhe o que deve aprender em seu novo país. Proteja-a. De tempos em tempos, peço que por favor me diga como ela está. Não toda semana, não todo mês. De vez em quando. Esta é minha última carta para você. Quanto menos contato tivermos daqui para a frente, mais seguro será. Só peço uma coisa mais. A mais importante. Que você e sua esposa a amem.*

Havia alguém à porta.

Ele despertou de súbito, olhando para o teto do quarto.

Ouviu outra vez.

Um suave arranhar. Soava como um gato pedindo para entrar.

Ele não tinha gato.

Continuou deitado na cama, imaginando qual porta seria. A porta fechada de seu quarto ou a do próprio apartamento? Aquilo era importante. Se fosse a porta do apartamento, ainda tinha uma chance. Se fosse a do quarto, estava morto.

Ele se concentrou, tentando ouvir melhor. O sangue pulsava em seus tímpanos. Sua respiração estava apertada, rasa e barulhenta.

O som de arranhar parecia tênue e abafado.

Tudo bem, pensou, a porta do *apartamento*.

Levantou-se da cama lutando contra a vontade de se esconder debaixo dela. A porta da frente estava trancada. Ele ainda era mestre de seu domínio. Podia mantê-los do lado de fora — podia se proteger.

Vestia apenas um short. Ao se ver no espelho da parede, pareceu comicamente vulnerável. Manteve absoluto silêncio, e esticou o pescoço para ouvir.

Arranhar, arranhar.

São aqueles babacas com Uzis e querosene que me preocupam.

Os homens do pântano, pensou.

Ou.

O homem com as letras *CCCP* tatuadas no braço.

Ele estava na porta da frente. Aquela diante da qual estivera Lisa e que, se bem se lembrava, estava bem fechada.

Com volta dupla.

Paul abriu a porta do quarto cautelosamente. Saiu. Olhou para a porta da frente como se fosse a primeira vez. Realmente *olhando* para ela. Parecia sólida o bastante — precisando de pintura, certamente, mas forte como aço. Tal analogia o confortou.

Podia jurar que dera duas voltas na chave, mas não se lembrava se a maçaneta deveria ficar na vertical ou horizontal.

Subitamente deu-se conta de que não ouvia um som desde que saíra do quarto. Deu-se conta disso porque estava ouvindo agora.

Desta vez bem mais perto, claro e amplificado. *A neblina vem com patas de gatinho* — um poema que se lembrava da infância. Mas aquilo não era um gato, e ali não era a sua infância.

Uma arma.

Seus olhos ziguezaguearam pelo apartamento, nervosamente, em círculos, como uma mosca presa entre duas vidraças.

O peso de papel de metal da Sharper Image. Talvez. A bengala polida africana que os pais de Joanna compraram no Quênia. Possivelmente.

Um pesado ovo de vidro no centro da mesa da sala de jantar. Não.

A mesa da sala de jantar.

Facas.

Olhou para a sua cozinha, tentando se lembrar onde Joanna guardava as facas de carne.

Resistiu à ânsia avassaladora de correr até lá.

Caminhe. Na ponta dos pés. Flutue como Muhammad Ali. Eles não sabiam se ele estava ali. Estavam adivinhando. Iam acabar se cansando de tentar forçar a sua fechadura. Acabariam desistindo.

Não se soubessem que ele estava lá.

Ele *flutuou* até a cozinha, visualizando-se leve e silencioso, embora se sentisse mais pesado que chumbo, ciente de que os sons na porta estavam cada vez mais altos e insistentes.

Estavam tentando encaixar algo na fechadura — era como soava. Mas começavam a ficar frustrados. Estavam tentando *forçar*, como um estupro durante um programa de namorados — primeiro, polido e consensual, então insistente e brutal. A fechadura gritava *não*. O intruso não estava nem ali.

Paul abriu uma gaveta da cozinha. Ela rangeu.

O arranhar parou.

Silêncio.

"Tem de consertar essas gavetas, Paul." Joanna já lhe dissera isso mil vezes. E nas mil vezes Paul lhe dissera para *contratar um daqueles caras que ficam nos fundos da Pennysaver.* Os biscateiros nunca foram chamados. As gavetas continuaram a reclamar toda vez que eram abertas.

As pessoas atrás da porta sabiam que ele estava ali.

Mais notícias ruins.

A gaveta aberta continha a agenda de telefones de Joanna, alguns lápis, clipes de papel e um menu de comida para viagem do Hunan Flower.

Nenhuma faca.

O arranhar voltou. Mais forte.

Na segunda gaveta que abriu, encontrou o que procurava. Continha toda a coleção de facas Ginzu, pela qual pagaram 49,95 dólares em cinco suaves parcelas mensais. Aquelas facas maravilhosas que cortam lenços de papel em comerciais de meia hora. Forjadas por verdadeiros mestres samurais em Yokohama. Ele agarrou um cabo de plástico e tirou uma das facas.

Voltou-se para a porta.

Três metros o separavam *deles.* Parecia inconcebível e ridículo que uma mera *porta* pudesse salvá-lo. Podia quase cheirar sua motivação. Estava certo de que Joanna poderia.

Ligue para 911.

Desta vez, poderia dar-lhes seu endereço.

Podia chamar um carro de polícia. Assustá-los.

Faça-os pensar que podem chegar a qualquer momento.

O telefone estava do outro lado do apartamento. Que parecia tão vasto quanto o Saara.

Espere. Você não precisa ligar. Basta *fingir* que está ligando.

— Alô, é da polícia? — gritou de repente. — Sim, estou no 341 da 84 Oeste, apartamento 9G. Alguém está tentando invadir... Sim, isso mesmo... Estarão aqui em dois minutos? Graças a Deus.

Por incrível que pareça, seu falso telefonema não os deteve. Não.

Talvez devesse se perguntar *por quê.*

Talvez perguntasse, caso não fossem cinco horas da manhã e caso ele não estivesse apavorado e fosse apenas um pouco mais esperto a respeito dessas coisas.

Então compreenderia que a única razão para que um falso telefonema para a polícia não impedisse a entrada de alguém em seu apartamento seria o fato de saberem que era um falso telefonema.

E o único meio de saberem disso seria estarem certos de que o telefone não funcionaria.

Se, digamos, tivessem tido o cuidado de desligá-lo antes.

TRINTA E TRÊS

A princípio, sentiu a sua força bruta.

Sua existência inegável.

Os músculos nodosos. Como se a *porta* não fosse de aço, mas o homem que a atravessou fosse. *CCCP*, pensou.

Em um momento, Paul estava a três metros da porta com a Ginzu nas mãos. No outro, um vulto negro e amorfo avançava contra ele.

Ele investiu com a faca contra o vulto negro, mas o homem desviou seu braço com facilidade quase cômica.

A faca caiu em algum lugar no assoalho.

Antes que o homem pudesse matá-lo, Paul afastou-se.

O impulso o fez recuar até a cozinha, onde tentou alcançar a gaveta sem ter de parar. Mas cortou-se em uma das Ginzus — talvez a descascadora de maçãs que receberam de graça porque ligaram *agora*. Sua mão estava sangrando, e, mais importante, *vazia*.

O homem estava bem atrás dele. Podia ouvi-lo respirando alto, como se tivesse se cansado por ter arrombado a porta. Apenas momentaneamente. Não o suficiente para fazê-lo parar.

Paul ziguezagueou pelo quarto como um corredor de obstáculos. Tentou fechar a porta.

Não.

O sujeito conseguiu alcançar a porta antes de Paul poder fechá-la.

E agora fazia força para abrir.

A adrenalina era um tipo de droga, pensou Paul. Ele podia sentir cada músculo pulsando de energia. Sentia-se poderoso, implacável, até mesmo indomável.

Mas não tinha a menor chance.

A adrenalina não podia fazer muito mais que aquilo. A pessoa do outro lado da porta não era humana. Era uma força bruta da natureza. A porta estava se abrindo.

Cinco centímetros.

Dez.

As mãos de Paul escorregavam em seu próprio sangue.

— Merda! — gritou Paul. — *Merda* — rosnando, tentando recorrer a uma última reserva de energia.

Podia gritar o que quisesse. Podia empurrar, arranhar, lutar e rezar. Perderia a parada.

Acabou com um estrondo e um gemido. A porta bateu com estardalhaço contra a parede. Paul recuou. Não, ele voou, planou, catapultou-se. Contornou a cama e pegou o telefone. Mudo.

O homem se aproximou.

Paul ergueu as mãos para se defender. Gritou. Nada saiu.

O homem pôs uma mão em sua boca e outra em seu pescoço.

Paul sentia-se como uma boneca de pano cuja cabeça seria esmagada.

Mas o sujeito não esmagou a cabeça de Paul.

Na verdade, falou com ele.

Chegou a sussurrar.

— Respire — disse ele. — Calma, vamos. Isso mesmo.

Não tinha sotaque russo ou colombiano. Essa foi a primeira surpresa. Havia outra.

MAIS TARDE, APÓS PAUL PARAR DE TREMER, CONVERSARAM sobre os velhos tempos.

Não eram tão *velhos* assim. Bastante recentes na memória, mas longe o bastante de agora para ser história antiga.

O atraso no Aeroporto Kennedy.

A estada em Washington, D.C. Oito horas martirizantes parados na pista sem nada para fazer.

Apenas para ele pareciam não serem martirizantes. Não. Ele ficara ali sentado com absoluta calma, olhando para o assento à sua frente.

Estava habituado a esperar, dissera ele. *Lembra?*, perguntou a Paul.

Era o observador de pássaros.

TRINTA E QUATRO

Jim das Selvas.

O livro da selva.

Na selva, na selva fechada, o leão dorme à noite.

*Jungle booggie.**

Joanna recitava toda a lista de referências sobre a selva. Fazia as vezes de seu próprio google.com. Algumas dessas referências à selva eram claramente sanitizadas, a selva tornada amiga. Algo para se dançar, cantar, algo para crianças de 4 anos de idade brincarem.

Havia outras referências mais assustadoras.

A selva de pedra.

Está uma selva lá fora.

Ela não pensava nestas referências.

A selva real — a úmida infestação de insetos invisíveis, coisas guinchantes e decompostas, a vegetação emaranhada — era assustadora o bastante.

Para começo de conversa, era escura. Mais escura que o escuro.

---

*Literalmente, "booggie da selva", um sucesso da música funk dos anos 1970. (*N. do T.*)

Um sufocante dossel de galhos que bloqueava o luar. Era como estar dentro de um armário — do tipo que as crianças têm certeza que abrigam monstros horríveis.

Com certeza, havia coisas ocultas na noite. Podia ouvi-las diretamente acima de sua cabeça. Ramos farfalhantes, súbitos rosnados. *Macacos?* Ou algo pior?

Onças, jaguatiricas, jibóias?

Joelle despertou assim que chegaram a uma pequena clareira cercada de árvores. Começou a chorar por comida — ou porque tinha frio ou, simplesmente, estava doente. Joanna não sabia. Ainda aprendia o idioma estrangeiro da infância, algo que Galina parecia dominar. Não importava. Ela não tinha comida de bebê, nada podia fazer contra o frio, e o cobertor infantil não estava adiantando.

— Estamos indo para casa — murmurou para a filha, embora o fizesse apenas em seu próprio benefício. Falar em voz alta ajudava a amenizar a escuridão, fazia com que *ela*, ao menos, se sentisse presente. Obviamente, fazia com que outras criaturas nas redondezas também se dessem conta de sua presença. Humanas ou não.

Às vezes, coisas voadoras invisíveis chocavam-se contra seu rosto. Ela quase engoliu uma grande mariposa, cuspiu-a, e então se curvou com ânsia de vômito ao se dar conta do que voejava ao redor de sua boca.

Não fazia idéia de para onde estava indo.

Decidiu afastar-se da casa em linha reta. Mesmo que não soubesse para onde ia, ao menos sabia de onde estava *se afastando.* Mas havia um problema, assim como em todo plano de ataque pensado e racional. O inimigo tinha uma vantagem.

A selva não estava cooperando. Havia inúmeros obstáculos no seu caminho — grandes troncos de árvore, com muitos dos quais ela quase se chocou, declives súbitos, um córrego escuro, completo, com uma cachoeira invisível que soava como estática de tevê.

Ela continuou se desviando até se sentir em uma brincadeira de cabra-cega. Rodara tantas vezes que já não sabia onde estava. Precisava desesperadamente que alguém lhe dissesse se estava esquentando.

Estava sentindo frio. Fome. E ainda mais medo.

O simples movimento de pôr um pé diante do outro embalou Joelle, que voltou a dormir. Joanna sentiu-se tentada a imitá-la. Pela manhã, ao menos poderia enxergar — investigar as redondezas e adivinhar onde estava com alguma base.

Tinha medo que alguém fosse olhar dentro do quarto — Tomás ou Puento. Que mandassem batedores que conhecessem a selva e, mais importante, soubessem como *seguir* alguém. Tinha de continuar andando.

Topou com uma grande clareira.

Foi como se alguém tivesse acendido as luzes. Subitamente, podia ver as próprias pernas, o rosto adormecido de Joelle, o *céu.* Não via o céu desde... bem, não conseguia se lembrar. Ficou momentaneamente fascinada com a tapeçaria de estrelas brilhantes, tantas que pareciam artificiais, como um enorme globo de discoteca. Ela parou ali e recuperou o fôlego.

Estranho. Lá estava ela no meio da selva, mas parecia não estar. Poderia jurar estar diante de um campo de cultivo. Algo plantado, regular, cuidado. Havia um cheiro no ar. O que seria?

Ela avançou até chegar à borda do campo.

Claro.

Coca. Ela chegara a uma plantação de coca, do tipo que cultivam no meio da selva para não serem detectadas pelas patrulhas do governo.

Joanna sentiu um surto de... quê? *Esperança?*

Ela estava pisando em terreno perigoso. Mas ao menos era terreno pisado por seres humanos.

Se esperasse até de manhã, alguém deveria aparecer, talvez o fazendeiro que cuidava da plantação. Mas e se não fosse um camponês em busca de alguma renda complementar? E se fosse um... deles? Talvez tivessem a sua *própria* plantação — talvez esta fosse uma delas. Sentiu-se dividida. Faria qualquer coisa para não voltar à selva. Se ficasse, se esperasse até de manhã, talvez ficasse esperando pelas pessoas erradas.

Ir embora ou ficar?

Então, a coisa se decidiu por conta própria.

O campo era um cobertor negro indistinto. Mesmo quando seus olhos se acostumaram ao lugar, continuou assim. Escuro.

Tinha um odor de dimensão quase física: úmido, pastoso e amargo.

Então ela compreendeu. O campo parecia escuro porque era assim mesmo.

Preto como carvão.

Fora queimado. Podia vê-lo agora: um emaranhado de plantas de coca reduzidas a talos retorcidos.

Uma patrulha do governo descobrira o lugar e o queimara. Ou as AUC. Ou o fazendeiro que o cultivava. Talvez fizessem agricultura de queimadas.

De qualquer modo, estava abandonado. Ninguém apareceria pela manhã.

Tinha de continuar caminhando.

Para que lado?

Poderia orientar-se pelas estrelas. *Como?* Paul conhecia essas coisas — comprara um telescópio em seu aniversário de 35 anos que se revelara virtualmente inútil no telhado de seu prédio. As luzes de Nova York não ofuscavam apenas os recém-chegados — também atrapalhavam os astrônomos amadores. Ainda assim, mais de uma vez Paul mostrava esta ou aquela constelação para ela. Desejava ter prestado mais atenção.

Tudo bem, para que lado?

Traçou um arco com um dos braços e decidiu que pararia de movê-lo quando sentisse que era a direção certa. Como lançar dados com os olhos vendados.

Quando parou de movê-lo, viu que apontava para a esquerda.

Então, beijou Joelle no topo da cabeça e voltou à floresta.

A MANHÃ APROXIMAVA-SE A LESTE.

A escuridão começava a clarear. Ela parou de se preocupar com o risco de cair em areia movediça, ou em um buraco, ou pisar na cabeça de algum animal.

Esta era a parte boa.

A parte ruim era que podia ver algumas daquelas coisas barulhentas que ela só ouvira até agora. A imaginação podia ser mais assustadora do que a realidade, concluiu, mas não muito.

O que lhe pareceu um babuíno passou a poucos centímetros dela, emitindo um guincho ameaçador que quase estourou os seus tímpanos. Em seguida, pulou para o galho curvo de uma árvore pouco acima de sua cabeça e balançou uma trepadeira em direção a ela. Mostrou os dentes: pareciam grandes e assustadoramente afiados.

Joanna virou para a direita, esperando que o macaco não viesse atrás dela.

Não veio.

Mais tarde, ela viu um galho de árvore subitamente mover-se diante dela. Literalmente se erguendo e se destacando do tronco de uma árvore enorme coberta de musgo.

Obviamente, não era um galho de árvore. Era uma cobra — enorme e evidentemente ciente de sua presença. Era grossa como um braço, com olhos amarelos mortiços e uma língua preta e inquieta. Morrendo de medo e fazendo força para não gritar, Joanna observou-a se desenrolar por um período de tempo que lhe pareceram vários minutos.

Ela desapareceu atrás de uma densa fileira de samambaias.

Com a luz, veio o calor. Que as cobriu como uma toalha úmida e deixou-as encharcadas de suor. Os insetos parecia serem atraídos pela transpiração. Nuvens de insetos brancos desceram sobre ela vindos de todas as direções. Ela tentou afastá-los, mas eram tão abusados quanto os pombos de Nova York.

Então vieram os mosquitos — ou seus primos maiores. Ela era um festim móvel para eles. Seus braços mordidos estavam cobertos de saliências avermelhadas, como se ela estivesse com urticária.

Joelle começou a chorar novamente e não parecia disposta a parar.

Até mesmo para alguém não escolada na língua das crianças, era óbvio que, embora estivesse quente e confortável, Joelle estava com fome agora. Pela primeira vez, Joanna se perguntou se fizera a coisa certa. Deveria ter planejado — estocado comida de bebê. Era culpada de imprevidência criminosa.

Nada parecia acalmar Joelle. E logo Joanna também precisaria se acalmar. O medo se acumulou no buraco de seu estômago e a apertava fisicamente, como se suas pernas fossem presas por elásticos. Ela vivia um desses sonhos de estar sendo caçada, onde você não consegue se *mexer* por nada neste mundo.

Estavam tão perdidas quanto podiam estar.

A selva as engolira e as comera vivas. Não conseguiriam sair.

Ela continuou andando mesmo assim, algo dentro de si ordenando que erguesse uma perna, depois outra. Pura teimosia, talvez.

Canções para caminhar — em frente e para o centro.

Estou andando, sim, de fato, estou falando, sim, de fato...

Essas botas são feitas para caminhar...

Caminhe como um homem...

Decidiu que andaria enquanto agüentasse. Aquilo parecia certo. Ir até onde conseguisse. Combater o bom combate.

Era cedo pela manhã. Sem contar o breve recesso no campo de coca abandonado, ela estava caminhando havia seis horas seguidas.

Foi quando sentiu o cheiro.

Parou de imediato, fechou os olhos, cruzou os dedos.

Snif.

Cheirou de novo.

Lingüiça.

Seria possível?

Lingüiça frita e cheirosa?

Seria algum tipo de planta? Um animal? Um cheiro da selva ao qual não estava habituada?

Voltou a cheirar o ar, com calma. Não. Era claro como o dia. Alguém preparava o desjejum.

Seu coração disparou, flutuou, fez piruetas. Ela parou de ninar Joelle e trouxe-a para perto do rosto.

— Conseguimos. Vamos para casa. Estamos livres.

Não via ninguém. O mesmo panorama de árvores, cipós, troncos e samambaias. Uma grande teia de aranha coberta de orvalho refratava a luz do sol em brilhantes de fogo.

Ela seguiu o cheiro.

Esquerda, direita, então direto em frente.

Nariz, não me falte agora.

A floresta pareceu ficar mais rala — não de uma vez, mas lenta, inexoravelmente. O ar perdeu o peso, seus pulmões relaxaram, os insetos sumiram.

O cheiro se intensificou, despertando as suas papilas gustativas, atraindo-a.

Agora via trechos de espaço vazio através das árvores.

Apressou o passo. Se estivesse usando tênis em vez de saltos, teria desatado a correr.

Até mesmo Joelle pareceu sentir uma mudança no ar. Seu choro esmoreceu. Ela passou a balbuciar e a respirar pesadamente.

Joanna se aproximava de vegetação, que claramente fora *pisoteada*. Alguém andara por ali, quebrando ramos, arrancando folhas e deixando-as cair no chão de terra. Ela achou ter identificado uma pegada.

O cheiro era intoxicante. Ela estava quase bêbada dele. Passou por um grande fícus, e, subitamente, estava em um descampado.

Uma figura solitária estava em pé ali, sob um sol cor de marmelada.

A figura dizia algo para ela.

Joanna caiu de joelhos, Joelle em seus braços. Segurou a cabeça da filha, minou-a para a frente e para trás, começou a chorar.

— Não — murmurou para si mesma, para Joelle, para a pessoa de pé na clareira, talvez para Deus. — *Não.*

A clareira subia encosta acima, até um topo de colina onde havia uma modesta casa rural.

Havia uma chaminé de onde saía fumaça, persianas amarelo-limão, e um cercado arruinado nos fundos com frangos, cabras e vacas.

Era a primeira vez que via a casa do lado de fora.

— Rápido — disse Galina —, volte para o quarto antes que a vejam.

TRINTA E CINCO

Galina levou-a de volta para casa. Não sem ser detectada. A menina índia com cabelos longos e negros saiu do banheiro e quase trombou com elas. Galina tinha uma explicação.

Ela *desmaiou*, disse Galina em espanhol, *precisava de um pouco de ar.*

A menina meneou a cabeça, aparentemente desinteressada.

Assim que levou Joanna de volta para o quarto, fechou a porta e se sentou, Galina disse:

— Foi estupidez. Você não *conhece* a selva. — Ela tirou Joelle de seus braços exaustos, trocou suas roupas e deu-lhe de mamar. — Você morreria lá.

— Vou morrer de qualquer jeito — respondeu Joanna. Era a primeira vez que dizia aquilo em voz alta. Parecia dar uma hedionda legitimidade ao fato.

Galina balançou a cabeça.

— Não devia dizer isso.

— Por que não? É a verdade. Vão me matar como mataram Maruja e Beatriz. Você não quer falar sobre isso. Eles as mataram aqui neste quarto. Posso mostrar o sangue delas.

— A gripe dela piorou — disse Galina, referindo-se a Joelle, continuando a evitar mencionar os dois fantasmas que ainda pairavam no lugar.

— Sim, a gripe dela piorou. E sua mãe ainda está acorrentada à parede. E não falaremos das duas mulheres assassinadas. — A própria voz de Joanna parecia-lhe estranha agora: plana, sem emoção. Ela perdera a *esperança* na floresta, pensou.

— Vou levá-la para dormir — disse Galina.

— Sim. Ótima idéia. Por que não aproveita e também me põe para dormir?

Galina fez uma careta e coçou o braço esquerdo.

Babá. Seqüestradora. Amiga. Carcereira.

— Eu não entendo você — disse Joanna.

— O quê?

— Não compreendo. Você. Por que está aqui. Por que está com essas pessoas. Matadores. Assassinos. Você é uma mãe.

Galina voltou-se para sair, mas então parou e olhou para Joanna. Foi aquela *palavra*, pensou Joanna.

Mãe.

— Você nunca terminou sua história — disse Joanna. — Conte-me. Preciso de uma boa história esta noite. Preciso. Preciso compreender o porquê.

TRINTA E SEIS

— *Preciso de uma boa história esta noite.*

Exatamente como Claudia costumava dizer para mim quando não queria dormir.

Uma história, mama, ela implorava. Uma história.

Ora, está bem.

Uma história.

APÓS GALINA E SEU MARIDO TEREM IDO EMBORA DO BAR naquela noite, não voltaram a falar com Claudia.

Às vezes, o rapaz do *La Nacional* ligava. Havia acontecido um tiroteio com forças especiais a bordo de helicópteros nas montanhas, iniciativa de um presidente recém-eleito que prometera ser rigoroso com os *guerrilleros.* O rapaz disse que Claudia estava lá. Os militares falaram de uma bela jovem vestindo roupa camuflada. *Não se preocupem,* disse o rapaz, *ela nao foi ferida.*

Essas escaramuças do governo era raras e exclusivamente para fazer espetáculo. Endurecer com os *guerrilleros,* todo mundo sabia, era mera encenação. Podia haver duas facções aguerridas na Colômbia, mas o governo não era uma delas.

Havia as Farc, as Forças Armadas Revolucionárias da Colômbia, a esquerda.

À direita, as Forças de Autodefesa Unidas da Colômbia.

Todos os nomes envolvidos nesses conflitos eram exercícios de ironia. *Autodefesa* — como se tivessem levado um soco no nariz e estivessem simplesmente se defendendo de um valentão de playground. Talvez alguns deles acreditassem estar fazendo isso.

Mas não o homem que os comandava.

Para compreender o que aconteceu com Claudia, há que compreendê-lo também. Ao imaginar Claudia caminhando pelas ruelas do Chapinero como uma menina de 8 anos muito sensível e que se machucava facilmente, somos obrigados a imaginar esse homem crescendo em Medellín e provocando grande parte desses machucados. Eram contrapartidas. Se Claudia era a luz, ele era a treva.

Estavam fadados a entrar em conflito.

Como explicar um Manuel Riojas?

Os bichos-papões não nascem, simplesmente são. Espreitam no pântano do medo e da miséria humana. Não têm princípios, apenas fins. Mas, mesmo assim, nunca vão em paz, não antes de deixarem para trás trechos queimados de terra devastada.

Os bichos-papões de verdade *têm* princípios. Têm datas de nascimento, comunhões e passam de ano na escola. Moram em vizinhanças, não nos pântanos. Manuel Riojas cresceu no bairro de Jesus de Navarona, na periferia de Medellín.

Certa vez, Galina visitara parentes que moravam ali. Lembrava-se de como uma chuva constante e sombria levava o lixo colina abaixo. O próprio Riojas poderia tê-la assaltado então, pensaria nisso tempos depois. Caso ele já estivesse assaltando automóveis àquela altura. Caso ele escolhesse o seu carro — apontasse uma pistola pela janela e acabasse com tudo antes de tudo começar.

Dizem que ele cresceu ouvindo histórias.

As lendas dos *bandidos* da Colômbia. Desquite, Tirofijo e Sangrenegra. *Vingança, Tiro-certo* e *Sanguenegro.* Galina acreditava que países onde a maioria da população é pobre e oprimida estavam fadados a idolatrar as pessoas erradas. Gente que rouba dos ricos, mesmo que não necessariamente devolva alguma coisa aos pobres. Não importa: eles *são* pobres. Ou eram. Podem ser bárbaros, assassinos, claramente psicóticos. Estão vitimizando os vitimadores. É o bastante para torná-los heróis populares. O bastante para fazer com que as crianças que nascem em circunstâncias incertas sonhem em se tornar um deles.

Não se sabe ao certo quando Riojas começou a sua vida de crimes. Dizem que posteriormente ele alterou fichas policiais, apagou registros de tribunais e eliminou diversos conhecidos seus daquela época. Sabe-se que foi preso ao menos uma vez quando tinha 14 anos — possivelmente por furto. Acredita-se que vendeu bilhetes falsos de loteria e roubou cigarros e carros antes de mudar para algo infinitamente mais lucrativo. A desgraça particular de seu país esquecido por Deus: drogas. Especificamente, cocaína. Começou como um pequeno traficante. Aparentemente era um favorito do *contrabandista* local, que cometeu o erro fatal de confiar nele, promovendo-o em suas fileiras. De algum modo, a cabeça cortada deste *contrabandista* acabou cravada à ponta de um poste em uma estrada de serra na periferia de Medellín. De algum modo, Riojas acabou controlando o comércio de cocaína em Medellín. É o que se reconhece como a primeira exibição de seu modo próprio de fazer negócio. Ele não competia com os rivais. Simplesmente os matava. E o fazia de modo a desencorajar os outros. Crianças eram mortas diante dos pais. Mães eram estupradas diante dos maridos. Inimigos eram torturados e mutilados, seus corpos recém-assassinados expostos em lugar público. Mais matéria para os jornais.

A propriedade não era poupada. Depósitos, fábricas, plantações de cocaína rivais eram queimados e destruídos.

A fama aumentava. A lenda assumia forma e substância.

Ele subiu a alturas quase inimagináveis.

Isso é necessário para um bicho-papão. Predominar sobre a submissão. E todos se submetiam. Não apenas as gangues rivais, os Ochoas, os Escobares, que logo desapareceram em uma série de banhos de sangue bárbaros e prolongados, como também as *famílias* que davam as cartas. Estas também se curvaram. Riojas comeu o coração de seus inimigos, então ocupou o seu lugar. Foi eleito senador. Dizem que prometera aquilo à mãe. Respeitabilidade. Dizem que ele prometera aquilo aos ídolos que mantinha em uma capela secreta em uma de suas *haciendas*. *Santeria*, murmuravam, a religião espúria praticada em todo o país salvo Bogotá.

Mas os poderosos exigem mais que obediência. Exigem exércitos. O que pertencia ao governo era inoperante. Não era preciso ser muito inteligente para se dar conta de que o único exército operante do país estava nas montanhas ao norte de Bogotá, e chamava-se FARC. Pregavam a cantilena marxista sobre derrubar a *elite*, falavam do povo, como se o povo realmente importasse. Sob diferentes circunstâncias, Riojas teria simpatizado com eles, teria até mesmo se *juntado* a eles. Afinal, tinham os mesmos antecedentes humildes. Agora, porém, ele era um *capitalista* tentando proteger o seu investimento. E eles eram o inimigo.

Armou a sua própria milícia. Deu títulos aos seus melhores executores. *Capitão. General. Major.* Aquilo os fazia parecer mais ou menos um exército. Riojas exigiu dinheiro das cinco *famílias* para financiá-lo.

Agora podiam fazer uma guerra de verdade.

Riojas podia conduzir a sua guerra do modo adequado. Quando as AUC queriam evitar que as aldeias de camponeses abrigassem guerrilheiros das Farc — não que tivessem de fazê-lo, não que tivessem sequer pensado nisso, apenas porque *podiam* fazê-lo —, escolhiam vinte camponeses ao acaso. Você, você e você. Obrigavam-nos a cavar as suas próprias sepulturas, então forçavam seus pais, irmãos ou tios a executá-los. Quem quer que se recusasse juntava-se aos outros na cova. Este era o tipo de lição brutal que um simples camponês era capaz de compreender.

Claudia foi capturada pelas AUC dois anos depois de ter saído daquele bar.

O rapaz da universidade ligou e contou para eles.

Após deixar cair o telefone no chão e ficar olhando para aquilo como se fosse algo alienígena, após ter relutantemente recolhido o aparelho e recuperado a voz, Galina perguntou ao rapaz se sua filha estava morta. Só que não era a *sua* voz. Soava como alguém muito mais velho.

Não, disse ele. Ela fora capturada viva.

Não precisou acrescentar que ficaria viva por pouco tempo.

Não precisava.

Durante um ano inteiro, Galina achou que Claudia estava morta.

Pensou em fazer um funeral adequado, mas sempre foi dissuadida no último momento. Às vezes era algo que encontrava ao arrumar a casa. Agora, arrumava a casa toda hora. Incessante, incansável, *religiosamente*. Deixava de se preocupar com a filha ou filho de outra pessoa e imediatamente agarrava um esfregão, uma esponja, uma pá de lixo, desesperadamente agarrada à rotina como um modo de afastar pensamentos suicidas. Certo dia, enquanto varria embaixo da escrivaninha de Claudia, encontrou um cartão de aniversário que Claudia desenhara para ela na escola aos 8 anos de idade. Uma tosca mamãe segurando um tosco bebê. "Te adoro", murmurava o bebê.

Galina disse "ainda não." O funeral teria de esperar.

Às vezes, a memória era desencadeada por algo completamente ordinário. Enfiando um lençol na máquina de lavar e subitamente lembrando-se da primeira regra de Claudia, de como ficara perturbada e embaraçada diante da cama manchada de Claudia certa manhã antes da aula. Ainda mais porque a filha permanecera estranhamente serena, até mesmo consoladora. "Sei o que é isso, mama. Quer dizer que posso dar netos para você."

Galina adiou o funeral outra vez.

Tudo o que segue, Galina veio a saber depois.

Claudia fora capturada na cidade de Chiappa. Havia sido enviada até lá para buscar suprimentos, e alguém a viu. As histórias circulavam havia meses. A bela universitária com febre revolucionária. Alguém estava lá, esperando-a. Seguiu-a, pediu reforços. Quando Claudia voltou à ravina onde os seus colegas na guerra contra o capitalismo estavam entrincheirados e à espera, a brigada das AUC já os cercava.

Quando ela ergueu a aba de sua tenda improvisada, apenas algumas camisas amarradas para evitar a chuva, as balas caíram sobre eles.

Três dos *guerrilleros* foram mortos. Dois conseguiram fugir para a selva, um deles com uma perna direita baleada que acabou amputada.

Por que Claudia não fora morta como os outros?

Talvez porque tivessem ordens para tanto.

Porque Riojas tivesse ouvido as histórias e estivesse curioso de vê-la em pessoa. Mais que curioso. *Desejoso.*

Abandonou um jantar de cerimônia em Bogotá naquela noite. Alguém sussurrou em seu ouvido, e ele foi de helicóptero até uma *hacienda* no norte. Quando entrou no quarto onde Claudia estava de joelhos, ambas as mãos atadas às costas, ele ainda trajava smoking.

Não se apressou. *Examinou-a,* como se examina carne de cavalo ou cães de caça. Aparentemente, tinha muito de ambos.

Deve ter gostado do que viu.

Dá para imaginar o que houve nos dois dias seguintes. Basta fechar os olhos, rezar e espiar. Riojas encarregou-se pessoalmente de seu *interrogatório.* Ela quase morreu. Rezou por aquilo, rezou a Deus para que, da próxima vez que ele batesse nela, ela não voltasse a despertar. Apesar de ter se juntado ao exército dos ateus, Claudia ainda *acreditava.* Algo dentro dela mantinha seu cerne católico. Ela se valia daquilo agora.

Ouvira as histórias: prisioneiros empurrados de helicópteros, jogados ao tigres. Aconteceria com ela.

Mas dois dias viraram três.

Quatro.

Uma semana inteira se passou.

Ninguém apareceu para levá-la para o helicóptero, ou para um passeio na jaula dos tigres. Sim, *havia* tigres. Ela olhou pela janela através de olhos inchados e os viu caminhando daqui para lá, como sentinelas. De tarde, alguém jogava um pônei vivo dentro da jaula, e os tigres o destroçavam.

Então aconteceu algo estranho.

Certo dia, Riojas veio e não a espancou. Em vez disso, pediu-lhe algo.

Que abrisse suas pernas para ele. Pediu educadamente. Claudia disse que não, fechou os olhos, esperou por maus-tratos.

Riojas foi embora.

Da vez seguinte, trouxe-lhe presentes.

Lingerie francesa.

Riojas pediu que ela as provasse para ele ver. Claudia negou-se.

Novamente ele não a tocou.

Na terceira vez, Claudia começou a compreender algo.

Ela não tinha experiência com homens. Tivera um ou outro namorado casual.

Mas percebia quando alguém estava enamorado.

Acontecera antes, meninos na escola primária ou na universidade que começavam a agir estranhamente perto dela, completamente fora do padrão de comportamento normal.

Ficava cada vez mais claro que Riojas não a mataria.

Ele a estava cortejando.

Por quê?

Talvez porque Claudia fosse Claudia.

Porque ele cobiçava o que não podia destruir. *Love is strange...* não é o que diz a música?

A certa altura, Claudia começou a compreender que tal adoração poderia salvá-la. Talvez não para sempre. Apenas por algum tempo. Em algum ponto, parou de querer morrer e passou a querer viver.

Quando pela quarta vez ele pediu que ela vestisse a lingerie francesa, se virasse e por favor se ajoelhasse na cama para ele, ela disse que sim. Sabia que não poderia negar *sempre*. Ele acabaria se cansando daquilo. Então se cansaria dela.

Há algo de verdadeiramente patético a respeito de um seqüestrador se apaixonar pelo prisioneiro. Claudia precisava *usar* aquilo em seu benefício. Precisava preservar algo. Às vezes ceder, mas sempre negar o que ele mais desejava. Reciprocidade.

Seu coração, como dizem os poetas.

Começou a jantar com ele, em uma mesa de jantar de verdade. Com talheres de prata e porcelana translúcida. Vestida com os vestidos de quinhentos dólares que ele comprava para ela. Às vezes vestia outra coisa, deliberadamente ignorando o desejo dele. O mau humor dele só melhorava depois que o jantar acabava no chão.

Ele adorava contar o que fazia com outras mulheres. Mulheres que o desafiaram. Aquela cantora — Evi, a estrela pop que achara que podia ter um caso com um músico enquanto se encontrava com *ele*.

"Fui para o apartamento dela com o meu médico pessoal. Segurei-a enquanto ele cortava as suas cordas vocais e então fiquei ali sentado, vendo-o costurá-la. Ela não canta mais."

Tentava evocar medo e obediência. Claudia fingia tédio. Estava convencida de que, caso fizesse o contrário do que ele esperava, poderia sobreviver outro dia.

Ele afrouxou a coleira um pouquinho.

Ela podia sair — sempre acompanhada por um de seus capangas. Ela ouvia. Ela observava. Ela memorizava as coisas.

Onde estavam? Ela sentia cheiro de sal no ar. Não todo o tempo, apenas naqueles dias em que o vento soprava forte do norte. Tinham de estar no litoral. Ainda assim, estavam irremediavelmente isolados. Não se via uma casa em direção alguma. Apenas palmeiras luxuriantes, grandes samambaias, pássaros do paraíso. Papagaios selvagens a embalavam em seus passeios pela *hacienda*.

Então ela observou algo mais.

Algo terrível.

Riojas sempre usara preservativos com ela. Ultimamente, andava descuidado. Geralmente estava bêbado ou drogado.

Ela não menstruou um mês. No outro também não.

Certa manhã, despertou completamente nauseada e passou meia hora no chão do banheiro de mármore, olhando seu reflexo distorcido nos encanamentos dourados.

Decidiu que se mataria.

Chegou a essa conclusão calma e racionalmente.

Havia facas na cozinha.

Havia duas espadas sobre a lareira no esconderijo. Atravessaria seu corpo com uma delas, através de sua *monstruosidade*, e ninguém poderia detê-la.

Riojas estava ausente. Ela limpou o rosto, aplicou meticulosamente a maquiagem francesa que Riojas comprara para ela e vestiu uma calça grafite que acreditou adequada a um funeral.

Os guardas armados que ele mantinha vigiando a casa estavam oportunamente ausentes.

As espadas pareciam ser cerimoniais. Japonesas, imaginou — aço delicadamente curvado com empunhaduras pintadas a mão. Estavam cruzadas e presas por pregos.

Estava quase alcançando a arma quando sentiu. Ou ao menos imaginou ter sentido. Como um *chute no estômago.*

Ela tocara o instrumento de sua morte, e algo se moveu na boca de seu estômago. Ela foi ao chão.

E compreendeu. Sabia o que era aquilo.

Mais ainda. Sabia que não conseguiria matar aquilo.

Era parte dela.

"Quer dizer que posso dar netos para você", sussurrara certa vez para a mãe, Galina. Talvez se lembrasse do que dissera naquela manhã. Talvez aquilo desse ao pequeno movimento em sua barriga um rosto, um lugar no mundo.

Pairou entre o desespero e algo pior.

Decidira viver, mas era uma decisão impossível com a qual contemporizar. Então decidiu outra coisa.

Quando Riojas voltou de Bogotá, fingiu estar feliz, levando a mão dele à sua barriga como se o ajudando a reclamar novo território. Outro pedaço do mundo pronto para receber o seu monograma — aqueles *Rs* cômicos em cada um de seus lenços, guardanapos, cuecas, qualquer coisa em que se pudesse bordar.

Ele começou a adulá-la. Dentro de limites, é claro. Não era sua mulher. Tinha uma esposa em Bogotá, afora três filhos obscenamente gordos. Não podia escoltá-la na cidade. Mas demonstrou o que se podia chamar de *deferência*. O controle afrouxou. Um rebelde capturado, mesmo um que tivesse sido afogado em cataratas de casacos de pele de mink e sapatos de quinhentos dólares, podia fugir. Mas uma mulher carregando o seu filho?

Parou de falar das mulheres que conhecera.

Exceto no dia em que ela contou para ele.

Ele pediu sexo e ela o decepcionou, a gravidez sendo uma desculpa conveniente, a ser acrescida a todas as outras.

Claro, disse ele, compreendo. Mas antes de sair do quarto voltou-se e disse:

"Se tentar fugir com meu bebê, vou persegui-la e matá-la. Os dois. Não importa o tempo que demore, não importa para onde vá. Compreende?"

Ela meneou a cabeça, forçou-se a sorrir, como se aquele fosse um sentimento merecedor de admiração. A declaração de amor de um macho.

"Bom", disse ele.

Ela começou a se aventurar além da jaula dos tigres, descendo uma trilha na mata. Sentira cheiro de mar. A propriedade da *hacienda* terminava em uma ribanceira de frente para o Caribe. Lá embaixo, havia uma pequena aldeia de pescadores. E também barcos na areia da praia, redes secando ao sol.

Ainda havia um guarda-costas seguindo-a, mas a distância entre eles parecia aumentar na proporção da dilatação de sua barriga. Freqüentemente ele a deixava entreter-se com um livro, ou cochilar em uma das redes diante do mar.

Ela ficou amiga do encarregado dos animais. Afora os tigres, havia avestruzes, lhamas, chimpanzés. Seu nome era Benito e, diferentemente dos outros empregados de Riojas, parecia ser desprovido do gene psicótico. Estudara zoologia e explicara que dar cavalos aos tigres não era idéia sua. Também não era idéia sua alimentá-los com bípedes.

Trabalho era trabalho.

Deixou-a observar enquanto os alimentava com quartos de ovelha e boi, entrando na jaula e oferecendo-lhes a comida através de uma longa vara com gancho na ponta.

Claudia esperou Riojas fazer uma de suas numerosas viagens.

Saiu da cama às três da madrugada. Abriu a gaveta de cima, tirou uma muda de roupa, e embrulhou-a ao redor da faca de cozinha que tinha na cintura da calça.

Destrancou uma janela do abrigo antes de se recolher. Abriu-a o bastante para sair — o que não era pouca coisa, considerando a sua barriga dilatada.

Ensaiara aquilo ao menos uma dúzia de vezes.

Poderia fazer o mesmo trajeto durante o sono.

Passou pela jaula do tigre até o abrigo do encarregado do zoológico.

Tirou a chave do prego. Puxou a manga da camisa até o cotovelo, pegou a faca e forçou-a contra a pele.

Encharcou de sangue a muda de roupas que trouxera. Foi até a jaulas dos tigres e jogou as roupas através das barras.

Enfiou a chave na fechadura da jaula e deixou-a ali pendurada.

Em seguida, voltou-se para o caminho que levava para o mar.

Estava ganhando tempo.

Pela manhã, descobririam que ela havia desaparecido. Descobririam a chave da jaula do tigre ainda na fechadura. Como se alguém a tivesse deixado ali e batido a porta para se assegurar de que não havia como voltar atrás. Caso perdesse a coragem e reconsiderasse sua decisão. Encontrariam suas roupas ensangüentadas, rasgadas em farrapos.

Riojas seria chamado em Bogotá. Lembraria de sua última noite juntos. Reviveria tudo. Seus sorrisos, gargalhadas e modéstia — apenas mentiras. Teria se matado? Teria *realmente* se matado?

Afinal, ele saberia da verdade. Não encontrariam ossos roídos. Compreenderiam a charada que ela perpetrara, e Riojas começaria a cumprir sua promessa.

"Se tentar fugir com meu bebê, vou persegui-la e matá-la. Os dois. Não importa o tempo que demore, não importa para onde vá. Compreende?"

Talvez Claudia tenha ouvido essas palavras enquanto caminhava pela selva naquela noite, a caminho do mar. Quando se agachou em um dos barcos de pesca e esperou os pescadores aparecerem como fantasmas nas primeiras horas da manhã...

O SOM DE UM CHORO DE BEBÊ TROUXE JOANNA DE VOLTA À realidade. De volta da *hacienda*, da jaula do tigre e da selva. Joelle despertara.

Foi por causa da gripe. Galina limpou o nariz de Joelle e tirou as remelas de seus olhos com um lenço de papel. Joanna deu-lhe a mamadeira, introduziu-lhe o bico entre os lábios e ninou-a gentilmente. Logo, os olhos de Joelle ficaram sonolentos e se fecharam.

Galina estava encolhida, como se sentisse frio.

— O que houve, Galina? — perguntou Joanna. — O que houve com Claudia?

GALINA PASSAVA OS DIAS VAZIOS ALIMENTANDO, BANHANDO e passando talco nas filhas dos outros.

Arrumava a casa religiosamente.

Recolhia pequenos objetos de Claudia e os arranjava em um tipo de oratório. Antigos cartões-postais. Fotografias. Cartas. Incensos queimados pela metade. Bijuterias. Fazia o que as pessoas costumam fazer nos oratórios. Rezava por um milagre.

Às vezes eles acontecem.

Às vezes você acorda e veste a mesma roupa sem graça da véspera. Senta-se à mesa da cozinha e toma um desjejum de bolo de fubá dormido e frutas porque tem de comer alguma coisa, mesmo sem ter apetite. Passa aspirador no tapete que já foi tão aspirado que parece mais fino. Espana cada móvel da casa. Lava a louça outra vez e passa esfregão no chão. Então se senta à mesa da cozinha porque é hora de almoçar.

E às vezes você ouve uma suave batida à porta da frente. Você se levanta para atender, mas não *imediatamente*, porque espera que vão embora e a deixem em paz. Mas isso não acontece, de modo que você acaba tendo de se levantar, arrasta-se até a porta, pergunta quem é.

Então, ouve um murmúrio do outro lado. Algo com um *M*. Uma voz que você não consegue identificar mas que toca uma parte distante de você. E você volta a perguntar. *Quem é?*

Então, o M vem com outras letras ligadas a ele. Não é mais uma letra órfã. Você subitamente compreende que a pessoa do outro lado da porta não está dizendo o próprio nome. Está dizendo o *seu*. Só que é um nome que apenas uma pessoa no mundo pode usar.

Seu coração pára de bater como se tivesse havido uma pane elétrica na fiação. Você gira a fechadura com dedos trêmulos. Você abre a porta, e a pessoa volta a murmurar.

"Mama... mama... mama."

E cai em seus braços.

ARRANJARAM UM ESCONDERIJO PARA ELA.

A Colômbia era um país grande.

Riojas era maior.

Tia Salma não era tia de sangue, e, sim, por afeição, uma antiga empregada que fora semi-adotada pela família havia muito tempo e desde então estivera presente em feriados, primeiras comunhões e funerais. Em Fortul, onde Galina nascera.

Levaram Claudia até lá no dia seguinte.

Claudia assegurou-lhes que Riojas não sabia seu sobrenome. Todos os ingressados nas FARC mudavam os sobrenomes para poupar as famílias de represálias.

Galina sabia que isso não a protegeria muito.

Claudia estava fugindo e se achava grávida. Riojas vasculharia as províncias atrás dela.

Galina estava tão feliz que não se deu conta. Não imediatamente. Certamente não na porta, onde olhou para aqueles olhos cheios de lágrimas. Nem mesmo na mesa da cozinha, onde se agarraram uma à outra como náufragos sobreviventes.

Mas quando elas finalmente se separaram e ela olhou para a filha em busca de danos, encontrou um do tipo que não esperava.

— Você está grávida.

Havia dois anos, Claudia talvez tivesse uma resposta para isso — um comentário sobre a diminuição do poder de observação da mãe. Ela simplesmente meneou a cabeça.

— De quem é?

Claudia contou. Nunca mais falaria sobre aquilo — apenas aquela vez. Segurou ambas as mãos de Galina. Falou com ela lenta e calmamente. Foi bom ter segurado as mãos de Galina, pois ela sentiu ganas de usá-las. Para bater em alguma coisa. Para tapar os ouvidos. Para tapar a boca e evitar gritar. Era impossível uma mãe ouvir aquilo passivamente. Era além da capacidade de resistência.

O assunto aborto nunca foi ventilado.

Era possível que a gravidez estivesse muito avançada. Talvez não importasse. Nenhuma delas fora criada assim.

A tia Salma morava em uma fazenda de laticínios na periferia da cidade, lugar onde Claudia poderia viver em relativa privacidade e anonimato. Ao menos durante algum tempo. Ao menos até o bebê nascer.

Contaram a Salma apenas o bastante para ela compreender a gravidade da situação de Claudia. Construíram uma história que não podia ser contestada. Um caso amoroso infeliz. Uma gravidez não planejada. Uma menina que desejava ficar a sós com o resultado de sua má escolha.

Galina e o marido a visitavam a cada 15 dias, assegurando-se de irem embora tarde da noite e parando diversas vezes pelo caminho para verificar se havia algum carro suspeito seguindo-os. Mais de duas semanas de intervalo entre as visitas seria muito arriscado. Menos, seria insuportável.

Com a ajuda de uma parteira mestiça, Claudia deu à luz uma menina.

Galina imaginava como se sentiria. Se seria capaz de abraçar o bebê como a um *neto*. Quando a cabeça de criança emergiu, Galina viu Claudia em cada uma de suas feições. Sentiu-se transportada no tempo. A uma cama de hospital em Bogotá, o cheiro de sangue, álcool e talco, um bebê chorão que já então parecia querer agarrar algo fora de seu alcance.

A menina recebeu o nome da avó paterna de Claudia, Sofia, a cantora de *ventello*. Foi enfaixada, batizada e carinhosamente banhada pelo pequeno círculo de gente que sabia de sua existência.

Durante um tempo, breve e fugaz, Galina permitiu-se relaxar e desfrutar dos prazeres peculiares de ser uma *abuela*. Quando visitava Fortul, presentes para o bebê em mãos, era como qualquer outra avô visitando a neta. Dizia que Claudia morava em Fortul porque o marido trabalhava em uma das refinarias de lá. Que Claudia nunca voltara porque o bebê não estava pronto para viajar. Que sempre ficavam em casa porque o tempo era ruim ou porque Sofia era sensível ao sol.

Então, tornou-se impossível fingir.

Salma voltou do mercado certo dia parecendo anêmica. Disse a Claudia que as pessoas estavam fazendo perguntas. Alguém estava mostrando uma *fotografia*. Claudia lembrou-se de seus primeiros dias de cativeiro, quando Riojas a interrogara, quando a pusera nua em diversas posições de modo a obter o máximo de humilhação. Mesmo com os olhos inchados de tanto apanhar, podia ver os flashes disparando da escuridão, como rojões.

Tinham de ir embora.

Outro recurso da família foi contactado para a arriscada missão. Quem quer que as escondesse sabia perfeitamente que estava se posicionando na linha de fogo. Um tipo de sistema *ad hoc* desenvolvido. Claudia e Sofia eram *movidas* entre os parentes e amigos que momentaneamente se mostravam capazes de conter o medo e fornecer-lhes um lar temporário.

Não foi fácil para Claudia ser passada de mão em mão como um parente não desejado. Mas isso é o que ela era. Um peso, um albatroz. Albatrozes significam morte. Claudia também. Passara de algumas semanas a vários meses em diversas casas ou apartamentos antes de partir. Geralmente, no meio da noite. Acostumara-se a fazer as malas rapidamente, levando apenas o suficiente para que o novo lugar se parecesse remotamente com um lar.

Lentamente, a pressão diminuiu. As histórias de *paramilitares* perguntando por uma bela jovem com um bebê ficaram mais esporádicas, e então pararam de vez. As estadas de Claudia aumentaram, a rotina substituiu o medo. Sofia foi de bebê a criança pequena — em um instante para os olhos de Galina, que somente a via esporadicamente. Claudia também parecia ter crescido, recuperando pedaços de si mesma que lhe foram arrancados naquela *hacienda*. Começou a se aventurar no exterior, bebê a tiracolo, disfarçada com óculos escuros e imensos chapéus de palha.

Galina acompanhou-a em alguns desses passeios. Deixou-se crer que a vida atingira algum tipo de normalidade. Haviam se passado *quatro anos*. Bastava ler os jornais para ver que Riojas tinha motivos para estar ocupado. Ameaçavam extraditá-lo para os EUA por tráfico de narcóticos. Talvez tivesse se esquecido de Claudia. *Deles*. Talvez não se importasse mais.

Quando as três caminhavam de mãos dadas erguendo Sofia sobre o meio-fio, parecia fácil imaginar que aquilo era verdade.

Mais tarde, Galina compreendeu que era isso que ele queria que pensassem. Então começariam a crer que estava tudo acabado. Tornar-se-iam um pouco mais relaxados, até mesmo *descuidados*. Parariam de espreitar ao redor das esquinas.

Ela nunca soube como aconteceu.

Não *exatamente*. Ela jamais saberia. Teria de *imaginar*, o que era pior que saber, porque a imaginação é capaz de conjurar pesadelos jamais sonhados.

Alguém vira Claudia. Aquilo ela sabia.

Galina recebeu uma chamada da filha em pânico. Ou melhor, sua secretária eletrônica. Pelo resto da vida ela se amaldiçoaria por ter ido às compras naquele dia. Por ter aberto o refrigerador e percebido a necessidade de comida. Teria horas, dias, semanas e anos para imaginar o que estava sendo feito com sua filha enquanto ela executava as tarefas mundanas da vida diária. Para pensar em uma simples pergunta: se estivesse em casa na hora em que Claudia ligara, seria capaz de salvá-la?

Quando Galina voltou para casa, quando casualmente apertou o botão da secretária eletrônica e ouviu a voz aterrorizada da filha, sabia que era tarde demais.

Conteve o pânico e fez o que se faz nesses casos: ligou *de volta*. O tio de Claudia — aquele com quem ela estava no último mês e meio — atendeu o telefone. Não sabia onde ela estava, disse ele. Nem ela e nem o bebê. Deviam ter ido passear.

"Alguém me viu no mercado." Fora isso o que Claudia murmurara ao telefone.

Ela não esperara o tio voltar para casa. Como uma medida de autopreservação, e também para proteger o *tio*, pegara Sofia e se fora. Posteriormente deram-se conta de que algumas de suas coisas estavam faltando. Não tudo, apenas algumas roupas de Sofia e uma pequena fotografia das três — avó, mãe e bebê — que ela conseguira levar de um esconderijo a outro.

Claudia fora vista no mercado e, quase em pânico, ligara para a pessoa em quem ela mais confiava no mundo.

Galina não estava lá. Estava fazendo compras.

Claudia resolvera que precisava *deixá-los.*

Depois disso, quem sabe?

Depois disso, fica-se com os cínicos relatórios policiais e algumas testemunhas que podem ou não ter visto alguma coisa.

Principalmente, fica-se com o corpo.

Ela foi encontrada na periferia de um arrabalde.

À primeira vista, ninguém sabia tratar-se de uma mulher. Era um amálgama de carne e osso, um quebra-cabeça que ocupou dois patologistas durante uma semana inteira para montá-lo e poderem afirmar que era uma *mulher.* Sabiam disso. Já o que fizeram com ela exigia tempo e paciência. Havia marcas de corda ao redor de seu pescoço. Daquilo que *fora* seu pescoço. Havia queimaduras de ácido em toda parte. *Em cada centímetro de sua pele.* Era o que dizia o relatório policial. Era uma informação confidencial, para poupar a família, mas vazou para um jornal, que publicou a notícia como um pequeno item na página de metereologia. Ela fora queimada e mutilada. O relatório não informava se ela estava viva durante o suplício.

Também não informava a Galina *quem* fizera aquilo.

Era outro homicídio não resolvido. A ser somado a outros milhares de outros homicídios não resolvidos da Colômbia.

Teria Riojas estado lá em pessoa?

Teria recebido outra ligação no meio de um jantar, sussurrando friamente no ouvido da esposa que tinha negócios urgentes? Teria sorrido, arregaçado as mangas e abordado uma Claudia aterrorizada, assim como quatro anos antes? É impossível dizer.

Mas Galina *o viu* lá.

Quando imaginava a cena, como fez diversas vezes, embrutecida pelo álcool, confundida por fosse lá qual pílula que tivesse conseguido de algum médico, Riojas sempre estava lá. Empunhando a faca. Derramando o ácido. Tirando a vida de sua filha.

Ele esta lá.

Quando Galina terminou, Joanna não sabia o que dizer. Ficou sentada em silêncio.

Só quando Galina se levantou para ir embora, até murmurar até logo e voltar-se para a porta, foi que Joanna se deu conta de que faltava uma parte da história.

— Sofia? — disse Joanna, hesitante em perguntar porque tinha medo de ouvir a resposta de Galina. — O que houve com sua neta?

Galina parou junto à porta.

— Está morta — disse sem se voltar. — Como a mãe.

Havia outras perguntas: por exemplo, como a morte delas levara Galina para as Farc? Mas Joanna não as formulou. Se pensasse o suficiente, provavelmente poderia preencher as lacunas.

Depois que Galina se foi, Joanna deitou-se no chão e abraçou a filha, como se para protegê-la de um dano fatal.

TRINTA E SETE

Do lado de fora parecia uma garagem de táxi. *Dial-a-Taxi*, estava escrito em letras amarelas.

Aparentemente, não era.

Primeiro, porque não havia táxis ali.

Não havia motoristas.

Havia corredores escuros que pareciam levar a lugar nenhum. Havia uma grande sala com manchas de óleo no chão. Talvez ali tivesse sido uma garagem de táxi algum dia, mas não agora.

Foi para ali que o observador de pássaros o levou.

Descera as escadarias de seu prédio com a mão do observador de pássaros sobre o ombro, então foi metido em um carro com janelas pintadas de cinza e levado para fora da cidade por um motorista anônimo. Queens, pensou Paul — aquele vasto desconhecido que os moradores de Manhattan atravessavam a caminho do East End, só parando para abastecer ou para um jogo ocasional dos Mets.

— Você não é um observador de pássaros — disse Paul durante a viagem.

— Não — respondeu o outro. — Observo outras coisas.

DEMOROU UM POUCO ATÉ PAUL COMPREENDER QUE ESTAVA sendo interrogado.

Faziam perguntas, às quais aparentemente ele estava respondendo. Sim, havia *dois* deles. Após um tempo, ele se deu conta de que um dos homens ficava sempre fora de vista e diretamente atrás dele — os dois se revezando como jogadores de vôlei de praia fazendo rodízio entre a rede e o serviço. Imaginou se seria uma tática concebida para amedrontá-lo. Um deles escondido atrás dele, fazendo Deus sabe o quê. Neste caso, sentia vontade de dizer que não precisavam se incomodar — ele já estava bem apavorado.

Quando chegaram à garagem, o observador de pássaros vestiu uma jaqueta de vinil azul. Não, *vestiu* é uma descrição muito casual. Ele se cobriu com ela, como um campeão dos Masters mostrando a jaqueta verde.

A jaqueta tinha as letras *DEA* destacadas em letras brancas, cada uma com 15 centímetros de altura. Paul imaginou que aquilo era para não haver dúvida quanto a quem estava entrando pela porta da frente de algum apartamento no Harlem hispânico. Aparentemente, o observador de pássaros não tivera necessidade de anunciar sua afiliação quando entrara no apartamento de Paul no West Side.

— Sabe o que está escrito aqui, Paul? — perguntou o observador de pássaros.

— Sim — disse Paul. — Drug Enforcement Agency.*

— Errado.

— D... E...

— Errado.

— Pensei que DEA queria dizer...

— Errado. Esta jaqueta diz *Paul está ferrado*.

*Agência norte-americana de repressão às drogas. (*N. do T.*)

Sim, pensou Paul, tudo bem.

— Posso ligar para um...?

— Sabe *por que* está escrito isso, Paul? — interrompeu-o o observador de pássaros. — Pode imaginar?

— Não. Sim.

— *Não. Sim.* Qual vai ser?

— Desculpe-me. Posso ligar para um advogado?

— Claro que pode. Que tal *Miles Goldstein?* Ele é um advogado, não é?

Paul não respondeu. O observador de pássaros tirara os óculos, e, com isso, qualquer sugestão de que estivesse envolvido na gentil e erudita ciência da ornitologia.

Observo outras coisas.

— Paul, eu lhe fiz uma pergunta. Talvez você não esteja familiarizado com a dinâmica de interrogatório da DEA. Tudo bem. Eu explico. Nós perguntamos. Você responde. É muito simples. Então, o que diz... estamos combinados?

Paul meneou a cabeça.

— Ótimo. Excelente. Então, o que eu perguntei anteriormente? Ei, Tom, você se lembra do que eu perguntei ao Paul? — Dirigia-se ao homem que se esgueirava por trás dele. Paul voltou-se para olhar, mas imediatamente sentiu o braço do homem em seu ombro forçando-o a se voltar.

— Você perguntou se Miles Goldstein era um advogado — disse Tom.

— Sim — respondeu Paul. — É um advogado.

— Errado — disse o observador de pássaros.

— É um advogado de adoções...

— Errado.

— Nós o procuramos porque...

— Errado. Miles Goldstein *não* é um advogado.

Paul deu de ombros, gaguejou — sentia-se aquele aluno idiota escolhido como pele da turma, incapaz de adivinhar a resposta certa.

— Miles Goldstein *era* um advogado. Era. Seus miolos estão espalhados pelo seu escritório. Mas você já sabia disso, Paul. Teremos de rever outra vez a dinâmica de interrogatório da DEA?

— Não.

— Não? Tudo bem, Miles Goldstein era um advogado. O que mais Miles Goldstein era? Além de um judeu filho-da-puta. Você acha que os judeus se infiltraram nos corredores do poder, Paul? Acha que cooptaram nossa política externa? Tomaram nossos bancos, corromperam as nossas corporações, poluíram nossa linha de descendência? Acha isso, Paul?

— Não.

— Não? Tudo bem, Paul... estamos apenas dizendo besteira. Diga-me: alguns de seus melhores amigos são judeus, *yada yada yada*... mas, vamos, quer dizer que não amaldiçoa os judeus toda vez que abre o jornal? Acha que Osama escolheu *Jew York* porque odeia os Yankees?

— Não sei.

— Bem, claro, você não sabe. Mas pode *adivinhar.* Pode ter uma leve suspeita. Vamos lá, Paul. Judeus: sim ou não?

— Não — disse Paul, rendendo-se à pressão.

Queria que o observador de pássaros lhe sorrisse, lhe desse um tapinha nos ombros como um bom camarada. Queria sair daquela garagem e salvar a esposa.

A pancada na nuca arremessou seu rosto contra a mesa, cobrindo-o de sangue.

— Paul. *Paul...* — O observador de pássaros balançou a cabeça lentamente, mas a imagem estava cada vez mais borrada, pois os olhos de Paul estavam lacrimejantes. — Estou surpreso com você. *Tom* é judeu. Você o ofendeu profundamente. Por que você insultou Tom desse modo?

Paul tentou dizer que não tinha intenção, que só estava tentando ser simpático. Sentia dor demais para falar. A dormência inicial dera lugar a uma dor excruciante. Grossas gotas de sangue pingavam na mesa.

— Tente evitar nos ofender daqui para a frente, Paul. Apenas um conselho, está bem? De um amigo para outro. Eu sou do tipo calmo, mas Tom tem mais processos por brutalidade que o Departamento de Polícia de Los Angeles. Agora, onde estávamos? O que *mais* Miles Goldstein era?

Pegou um lenço de papel e esperou pacientemente que Paul tirasse sangue bastante da garganta para poder falar.

— Não sei — murmurou Paul. — Era algum tipo de traficante, acho.

— Você *acha?* — O observador de pássaros sorriu, mas não era o tipo de sorriso que Paul esperava. Não.

— É, Miles Goldstein era um traficante. Você está certo. Absolutamente certo. Quem fazia o trabalho sujo para ele? Quem eram seus mensageiros?

Eu.

— Realmente, quero ligar para meu advogado — disse Paul.

— Realmente. Você realmente, realmente quer isso?

— Sim.

— Não.

— Você não... eu tenho direito a um telefonema. E você não leu meus direitos.

— Há um motivo para isso, Paul.

— Qual?

— Você não tem direitos.

— O quê?

— Veja, poderíamos ler seus direitos para você, mas você não os tem. Onde você esteve? É a vez de Giuliani.

— Não sou um terrorista — disse Paul.

— Não, Paul, você não é um terrorista. É uma mula. Um *culero*. Um pacote FedEx que se enche pelo rabo. Sabemos o que você é. Mas Goldstein estava fazendo negócio com aqueles esquerdinhas. Sabe, as Farc são federalmente designadas como um grupo *terrorista*. É, estão na mesma lista de Osama e o Hezbollah. Por isso fornecemos armas e equipamentos de primeira para a Colômbia. Portanto, se Goldstein fazia negócio com terroristas e você estava nessa com Goldstein, bem, isso o torna... deixe-me ver, o que isso o torna, Tom?

— Sujeito às novas leis de segurança nacional ou, como gostamos de dizer, ferrado por Ridge.

— É — disse o observador de pássaros — Exatamente. Não, Paul, você não tem direito a um telefonema. Você não tem direito a um advogado. Não terá direito a três pedidos e um cigarro. Não vai *sair* daqui. Não até decidirmos isso. E por falar em sua complicada situação na vida, adoraria saber como você e Miles entraram naquele escritório em Williamsburg e apenas *você* saiu vivo dali.

TRANCARAM-NO EM UMA CELA, QUE REALMENTE NÃO ERA uma cela.

Não tinha privada nem pia. Diferentemente do quarto na Colômbia, não tinha cama. Era apenas um espaço vazio cercado de paredes nuas e algo que parecia ser uma porta de metal recém-instalada.

Se quisesse deitar e dormir — e ele queria, desesperadamente —, teria de se deitar diretamente sobre o chão de concreto.

Ele tentou, deitando-se de costas e olhando para uma única lâmpada que, aparentemente, ficaria acesa indefinidamente.

Era protegida por uma grade de metal, de modo que ele não pudesse pegá-la, quebrá-la e usá-la como uma arma, mesmo que fosse contra si mesmo. Não queriam suicidas em seu quarto de vigia.

Antes de jogá-lo ali, atormentaram-no com perguntas, à maioria das quais tentou responder. Principalmente, tentando explicar o que acontecera. O seqüestro em Bogotá, a terrível posição na qual se vira, forçado a escolher entre a sua mulher e filha ou violar seis diferentes estatutos federais sobre drogas.

Não sabia se haviam acreditado nele ou se acharam que ele estava inventando.

Fizeram diversas perguntas sobre Miles, que foram interrompidas por uma ocasional mudança de assunto: quais escolas Paul freqüentara? O que fazia um atuário? Em qual empresa Joanna trabalhava?

Toda vez que mencionava o nome da mulher, sentia uma dor no peito. Tudo o que fizera, fizera por elas. Jo e Jo. Mas não estava nem perto de libertá-las. Elas se afastavam dele cada vez mais. Era como se ele as estivesse puxando da borda de um precipício, realmente se esforçando, só que a corda escorregava de sua mão, fazendo-as cair cada vez mais.

APÓS ALGUMAS HORAS O OBSERVADOR DE PÁSSAROS VOLTOU.

Tom não estava desta vez.

— Sabe o que realmente me irrita, Paul? — disse o observador de pássaros. Fumava nervosamente um Winston, prendendo a fumaça até que as pequenas veias de sua testa começavam a pulsar, então deixava a fumaça sair.

— Não — disse Paul.

— Foi uma pergunta retórica, Paul. Vejo que você finalmente compreendeu as nuances do interrogatório da DEA, mas eu não estava realmente esperando uma resposta. O que realmente me irrita, o que me deixa furioso, é que trabalhei esse desgraçado durante um ano e meio, e agora ele está morto. Um caso grave de *coitus interruptus*. Estou de saco cheio. Sabe como me sinto?

Paul calou-se desta vez.

— Não é bom, Paul. Dói. Tudo o que tenho é um bocado de milhas pela American, e tenho de devolvê-las à agência. Acredita nisso? Todas aquelas viagens tediosas para Bogotá assistindo *Bruce, o todo-poderoso*, sentando ao lado de cretinos como você, para, afinal, ganhar uma viagem para San Juan no próximo Natal, se tiver sorte. E não me sinto um sujeito de sorte. Quero dizer, um ano e meio, e acabo com *você*? O último passageiro do Goldstein Express.

Paul fora o último de vários, explicou o observador de pássaros. Demorara um longo tempo para ele descobrir. Pacientemente, seguira a trilha de dinheiro. De Goldstein para a Colômbia, da Colômbia para Goldstein. Estava perto de pegá-lo, *muito* perto, e então...

— Então, o que houve naquela casa, Paul? Desavença monetária? Disputa contratual?

— Já disse — disse Paul. — Ele se matou.

— Talvez. Só que estou tendendo a não acreditar em você. Calhou de você ter sido o que sobrou. Merda, não é mesmo? Preciso de alguém, e você é esse alguém. *Ele se matou?* Talvez. Talvez não. Talvez eu esteja me lixando.

— Repito, ele nos *seqüestrou*. Miles combinou com um motorista e uma babá... *Galina*. Ela trocou os bebês, e quando a confrontamos...

Paul parou neste ponto. Tudo parecia muito implausível, até mesmo para ele. O observador de pássaros parecia não estar disposto a ouvir qualquer história que desse a Paul qualquer vestígio de inocência. Estava ocupado acendendo outro cigarro e olhando para o nada.

Havia outra razão para Paul parar de falar.

Algumas coisas estavam entalhadas na mesa. Algumas frases pornográficas, alguns desenhos grosseiros, e um coração partido em dois.

Paul olhava para a letra entalhada na metade maior do coração partido.

Era a letra *R*.

Lembrou-o de algo.

As cartas de Galina. E a neta que ela estava determinada a proteger a qualquer custo.

O pai está procurando por ela. Não vai parar até encontrá-la. Como sabe, R tem poder e meios para tanto.

R.

E Paul finalmente compreendeu.

TRINTA E OITO

Os rapazes anêmicos no departamento de perícia chamam aquilo de uma *árvore imperfeita*.

Quando ocorre uma tragédia, quando algo se perde, um edifício pega fogo, um avião cai, uma ponte rui dentro de um rio — é preciso descobrir o motivo.

Então, você trabalha de trás para a frente. Você cria uma árvore imperfeita.

Começa com os ramos — todos os pequenos fatos que você conhece, tudo. Então você tenta verificar quais desses ramos levam aos *galhos*. Ao próprio *tronco*. Se tiver sorte, se fizer o dever de casa com cuidado, chega às *raízes*.

Não havia muito que fazer em sua cela afora derrubar árvores, tentar desembaraçar os galhos e reconstituir tudo.

Foi o que ele fez.

Cortou, podou, serrou e quebrou, e no fim fez uma árvore.

Começava com uma babá colombiana.

Ajudava casais americanos que chegavam ao seu país em busca de uma família instantânea. Uma boa mulher, de fato, alguém que sabia o que era desejar desesperadamente ter uma família, porque tivera uma certa vez, uma *filha*, pelo menos, que deveria se parecer muito com Joelle.

A babá colombiana trabalhava para um advogado americano. Talvez não todo o tempo, mas durante muito tempo. Um advogado de *adoções*, que enviava casais que haviam tentado de tudo, exceto seqüestro de bebês, para um país onde o primeiro produto de exportação era a cocaína, o segundo era o café, mas o terceiro eram crianças. Um país com quase tantos seqüestros indesejados quanto crianças não desejadas.

Esse advogado rejeitara trabalhar com direito fiscal ou assessoria legal, áreas nas quais a desilusão geral acabara levando-o a trabalhar com adoções no estrangeiro. Unia bebês carentes a famílias carentes, e tinha de se congratular e ganhar dinheiro para viver ao mesmo tempo.

Não era bom o bastante.

Certo dia pegou o telefone, e um atravessador sussurroulhe no ouvido. Começou a apostar em corridas. Ou na quadra dura, no estádio coberto, no campo de beisebol, no ringue de hóquei, onde e quando homens uniformizados jogassem por dinheiro, pelo prazer dos fãs e o delírio ou agonia dos apostadores.

Com o advogado, era agonia.

Era um homem respeitável com um mau hábito. E uma dívida perigosamente crescente. Devia aos sujeitos errados.

De volta à babá em Bogotá.

Sua filha tinha uma filha com alguém.

Vamos chamá-lo de *R*.

Vamos imaginar que era o tipo errado de pessoa, o tipo do sujeito que você não desejaria que sua filha trouxesse para casa após uma saída. Alguém perigoso e abusivo. Até mesmo criminoso.

Definitivamente criminoso.

Certa vez achei que minha filha estava a salvo dele. Estava errada.

Alguma coisa aconteceu com a filha da babá.

Foi morta, seqüestrada, desaparecida, *alguma coisa*, porque, subitamente, ficaram apenas a babá e sua neta. A filha se foi, sim, mas a neta sobreviveu.

Só que havia um problema.

O pai está procurando por ela. Não vai parar até encontrá-la. Como sabe, R tem poder e meios para tanto.

A babá tinha de fazer alguma coisa. Rápido.

Tinha de afastar a neta de R, e o único meio de fazê-lo era tirá-la do país.

Como?

Recorrendo à única pessoa que podia ajudá-la, a única que sabia como tirar crianças do país, porque, afinal, era o que ele fazia para viver. Pediu ajuda ao advogado de adoções. Mais uma criança colombiana de que ele precisava para ajudar *el norte*.

Só que esta criança era diferente. Tinha a cabeça a prêmio. Estranhamente, a cabeça do *advogado* também estava a prêmio. Todo o dinheiro que ele devia aos sujeitos errados — os russos de dentes amarelos e tatuagens da CCCP nos braços.

Claro, escreveu ele, vou ajudar. Veio ao sujeito certo. Sem problema.

Apenas uma pequena condição.

Dinheiro.

Não as taxas legais usuais. Não.

O bastante para tirá-lo do poder dos moscovitas e manter todos aqueles palpiteiros esportivos trabalhando. Muito, *muito* dinheiro. Então ele disse como consegui-lo.

Esse é o acordo, disse para a babá. Faça o seguinte:

Vou enviar para você casais que querem adotar bebês, exatamente como antes. De vez em quando — não sempre, apenas de vez em quando —, um desses casais passará pelo infortúnio de ser seqüestrado. Isso é endêmico em seu país, certo? O que um advogado pode fazer a respeito?

Quem os seqüestraria?

Aqueles marxistas nas montanhas, aqueles que fizeram o seqüestro ultrapassar o futebol como esporte nacional colombiano.

E o que as Farc fariam com esses casais seqüestrados? Fácil. Todo mundo sabia que as Farc levantavam dinheiro do jeito antigo: *trabalhavam* para consegui-lo. *Como* ganhavam esse dinheiro? Através da venda e contrabando de cocaína colombiana pura, não misturada.

As mulas eram o método escolhido, mas se encaixavam em um protótipo que deveria ser resumido em todo filme de treinamento de fiscal de alfândega nos EUA. Colombianos pobres e mal afamados. Para cada duas mulas que conseguiam passar, uma era pega, aspirada e deportada.

E se essas mulas fossem norte-americanos de classe média inteiramente respeitáveis? E então? E se os desafortunados maridos fossem obrigados a passar pela alfândega carregando milhões de dólares em cocaína para resgatar suas esposas e filhos?

A babá só teria de passar a brilhante idéia para as Farc. Oh, sim, e ajudar aqui e ali com os seqüestros. Era *isso.*

Todo mundo ficaria feliz. A babá conseguiria salvar a vida da neta. As Farc conseguiriam uma linha de suprimento à prova de falhas para Nova York. E o advogado de adoções? Conseguiria dinheiro para pagar aos russos e garantir suas apostas.

"Aquele que salva uma criança salva a própria pele."

Durante algum tempo, a coisa funcionou. Um *longo* tempo, a julgar pelas datas das cartas.

Mas algo aconteceu.

Paul. O atuário dos atuários, que sempre calculava os riscos, mas que nunca considerara o risco de sua babá deixar o hotel com um bebê e voltar com outro. *O último passageiro do Goldstein Express.*

Adequadamente enganado, dopado e jogado em frente a uma casa queimada. Depois, quase carbonizado nos pântanos de Nova Jersey.

Como aquilo acontecera?

Lembra-se do que o advogado disse a respeito de acabar com a própria vida?

"São aqueles idiotas com Uzis e querosene que me preocupam."

"Estão começando a juntar as peças. Estão se aproximando."

E antes, após voltarem do pântano, quando Paul perguntou quem eram os seus quase-assassinos?

Do outro lado na guerra. "Aqueles malucos paramilitares de direita. Manuel Riojas", disse ele. "Ele está na cadeia. Eles, não."

Lembra-se do que a babá escreveu naquela carta?

Ele não vai parar até encontrá-la. R tem o poder e os meios para fazê-lo.

Pareciam estar falando de duas pessoas diferentes.

A não ser, é claro, que não estivessem.

Miles estava amedrontado o bastante para encostar uma arma na cabeça e estourar os miolos.

Galina estava amedrontada o bastante para enviar a neta para outro país e nunca mais voltar a vê-la.

Uma com medo de R. Outro com medo de Riojas.

Pense naquele *R* entalhado, não na escrivaninha de uma antiga garagem de táxi, mas no tronco da árvore imperfeita. Então você compreenderá.

R de Riojas.

Ele tinha o poder e os meios de encontrá-la, e, lenta e objetivamente, foi o que ele fez. Aqueles homens no pântano não estavam atrás de drogas ou dinheiro — não *apenas* drogas e dinheiro. Procuravam a filha de alguém. Estavam começando a juntar as peças. Estavam se aproximando.

Ali estava, em toda a sua glória, a árvore imperfeita.

Mas, quando Paul a contemplou, achou que talvez pudesse usá-la para se abrigar da tempestade. Abrigar a *todos* — Joanna, Joelle e ele.

Apenas uma pergunta.

A menina que o advogado prometera adotar como sua. A neta de Galina.

Onde estava?

TRINTA E NOVE

O observador de pássaros.

Paul oferecia-lhe a visão de um pássaro raro. Ao menos, a ilusória prole de um. Oferecia-se para conduzi-lo ao ninho.

— Essa é uma história interessante — disse o observador de pássaros. — Como a catalogaria? Ficção ou não-ficção? Talvez *ficção científica.* — Paul percebeu que ele estava mais interessado do que aparentava, motivo pelo qual devolveu ao maço o cigarro que estava a ponto de acender. Ele se endireitou na cadeira e olhou para Paul como se ele finalmente valesse a pena.

— Por outro lado, admito que não é má história, Paul — disse ele. — Claro que Manuel Riojas não é caso meu. Ele é *caso encerrado.* Está preso em uma penitenciária federal de segurança máxima. Então, pergunto eu, por que devo me importar?

— Porque Riojas pode estar preso, mas seus homens não estão. — Repetia as palavras de certo advogado, então falecido. — Mataram duas pessoas em Nova Jersey.

— Colombianos de merda, como eles próprios. Então eu pergunto, por que devo me importar?

— Porque, se ele ainda está mandando gente matar outras pessoas, ainda está traficando drogas. Seus homens estão. Não é seu trabalho impedir?

Praticava um perigoso jogo de inversão, orientando o seu carcereiro no caminho certo. Esperava que a sua cabeça fosse empurrada sobre a mesa a qualquer momento. Só que Tom ainda não estava presente, e não havia ninguém atrás de si.

— Bem, isso é um assunto a debater, Paul. Qual o meu trabalho. Geralmente, é aquele que o governo dos EUA determina. Neste momento, dizem que meu trabalho é Miles Goldstein, o meu caso. O que restou dele, você. Não Manuel Riojas. Admito que ele é muito mais sensual que você. Mas isso não quer dizer que posso virar um caubói e sair por aí como um exército de um homem só. Pense o que aconteceria em nossa estrutura interna caso todos resolvessem fazer o que quisessem. Pense na *papelada* envolvida.

— Riojas ainda está esperando julgamento. A filha dele pode ser valiosa para você.

— Talvez. Se *houver* uma filha. O que, vamos encarar isso de frente, Paul, é um tanto discutível. Admito, porém, que estou intrigado. Estou. Os bandidos de Riojas não são minha área de investigação, mas, se estiver dizendo a verdade, interferiram com o meu rastreamento do dinheiro. Atrapalharam os trabalhos, o que, é possível interpretar assim, os colocou em minha área de investigação. Então, talvez eu tenha uma quase-licença para alargar a rede. Talvez. Mas ainda não sei em que isso o beneficiará.

— Posso ajudá-lo.

— É o que diz. Como?

— Fui a última pessoa a ver Miles com vida.

— Parabéns. E quem se importa?

— Rachel. Sua esposa parece ser uma pessoa muito decente. Não creio que ela soubesse.

— Soubesse do quê?

— O que ele fazia. Do acordo que mantinha com Galina. A droga, os seqüestros. Da *menina.*

— Tudo bem, então. E se ela *não* sabe...

— Ela sabe de *alguma coisa.* Provavelmente não o seu significado. Mas irá me dizer. Vai querer saber o que Miles disse antes de se matar.

— Já que estamos falando nisso, o *que* Miles disse antes de se matar?

— Qualquer coisa que eu diga. Qualquer coisa que a faça me orientar na direção certa. Até a menina. Até o dinheiro que Miles conseguiu esconder.

— Paul, você tem o pérfido coração de um agente da DEA. Quem poderia *imaginar*? Vamos recapitular. Quer que eu o solte para sondar e espionar a pobre viúva. E em troca pela generosidade de seu governo?

— Sem acusações. E você me ajuda a recuperar minha mulher e filha.

Ali estava. Aquela era sua chance, sua última esperança.

— Desculpe. Acho que você está se esquecendo de sua condição atual de pessoa sem direitos. Digamos, porém, que as acusações serão *revistas.* Que tal ajuda fornecida por tal réu preso sob o Ato Patriótico será levada em consideração. Que qualquer ajuda possível dentro dos canais normais para resgatar a mulher e a filha do réu será fornecida.

Era o melhor que Paul poderia conseguir.

Sim, disse ele.

SHIVAH.

A versão judaica de um velório.

Diversos membros da comunidade ortodoxa estavam entrando na casa de Miles em um fluxo constante, como formigas trazendo migalhas para a rainha. Migalhas de respeito, condolências, e bolo com café.

O observador de pássaros revirara o armário de Paul e lhe trouxera um terno preto adequado. Paul se parecia com qualquer outro acompanhante de enterro.

A primeira coisa que ele percebeu quando entrou foi o cheiro. Odor de muita gente junta em uma sala muito pequena. Não havia ar-condicionado — talvez fosse considerado desrespeitoso para com o defunto. Já havia desrespeito bastante. Paul sentia um incômodo ameaçador na sala, tão palpável e desconfortável quanto o calor. "Sabe qual o maior pecado no judaísmo ortodoxo, Paul?"

Sim, Miles, agora sei.

Paul sentiu-se empurrado para a frente, lentamente se afogando em um mar de roupas pretas.

Descobriu-se diante de três cadeiras sem encosto, que abrigavam o que sobrara da família de Miles. Os dois filhos com ternos pretos e solidéus ainda mais pretos, sentados tesos, lábios apertados, como se desejassem estar em qualquer lugar, menos ali. E Rachel, aceitando as condolências sussurradas com a cabeça baixa, como se fossem lisonjas não desejadas.

O filho mais velho ouviu a frase "lamento a sua perda", dita por Paul com silenciosa resignação. Apesar dos pecados do pai, Paul sentia apenas compaixão. Talvez porque, à exceção dos solidéus, aquilo podia ser a sua casa quando ele tinha 11 anos de idade. Recebendo uma legião de estranhos que perguntavam se havia algo que podiam fazer por ele, quando tudo o que ele queria era que lhe devolvessem a mãe. Ele sabia que os filhos de Miles passariam os próximos anos imaginando se Deus era incompetente.

Quando Rachel o viu, pareceu custar a reconhecê-lo. Ela olhou para cima, para baixo, então voltou a erguer a cabeça lentamente, forçando a vista em sua direção como se tentando buscar foco.

Então desmaiou.

Houve um burburinho quando Rachel caiu.

"Pobrezinha", Paul ouviu alguém murmurar. "É o estresse."

Ambos os meninos pularam da cadeira como se tivessem sido ejetados, claramente temerosos de se tornarem órfãos integrais naquele dia.

Rachel foi levada para outra sala por um grupo de pessoas, Paul tentando seguir atrás.

Quando seus olhos se abriram e ela voltou a se sentar, viu Paul à sua frente.

O observador de pássaros fizera algumas ligações. A história, pois *tinha* de haver uma história, era que Paul deixara Miles com vida. Que terminara seu assunto com ele — aquele maldito visto —, apertara-lhe a mão, e seguira o seu caminho. Que tudo aquilo fora relatado para a polícia.

Em outras palavras, Paul estava limpo.

Ainda assim, sua visão fora demais para a viúva.

— A última vez que vi meu marido, você estava lá — disse ela. — Eu esperava que Miles saísse caminhando de seu escritório. Perdão.

Estavam sentados mais ou menos a sós.

— Eu é que deveria pedir desculpas — disse Paul. — Não imaginei a sua reação ao me ver. Só queria dar meus pêsames.

— Sim, claro. Obrigada por vir.

Ele imaginou quanto tempo levaria até ela começar a fazer perguntas, uma vez que, apesar de ela ter sido a segunda pessoa a ver o marido com vida, Paul fora a última.

Não levou muito tempo.

— Você tem de compreender que isso foi um choque para mim — disse Rachel. Sua peruca estava ligeiramente fora de prumo, o que lhe dava um ar de alguém surpreendido pela vida.

— Imagino se toda esposa se sente assim. Toda *viúva*.

Ela baixou a cabeça, como se a menção daquela palavra pela primeira vez a tivesse tornado real.

— Realmente... ele não parecia estar deprimido, ou furioso, ou desesperado. Parecia... o *Miles* de sempre. Talvez um pouco mais aborrecido nos últimos dias. Creio que tinha algo a ver com você. Disse que o governo colombiano havia realmente estragado as coisas dessa vez, que sua esposa e filha estava presas em Bogotá.

— Sim, estragaram tudo — disse Paul.

— Você percebeu alguma coisa? Viu algo que eu não vi? — deixou o *Paul* de lado, optando por maior formalidade. Mas, afinal, o que era mais formal que a morte? — Naquele dia, quando conversou com ele, quando os deixamos a sós? Ele parecia infeliz, aborrecido com algo, propenso ao suicídio?

Os olhos dela estavam úmidos, com bordas vermelhas. Provavelmente não dormira muito ultimamente. Devia ter ficado desperta na cama fazendo a mesma pergunta até esta ficar impressa em suas pálpebras: o que ela não percebera?

— Miles mencionou algo sobre dívidas de jogos — disse Paul.

E era verdade.

— *Jogar?* Apostar? — O uso de uma palavra diferente não pareceu tornar o conceito mais compreensível para ela. — Ele apostava dez dólares. Olhava para a página de esportes pela manhã e dizia: aí vai minha tolerância. *Dez dólares.* Quão grande uma dívida como essa pode se tornar?

— Jogadores mentem, Rachel. É uma doença, como o alcoolismo. Ele pode ter dito que eram apenas dez dólares. Provavelmente eram dez mil.

— *Dez mil?* Não pode ser. Eu saberia. Não estávamos endividados. Eu teria visto.

Não. Você não sabia sobre os outros negócios de Miles. Você não via o dinheiro desaparecer porque não o via entrar.

— Talvez ele tivesse mais dinheiro do que você pensa. Quem cuidava das finanças, assinava os cheques? Você ou ele?

— Ele.

— Entende? Se ele quisesse esconder dinheiro de você, poderia tê-lo feito.

Rachel pareceu contemplar tal noção. Um acompanhante de enterro entrou na sala, abaixou-se para pegar a mão de Rachel e sussurrou algo em seu ouvido.

— Obrigada — respondeu Rachel.

O homem meneou a cabeça solenemente e saiu da sala caminhando de costas, como se fosse desrespeito voltar-se. Paul lembrou-se: o incômodo demonstrado diante dos sobreviventes da família. O que dizer a um menino cuja mãe morreu de câncer? O que dizer a uma esposa cujo marido acabara de se suicidar?

Rachel ergueu a cabeça para ele.

— Não *compreendo*. Eu teria entendido. É apenas dinheiro. Eu teria dito, tudo bem, vamos conseguir ajuda, vamos lidar com isso. Teríamos o apoio de toda a comunidade. Ficaria tudo bem.

Não, Paul teve vontade de dizer. Não ficaria tudo bem. A comunidade talvez se mobilizasse para ajudar um jogador, não um traficante. Ou seqüestrador.

— Matar-se porque devia algum dinheiro. Isso não faz sentido.

Outra vez, Paul teve vontade de explicar. Não era dinheiro, era medo. Não apenas por si, mas pela família. No fim, uma pessoa egoísta cometera um ato altruísta. Devia ter acreditado que, não estando mais por perto, sua família estaria fora de perigo. Mas Riojas não pensaria duas vezes antes de matar uma mulher e seus filhos.

— Muita gente mata por dinheiro — disse Paul. — A si mesmo ou a outras pessoas. Eu sei. Trabalho com seguros.

Rachel olhou para as próprias mãos. Ainda usava aliança, percebeu Paul. Imaginou quanto tempo levaria antes de tirá-la e relegá-la à gaveta de escrivaninha.

— O que mais ele disse? Parece tê-lo escolhido para contar todos os seus segredos — disse ela com apenas um vestígio de amargura.

Não, pensou Paul, não havia qualquer amargura.

— Falou de sua família. Quão importantes vocês eram para ele.

— Não importantes *o bastante.* Creio que está me dizendo aquilo que acha que desejo ouvir. Não faça isso.

Paul balançou a cabeça.

— Tenho a nítida sensação de que ele se importava com a família. Isso me deu o que pensar. Por que vocês não adotaram um bebê, uma vez que era a vocação dele?

Rachel hesitou antes de responder.

— Não creio que uma criança colombiana pudesse ser bem-vinda nesta comunidade. Somos uma gente fechada, Sr. Breidbart, para dizer o mínimo. Não é uma coisa particularmente elogiosa para se dizer. Mas é a verdade.

— Miles tinha um tipo de relação de amor e ódio com sua comunidade e religião, não é mesmo?

— Não é uma religião. É um modo de vida.

— Eu sei. Não estou certo de que Miles se sentisse inteiramente à vontade com o seu modo de vida.

— Não se espera que alguém se sinta confortável. Espera-se que agrade a Deus. É algo difícil de fazer.

Alguém deu uma olhada para dentro da sala, viu-os conversando, recuou.

— Já conheceu algum deles?

— Algum deles *quem?*

— Dos bebês. As crianças adotadas. Miles alguma vez trouxe um deles para casa?

— Não.

Então, alguém entrou na sala. Uma mulher mais velha, que se inclinou e disse alguma coisa em iídiche. Rachel meneou a cabeça e se ergueu. Paul estendeu o braço para ampará-la, mas ela o recusou. Paul começou a achar que ela era mais forte do que imaginara a princípio — forte o bastante para suportar o suicídio do marido e as longas e solitárias noites que se seguiriam.

Logo estaria desmaiando novamente.

PAUL FICOU POR ALI DURANTE UM TEMPO.

Sentia-se cada vez mais incômodo. O calor, com certeza, porém, mais que isso: os olhares de esguelha, as conversas sussurradas em iídiche, os outros acompanhantes de enterro que não lhe dirigiam a palavra.

Então, para seu alívio, havia alguém tão deslocado quanto ele.

Um negro se aproximou.

Durante um instante, Paul achou que era o faxineiro. Que estava ali para recolher os pratos vazios, as caixas de bolo cheias de farelo e copos de papel amassados manchados de batom, e levá-los até a lixeira.

O negro vestia um terno — mal cortado, barato, mas um *terno*. Era um autêntico acompanhante de enterro.

Algo era dolorosamente óbvio. Se a multidão ortodoxa já achara Paul um estranho, o negro era olhado como se fosse um *intruso*.

Ele parecia imune à reação que causava. Foi até Rachel, novamente sentada na desconfortável cadeira sem encosto — Paul supôs desconforto àquela altura —, e apertou-lhe a mão. Disse algo para ela. Ela parecia ligeiramente confusa, sem dúvida ainda digerindo tudo o que Paul acabara de lhe dizer. Ainda assim, encontrou energia para menear a cabeça e dizer alguma coisa em resposta.

Quando entrou no salão, olhando para a última torrada coberta de fígado picado, sem dúvida se perguntando o que era aquilo, Paul adiantou-se em sua direção.

— *Fígado*, hein? — disse o negro. — Detesto fígado.

— É fígado *picado*. Tem um gosto diferente... É bem bom.

— Ainda assim, não sou de comer fígado — disse ele. — Meu nome é Julius.

Paul apertou-lhe a mão.

— Paul Breidbart.

— Bem, oi, Paul. Parece que eu e você somos as únicas pessoas que não estão usando gorros.

— Solidéus — disse Paul, incapaz de resistir à tentação de corrigi-lo.

— *Soli* o quê? Bem, que seja.

— Você era amigo de Miles?

— Amigo? Não. Apenas nos cruzamos.

— Profissionalmente?

— Hein?

— Também é advogado?

Julius pareceu achar graça na pergunta.

— Não. Pode-se dizer que eu estava do outro lado.

— Que outro lado?

— Ele me representou. — Julius tinha uma longa cicatriz que corria ao longo de sua mão direita até o pulso.

— Oh. Miles era seu advogado.

— Exato. Juizado de menores. Eu era um osso duro na época, certo? Estive metido em confusão.

— Ele o ajudou.

— Claro. Ele me ajudou a permanecer fora do juizado de menores.

— Ele o libertou?

— É, mais ou menos. Por que está tão curioso?

— Só estou tentando conversar.

— É o que está fazendo, hein?

— Realmente não conheço ninguém aqui.

— Verdade? Sou bem íntimo deles — disse Julius, sorrindo.

— Por que veio? — perguntou Paul.

— Eu disse, Miles trabalhava no juizado, me ajudou a escapar da cadeia juvenil.

— Então ele *realmente* o libertou.

— Quer todo o relatório, hein? Cara, eu estava ferrado. Atirei em uma pessoa. Eles me *ficharam*. Bandido anti-social. Mantiveram-me no hospital até eu fazer 18 anos e sair.

— E isso era *bom*?

— Não era ruim. A gente lia e desenhava. Ninguém me incomodava muito. Eu lia muito. Ficava o tempo todo na biblioteca. Acabei me formando. Quando saí, tinha para onde ir. Escapei dos malditos lobos.

— Quanto tempo ficou lá? No hospital?

— Tempo bastante. Fui para o zoológico aos 15 anos.

— *Zoológico?* Você disse que não era ruim.

— Não. Nós chamamos de zoológico porque era defronte ao Bronx Zoo. Podíamos ouvir os elefantes à noite, cara. Às vezes ouvíamos os leões. Na primavera nos levavam, uma patrulha de retardados. Levávamos comida para os lhamas. Metade dos garotos *comeu* aquilo. Era uma loucura.

Um dos acompanhantes de enterro, um velho judeu com uma barba grossa e cinzenta, olhava para eles com uma expressão de reprovação.

— De volta às redondezas conhecidas como *desrespeitosas* — disse Julius.

Paul gentilmente conduziu Julius a outra parte da sala, ostensivamente em busca de comida.

— Mantinha contato com Miles? — perguntou Paul após uma bandeja com boa comida ter sido procurada, localizada e saqueada.

— Mais ou menos. De vez em quando. Depois que eu fiquei numa boa, liguei, só para ele saber que eu não tinha morrido. Ele era legal.

— Sim — disse Paul.

ERA HORA DE IR.

Julius havia ido embora alguns minutos após conversar com Paul, anunciando a sua partida à porta da frente.

Julius está indo embora, disse ele. Ninguém pareceu particularmente infeliz com isso.

Paul imaginava o que diria ao observador de pássaros. Um vago relatório de progresso dando margem a pistas promissoras e resultados iminentes.

Disse adeus a Rachel e aos meninos. Ela pareceu aliviada ao vê-lo ir embora.

Enquanto descia as escadas do prédio, topou com alguém subindo.

Ergueu a cabeça para dizer *perdão*, mas então se deteve.

— Poderia me dizer onde o carro está estacionado?

Moshe vestia um impressionante traje funeral, terno de seda negra com gravata carvão e um solidéu de lã fixado ao cabelo com um grampo. Não estava sozinho.

O homem que Paul ferira na cabeça estava bem diante dele. Tinha um curativo manchado na testa.

Paul sentiu sua ameaça física como uma perturbação atmosférica.

— O carro, Paul? Onde está estacionado, por favor?

— Queens — respondeu Paul.

Paul abandonara o carro em Long Island City antes de tomar o trem de volta para a cidade.

— Queens — repetiu Moshe. — Algum lugar em particular? Perto do Corona Ice King, talvez? Os melhores sorvetes da cidade, você não acreditaria. De qual parte de Queens estamos *falando* aqui?

— Long Island City. Rua 24, Northern Boulevard. — Paul estava de olho no homem com a tatuagem da CCCP. Era difícil não fazê-lo, pois ele ainda estava bem diante dele.

— Obrigado por me dizer. Gostei do gesto.

Um momento de silêncio. Não que fosse de *paz.* O ar estava fervilhando de possibilidades, a maioria delas desagradável.

— Parece nervoso, amigo — disse Moshe. — Uma aranha pousou em você outra vez?

Paul manteve-se firme quando Moshe passou por ele escada acima. Conseguiu ficar onde estava quando o Incrível Hulk passou. Ao chegar à porta, Moshe voltou-se.

— Deve relaxar um pouco. Trabalho com dinheiro, meu amigo. Sem dinheiro, não tem negócio. Compreende? — Ele apontou para a porta. — O homem com quem eu negociava está morto. Uma vergonha. — Ele sorriu, voltou-se, então olhou para trás como se tivesse esquecido algo. — Talvez não devesse relaxar *muito*. Meu camarada aqui está danado com você, e com razão. — Ele riu alto e entrou na casa.

QUARENTA

Paul descobriu que suava frio constantemente. Podia ouvir o pulso bater.

Sonhou que Joanna havia morrido. Estava no velório dela, conversando com Miles.

Certa manhã acreditou ter ouvido a voz dela atrás dele na rua. Quando se virou, era uma jovem mamãe empurrando um carrinho e falando ao celular.

Os interrogatórios agora se chamavam *relatórios*. Pareciam a mesma coisa. O progresso do relatório de Paul foi desprezado pelo que era: a parte descritiva de um teste para o qual não havia estudado.

— Em outras palavras, Paul, você se ferrou — disse o observador de pássaros. — De volta à escola de informantes.

— Preciso de um pouco de tempo — disse Paul.

Havia um problema com precisar de um pouco de tempo. Não *havia* tempo. Precisava apresentar algo se pretendia que o observador de pássaros salvasse sua mulher. Se é que ela ainda podia ser salva.

Agora que era um informante não oficial da DEA, foi-lhe permitido dormir na própria cama. Não propriamente dormir. Virar-se de um lado a outro e ficar olhando para o teto.

Dois segundos depois de entrar no apartamento, alguém bateu à porta.

Lisa outra vez.

Agora ele não podia fingir que não estava em casa.

Quando ele abriu a porta, ela praticamente caiu em seus braços.

— Onde ela está?

Paul ficou momentaneamente confuso em relação a qual *ela* Lisa se referia. Nenhuma das duas, é claro, estava disponível.

— Onde está o bebê? — disse Lisa, olhando para todos os cantos, como um corretor de imóveis com olhos de águia, o que, de fato, ela era.

— Houve um problema — disse Paul, pronto para contar a história que ele e Miles inventaram para uso geral.

— Problema? *Qual* problema? Onde está Joanna?

— Bogotá.

Lisa puxou o cabelo louro para trás com uma das mãos. Era uma daquelas mulheres do East Side que haviam atravessado o parque — nascida com um dinheiro que inexplicavelmente acabara, mas ainda parecendo muito abonada.

— O visto de Joelle não estava em ordem.

— Em ordem? O que quer dizer?

— Que não era funcional. Não pudemos tirá-la do país.

— Oh, Paul. Isso é *terrível.* E agora? O que vai fazer?

— Estou trabalhando deste lado. — Agora que Paul experimentava a história, achou que esta se mantinha. Ele, porém, já era uma outra história. Não estava se mantendo. A fadiga parecia ter se acumulado em seus ossos.

Lisa deve tê-lo sentido, porque o abraçou outra vez, demorando-se no gesto tempo o bastante para Paul apoiar-se nela.

Ela tinha cheiro de lar.

MAIS TARDE, QUANDO JOHN VOLTOU DO TRABALHO, LISA LIgou para uma babá, e os dois vieram visitá-lo com uma garrafa de Cabernet. Era maravilhoso ver John.

Era terrível ver John.

Ele era o melhor amigo de Paul, o sujeito com quem ele passara mais tempo do que era capaz de lembrar, sentados em diversos bares do West Side, relatando os altos e baixos da produção de bebês. O cara que lhe inspirara confiança e, em mais de uma ocasião, o consolara.

Portanto, embora fosse um enorme conforto ver o rosto de John, era incômodo ter de mentir para ele.

Paul foi forçado a criar detalhes na hora, para fazer tudo parecer convincente, coerente e perfeitamente lógico. O truque era misturar muita coisa verdadeira — tudo o que lembrava de Joelle — para dar um cunho de autenticidade. Beber dois cálices de vinho não ajudou muito.

Em nada contribuiu para aliviar-lhe a culpa. Ou o seu medo.

Falando sobre Joanna como se ela estivesse esperando por ele em um quarto de hotel em Bogotá parecia horrivelmente insensível. Joanna podia estar esperando em um quarto, mas não tinha serviço de quarto e nem podia pegar um telefone e pedir um hambúrger com fritas às duas da madrugada. Podia nem estar esperando por ele.

Havia armadilhas ocultas no bosque das mentiras.

— Me dê o número dela, pelo amor de Deus — disse Lisa. — Não falo com ela há um tempão. Por que ela não me ligou?

— Sabe quanto custa uma chamada da Colômbia? — disse Paul.

Uma ligação de dez minutos para Nova York do L'Esplanade custara-lhe 62,48 dólares.

— Tudo bem, eu ligo — disse Lisa. — Tem o número?

— Tenho de procurar — disse Paul.

A sala ficou em silêncio enquanto Lisa e John esperaram. E esperaram.

— Francamente, estou exausto — disse Paul. — Preciso apagar. Prometo que dou o número depois.

Lisa e John se levantaram com relutância. Abraçaram-no, disseram que, caso houvesse algo que pudessem fazer por ele, não devia hesitar em pedir.

ELE NÃO CONSEGUIA DORMIR.

Ligou para Rachel Goldstein.

Ainda esperava que ela o tirasse do buraco.

— Sim? — disse Rachel após ele ter se identificado.

— Liguei para me certificar de que você está bem.

— Por quê?

— *Por quê?*

— Eu mal o conheço. Aprecio a sua preocupação, mas estou perplexa com ela. Você não é parente. Você não é amigo.

— Eu me *sinto* como um amigo — disse ele. Era verdade. Durante algum tempo, Miles parecera ser o seu único amigo no mundo.

Rachel não se incomodou em contestá-lo.

— Como está passando? — perguntou Paul.

— Estou *passando.* Dezoito anos de casamento e descubro que não conhecia meu marido. Como se sentiria?

Um de seus filhos devia ter entrado na sala. "Está tudo certo", Paul ouviu Rachel murmurar. "Estou bem." Então ouviu o barulho de uma porta se fechando.

— Quem *era* ele? É o que fico me perguntando — disse Rachel, a voz soando insuportavelmente cansada. — Como me lembrar dele?

— Do modo que quiser, penso eu. O que há de errado nisso?

— Do modo que eu quiser — repetiu Rachel, então repetiu outra vez. Ou porque achava que aquilo fazia sentido ou porque ridicularizava seu estúpido sentimentalismo. — Tudo bem. Vou tentar.

Silêncio.

— Conheci uma — disse ela.

— Uma o quê?

— Uma criança. Você me perguntou hoje se eu conhecera algum dos bebês adotados, lembra?

— Sim.

— Conheci. Certa vez. Mas não era um bebê.

— Não?

— Era uma menina pequena.

Uma menina pequena.

— Acho que vou me lembrar de Miles *assim*. Por que não? Entrando pela porta da frente com uma pequena menina colombiana nos braços.

Tudo bem, pensou Paul, *devagar.*

— Lembra do nome dela?

— Seu *nome*? Faz mais de dez anos.

— Tem certeza? Se pensar um pouco.

— Que importância tem o nome dela?

Boa pergunta.

— Antes de adotarmos nossa filha, conversamos com um casal que era cliente de seu marido. Eles adotaram uma menina. Ela parecia, não sei, ter cerca de 13 anos. Imaginava se poderia ser ela.

Rachel voltou a ficar em silêncio. Pense, pediu Paul, *pense*.

— Algo com um *R* talvez? Perdão, não me lembro.

R, pensou Paul, como o pai.

— E quanto aos pais adotivos dela? Lembra-se deles? Por que não estavam com ela?

— Não faço idéia. Talvez não pudessem pegá-la até o dia seguinte.

— Estranho. É preciso ir à Colômbia e trazer o bebê. É assim que funciona.

— Talvez tenham tido problemas. A menina, como me lembro, também tinha problemas.

— Que tipo de problemas?

— Algo emocional. Algo estava errado com ela.

— O quê?

— Não estou certa. Ela chorava e gritava muito.

— Provavelmente estava assustada. Não acha isso normal?

— Tenho dois filhos que já se assustaram ocasionalmente. Chegaram mesmo a ficar aterrorizados. Estão aterrorizados agora. Saber que o pai se matou faz isso com as pessoas. Mas aquilo era diferente. A menina tinha medo do escuro, medo da luz, medo de tudo. Algo estava, não sei, *errado*. Lembro de Miles indo até o quarto dela à noite, tentando acalmá-la.

— E conseguiu?

— Não sei. Talvez. Pela manhã ele a levou para conhecer os pais. Foi isso. Ela tinha belos olhos... ainda me lembro deles.

— Bem — disse Paul, subitamente ansioso, quase desesperado, para desligar o telefone. Algo estava buzinando em sua cabeça, algo que alguém dissera.

— Você deve dormir um pouco. Se houver algo que eu possa fazer...

Ela não se importou em dizer adeus.

QUARENTA E UM

Ele não ouvia elefantes.

Ou leões.

Certamente não ouvia lhamas.

O que ouvia era a força industrial do ar-condicionado. O retinir de bandejas de metal sendo atiradas no carrinho de servir. A estática do sistema de interfone. Um golpear insistente contra a janela — um adolescente vestindo roupão de banho exigindo suas roupas *agora.*

Também ouvia vozes dentro da cabeça — muitas vozes ecoando ali dentro.

Por exemplo, havia a voz de Julius, o rapaz que conhecera Miles no tempo em que ele prestava assistência legal.

Fui para o zoológico aos 15 anos. Nós chamamos de zoológico porque era defronte ao Bronx Zoo.

E havia a voz de Galina. Olá, Galina!

Ela viu coisas que uma criança não devia ver. Que ninguém devia ver. Ela tem pesadelos.

Já que estamos assim, acrescentemos a voz de Rachel à mistura.

A menina tinha medo do escuro, medo da luz, medo de tudo. Algo estava, não sei, errado.

Então, finalmente, a última voz, a que se ouvia dentro de sua cabeça acima de todas as outras. Aquela na carta que Paul a princípio atribuíra a um filho de Miles, mas que agora atribuía a outra pessoa.

Querido papai, papi, pai: lembra quando fomos ao zoológico e você me deixou lá?

E, subitamente, ouvia a sua própria voz.

— Sim, da empresa de seguros — dizia Paul para a matrona atrás da mesa da recepção. A mulher que o recepcionara no Hospital Psiquiátrico Monte Ararat, a instituição de tijolos vermelhos, janelas gradeadas e chão de linóleo que ficava defronte ao Bronx Zoo. *Dois* zoológicos, lada a lado, um humano, outro animal.

Ela olhava para o cartão de visitas de Paul como se fosse um volante de loteria não premiado. Paul imaginou se Julius olhara para o mesmo rosto quando tinha 15 anos.

Será que *ela* olhara?

— Qual o nome dela? — disse a mulher.

— Nome?

— O nome da filha de seu cliente?

Paul hesitou apenas um segundo.

— Ruth — disse Paul. — Ruth Goldstein.

Tudo bem, era um tiro no escuro. Ou talvez fosse um tiro no *lusco-fusco,* com luz suficiente para que pudesse ler o título do livro repleto de cartas.

A história de Ruth.

Algo com *R,* dissera Rachel.

— Ahã — disse a mulher, olhando para uma tela de computador que parecia estar tendo dificuldade de ligar. Bateu no mouse com a mão gorda.

— Maldito sistema — disse ela para ninguém em particular.

Podia ser uma acusação dirigida a qualquer um, não apenas aos computadores. Por exemplo, o sistema que fazia uma instituição de doentes mentais cheirando levemente a urina ser uma alternativa mais segura que a prisão de menores.

Aquelas crianças problemáticas, ignorantes e sob medicação, mantidas em cativeiro até poderem ser soltas no mundo quando fizessem 18 anos.

Maldito sistema. Sim.

O computador finalmente respondeu, fosse por causa do violento ataque ao pobre mouse, fosse pelas maldições da mulher. Voltou à vida com um zumbido. Alguns toques no mouse, desta vez mais gentis, forneceram a informação desejada.

— Ahã, tudo bem — disse a mulher. — Ruth Goldstein. O que *tem* ela?

Durante um momento, Paul não respondeu. Parte dele esperava ouvir que não havia tal pessoa ali com aquele nome. Que estava enganado. Que a porta de saída ficava logo ali.

— Como disse — falou Paul, recuperando o equilíbrio. — Meu cliente morreu recentemente. Foi súbito e inesperado. Há alguns documentos que precisam ser processados. É preciso fazer uma reavaliação de quem paga o quê. Obviamente, precisamos nos assegurar de que Ruth continue a receber o mesmo bom tratamento.

Paul duvidava que a palavra *bom* fosse adequada. Mas não estava ali para ofender ninguém. Estava ali em uma missão de resgate, embora, por incrível que pareça, as pessoas a serem resgatadas não estivessem no Hospital Psiquiátrico Monte Ararat, mas a quase cinco mil quilômetros dali. Só lhe restava cruzar os dedos e rezar para que elas ainda estivessem respirando.

— Então quer falar com o Departamento de Finanças. Por que não disse? — perguntou a mulher.

— Gostaria de ver a menina primeiro.

— A menina? Bem, terei de falar com um médico a respeito. Você não foi adequadamente exposto ao trâmite, certo?

Paul achou que *exposto* era um termo apropriado, uma vez que ele estava no *zoológico*.

— Bem, então eu poderia falar com o médico? — disse Paul. — Creio que seu pai era a única pessoa que a visitava, mas ele morreu. Alguém tem de dizer a ela o que aconteceu.

Quando a mulher não respondeu imediatamente, ele disse:

— Ele vinha, certo?

— Vinha o quê?

— Visitá-la?

A mulher olhou para o computador e clicou o mouse algumas vezes.

— *Miles* Goldstein?

— Sim.

— Estava na lista. Não diz se a visitava.

— Bem, pode falar com o médico, explicar a situação?

— Tudo bem. Mas só posso fazer uma coisa de cada vez.

Paul imaginou que *outra* coisa a estava impedindo de chamar o médico. Aparentemente, o fato de estar tomando um gole de café de um copo de isopor.

Após tomar um gole de café e fazer uma careta no processo, pegou o telefone com extravagante letargia e discou um número.

— É — disse ela. — Dra. Sanji?... Sim, tem um sujeito aqui de uma empresa de seguros para ver Ruth Goldstein... Certo. O pai dela morreu... Isso. É o que ele disse... Sim. Tudo bem.

Devolveu o telefone ao gancho.

— A Dra. Sanji virá recebê-lo.

A DRA. SANJI ERA INDIANA.

Parecia aborrecida, com excesso de trabalho, e muito direta.

— Disse que o pai adotivo dela morreu? — disse ela com sotaque indiano. Estavam sentados na sala de espera do saguão. Pelo que as pessoas esperam em lugares assim?, perguntou-se Paul. Pela sanidade?

— Sim. Há alguns dias.

— Sei. E veio informá-la a esse respeito?

— Sim. E combinar os arranjos financeiros. Queremos ter certeza de que a menina será bem tratada, como o pai desejava.

A Dra. Sanji olhou para uma pasta.

— A mãe também morreu.

— Sim.

Era verdade. Miles mentira sobre tudo mais, mas não sobre aquilo.

— Ela está só no mundo.

— Bem, Sr...

— Breidbart.

— Sr. Breidbart. Digo-lhe que ela não está mais só do que já era. Ao menos fisicamente. O pai adotivo não era o que se pode chamar de um homem muito afetuoso. Mal a visitava. Aniversários, penso eu. Um fim de semana ou outro.

— Há quanto tempo é médica dela?

— Não muito tempo, Sr. Breidbart. Dois anos.

— Então não estava aqui quando ela foi internada.

— Certamente que não.

— Posso perguntar como ela está?

— Em relação a quê?

— Em relação à normalidade.

— *Normalidade* é um termo pejorativo. Seria melhor perguntar como ela está em relação a si mesma, em relação a um ano atrás, ou dois. É como no golfe, um esporte que infelizmente adotei. Você joga contra si mesmo. Você melhora em incrementos.

— Tudo bem. Então, como ela vai em relação a si mesma?

— Ah... aí é que está o problema. Falamos em termos familiares, mas você, creio eu, não é da família. Como claramente declarou, você é apenas o agente de seguros de seu pai falecido. Como tal, não pode ter acesso a essa informação. Lamento.

— Ela não tem mais parentes — disse Paul. — Não mais.

— Legalmente, sim. Até mesmo literalmente, creio eu. Mas sou tão impedida pelas leis da confidencialidade quanto você, Sr. Breidbart. Até você ou alguém ser declarado o seu guardião legal, pouco teremos para conversar. Digamos apenas que ela não é uma ameaça para si mesma ou para os outros. Que, assim como Dilsey em um dos maiores romances literários escritos pelo Sr. Faulkner, ela resiste.

— Posso vê-la?

A Dra. Sanji voltou a detalhar os seus direitos, ou a falta deles, a esse respeito.

Paul a interrompeu.

— Veja, sei que não tenho direito legal de vê-la. Só estou pedindo para vê-la. Que mal há nisso? Queria me assegurar de que ela continue a receber auxílio. Que as contas sejam pagas. E alguém precisa dizer a ela que o pai morreu.

— A pessoa que fará isso certamente não será você. Você não tem nem o direito legal e nem a experiência necessária para lidar com gente emocionalmente deficiente. Em segundo lugar, e quanto a essas contas de que fala? Ao que eu saiba, o Sr. Goldstein pouco fez para ajudar *alguém*. As contas de sua filha, tendo a crer, são cobertas pelo Estado de Nova York.

— Estado de Nova York?

— Sim, exato. Só posso supor que o Sr. Goldstein tenha alegado indigência à época, algo que, pela sua expressão, ele apenas fingiu.

Tudo bem, Miles estava negociando e, como todo bom homem de negócios, disposto a tirar daquilo o maior lucro possível. Pretendia economizar nos custos gerais, e o fato de estes serem relativos à alimentação de uma menina doente não o fizera voltar atrás. Por que pagar, quando o estado de Nova York cuidaria disso?

Quando tudo aquilo lhe teria ocorrido?, pensou Paul. No exato momento em que escrevera aquela carta para Galina? Ou depois, quando ela já estava a caminho, e ele se lembrara de seus tempos de juizado de menores?

O melhor que conseguia fazer era interná-los em um hospital do Bronx, porque era mais seguro do que mandá-los para a cadeia juvenil.

Mentiras para Galina à parte, ele obviamente nunca pretendera *adotá-la*. Nunca mencionara o fato à mulher. Teria considerado — mesmo que por um minuto — alguém mais? Um dos muitos casais sem pais que batiam à sua porta? Um lar em vez de um hospital? Ou, assim como os esquizofrênicos que Paul ouvia berrando do outro lado da porta dupla, teria criado para si mesmo algum tipo de justificativa? Que o lugar mais seguro para uma criança emocionalmente perturbada com um pai assassino atrás dela era em um quarto com grades nas janelas?

Talvez, quando fora até o quarto para acalmá-la naquela noite, tivesse sussurrado "pare de chorar que amanhã vou levá-la ao zoológico".

— Veja — disse Paul. — Posso ir embora, reclamar com alguém, conseguir um mandado, voltar. Tudo o que quero é vê-la. Não direi uma palavra a ela. Prometo.

ELE QUEBROU A SUA PROMESSA.

Não de propósito.

Depois que a Dra. Sanji relaxou, ele a seguiu através de diversas alas do hospital. Quando deu por si, estava em uma espécie de sala de jogos. Havia tabuleiros espalhados por diversas mesinhas, mas ninguém estava jogando. Uma tevê a um canto estava sintonizada em um talk show.

Havia umas 12 ou 13 crianças ali. Podia ser o refeitório de um ginásio local, diversos grupos entretidos em vibrantes discussões. Contudo, se alguém olhasse melhor, veria que era mais como as conversas que se ouvem em caixas de areia — crianças de 2 ou 3 anos falando umas com as outras.

Quando uma menina encantadora de cerca de 14 anos se adiantou e perguntou a Paul se era verdade que havia sido encontrada hematita em Marte, ele respondeu: "Eu não sei."

Deu-se conta de que quebrara a promessa feita à Dra. Sanji, quando a doutora a cumprimentou.

— Olá, Ruth, como está hoje?

— Mais ou menos — disse ela. — E você? Como se saiu no *golfe* de ontem?

— Quase tão bem quanto nos *anteriores* — disse a Dra. Sanji. — Incompetente. Obrigada por perguntar.

A neta de Galina, pensou Paul.

Ruth.

— Perguntei a esse homem as recentes descobertas em Marte — disse ela. — A hematita sugere a presença de água em algum tempo no passado. A água sugere vida. Vida em Marte, que noção formidável.

Vestia-se de modo bastante casual: jeans e uma camiseta que expunha alguns centímetros de sua barriga adolescente. Seus olhos, percebeu Paul, ainda eram tão belos quanto Rachel se lembrava — largos, de um marrom profundo, e irradiando inegável inteligência.

Paul esperava que as crianças daquele pavilhão *vivessem* em Marte. Ruth aparentemente estudava o planeta com o interesse ávido de um astrônomo em treinamento.

— E você gostaria disso? — perguntou-lhe a Dra. Sanji. — Homenzinhos verdes?

— Acho que homenzinhos verdes iriam me apavorar sobremaneira — disse Ruth.

Tudo bem, pensou Paul, há algo de estranho no modo como ela fala. Não é apenas esperteza óbvia. *Formidável... sobremaneira.* Era como se ela tivesse aprendido os diálogos entre seres humanos nos livros. Como se ela mesma tivesse saído de um livro antigo.

— Preferiria algumas amebas unicelulares — disse ela, sorrindo para Paul. — Ei, tenho uma piada para lhe contar. Toc, toc, toc.

— Quem é? — respondeu Paul, a outra metade daquela dupla de humoristas, Breidbart e Goldstein.

— A — disse ela.

— A de quê?

— Ameba.

— Muito engraçado — disse Paul.

— A resposta correta seria o riso — disse Ruth.

— Estou rindo por dentro — disse Paul, pesaroso. — Acredite.

— Estranho. Faço a mesma coisa *o tempo todo.* Rio por dentro.

Em outro lugar, pensou Paul, ele a acharia precocemente deliciosa. Mas, aqui, foi forçado a olhar para as coisas sob outra luz: a doentia luz fluorescente de um hospício.

Seguira sua intuição e encontrara o ninho, mas nele havia um pássaro estranho.

— Melhor rir que chorar — disse Paul. — Certo?

— Oh, mas eu choro muito também. Não é, Dra. Sanji?

— Sim — disse a Dra. Sanji. — Você é uma de nossas melhores choronas, Ruth. Com certeza.

— Quer ver? — perguntou a Paul.

— Oh, não sei — disse Paul. — Talvez depois. Podemos fazer um concurso.

— Vou ganhar fácil. Qual o prêmio?

— Hmmm... — disse Paul. — Terei de pensar.

A Dra. Sanji lançou-lhe um olhar de *acabou o seu tempo.* Ele já havia quebrado a promessa mais de dez vezes. Ele viera, ele vira, mas fora Ruth — não conseguia pensar de outro modo — quem vencera.

A Dra. Sanji levou-o até a porta.

Fora da sala de jogos, Paul disse:

— Ela é adorável.

A Dra. Sanji meneou a cabeça e sorriu.

— Sim, com certeza.

— Ela parece ser quase... normal.

— Você disse quase, Sr. Breidbart. Por quê?

— Não sei ao certo. Tenho a sensação de que ela estava interpretando. Como uma ótima atriz. Ela lê muito?

— Muito. Assim como os outros *comem.* Você está certo quanto a Ruth interpretar. Eu a chamo de camaleão. Ela às vezes se *transforma* no que lê. Ou em quem está ouvindo. Às vezes chego a crer que estou falando comigo mesma. É claro que ela nunca sequer chegou perto de Nova Déli. Mas pode fazê-lo crer no contrário.

— Por que faz isso? — disse Paul.

— Por quê? Está pedindo um diagnóstico, Sr. Breidbart? Temo que não vá ter isso de mim.

— Porque não sabe?

— Porque não tenho liberdade para discutir o assunto. Já falamos sobre isso, certo?

Paul meneou a cabeça.

— Vou lhe perguntar uma coisa Por que um camaleão muda de cor? — Quando Paul hesitou, a Dra. Sanji respondeu. — Vamos, Sr. Breidbart, é biologia, primeiro grau. Um camaleão muda de cor para se proteger.

— De quê?

— Predadores.

QUARENTA E DOIS

A, escapamento de automóvel.

B, tiros.

C, fogos de artifício.

D, nenhuma das alternativas acima.

Joanna foi acordada por uma série de explosões ruidosas e rápidas. No instante em que o coração estabeleceu residência temporária em sua garganta, ela imaginou um teste de múltipla escolha para impedir que o medo aumentasse. Escolheu a letra A, *escapamento de automóvel*, porque era a única escolha que oferecia um mínimo de conforto e plausibilidade.

Infelizmente, ela estava totalmente *ciente* de seu ato de auto-ilusão.

Carro? *Que* carro?

Não conseguia deixar de lembrar que Maruja sempre temera que as forças do bem — um termo relativo na Colômbia — tentariam resgatá-la e, ao fazê-lo, iriam matá-la. Que chegariam atirando e provocariam uma conflagração que resultaria em sua morte. Afinal, deveria ter prestado mais atenção na ameaça que tinha mais perto de si.

Joanna voltou a ouvir os estampidos. Mais sonoros, mais nítidos, como o estalar de um chicote.

Agarrou-se à parede — sua única amiga, sem contar *Galina*, ou seja, aquela que a trouxe para dentro de casa após a sua tentativa de fuga frustrada. O problema de ter Galina como amiga era que você tinha de ser seqüestrada por ela primeiro. E havia o seu aborrecido hábito de se tornar cega, surda e muda para os atos criminosos de seus colegas de casa.

A porta se abriu, batendo contra a parede, arrancando pedaços de gesso.

Algo entrou voando dentro do quarto. O guarda Puento arrojou-se através da porta como se tivesse sido disparado por um canhão. Seu rifle estava à altura da cintura, em posição de fogo.

Tudo bem, pensou Joanna, *morri*.

Puento olhou ao redor do quarto com olhos nervosos. Quando localizou Joanna no canto direito, ela já parara de agarrar a parede mas ainda estava firmemente atada a ela, por conta da corrente em sua perna. Sentada ereta com os ombros para trás, pronta para partir com dignidade.

Mas iria a algum outro lugar primeiro.

Puento começou a desatar a corrente de sua perna, o suor pingando de sua testa brilhante e fazendo-o parar freqüentemente para enxugar os olhos.

— *Qué pasa?* — conseguiu dizer Joanna, perto do limite de seu vocabulário em espanhol.

Puento não respondeu. Estava ocupado com as minúcias de meter uma chave na fechadura, um ouvido claramente ligado no que ocorria lá fora. Esta era a resposta de Joanna para ele não estar respondendo, e estava se apegando a ela. A outra explicação seria que ele não queria informá-la de que a estava levando a outro lugar para matá-la.

Quando finalmente conseguiu libertá-la, ergueu-a com rispidez.

Puxou-a porta afora.

A casa estava um pandemônio. Guardas em pânico corriam pelos corredores, saindo de portas, trombando uns com os outros. Uma das meninas tentava carregar a arma enquanto corria — diversas cápsulas caindo ao chão, onde rolavam, soando como bolas de roleta em movimento.

Alguém estava gritando. *El doctor*, pensou Joanna.

O tiroteio continuou. Sim, era um *tiroteio*. Um escapamento de automóvel ou alguns rojões não provocariam um colapso nervoso no casa.

Ela se achava entre os que estavam nervosos.

Não por si mesma, mas por causa de outra pessoa.

Onde estava o bebê?

Foi empurrada porta afora. Era cedo pela manhã, aquele momento obscuro entre dia e noite.

— Por favor... *por favor* — disse para Puento —, meu bebê. Joelle. — Puento continuou nervoso e insensível. Arrastou-a atrás de si sem olhar para trás. Claramente, iam para a selva.

O pânico aumentava quanto mais se afastavam da casa. Ela não fazia idéia de quem estava atirando em quem. O tiroteio ocorria em algum lugar que ela não podia ver.

— Meu bebê — tentou ela novamente. — Por favor! Eu quero...

Então ela ouviu.

O som que ouvia no meio da noite, aquele ao qual se tornara particularmente sensível, como os cães de Pavlov.

Ela olhou para trás enquanto Puento continuava a puxá-la para a selva. *Lá.* Saindo da casa, a figura curvada de Galina. Trazia uma Joelle chorosa nos braços. Para longe do tiroteio, para a segurança.

— Espere — disse ela para Puento, que não parecia disposto a ouvir. — Pare. Galina está com minha... — Ela fez pé firme, amoleceu o corpo, tornou-se um peso morto.

Puento olhou para ela como se não acreditasse no que ela estava fazendo. Ele tinha um *rifle.* Com balas de verdade. Ela era sua prisioneira. Ela não sabia o que ele fizera com suas amigas?

Puento tirou o rifle do ombro e apontou-o para a cabeça de Joanna. Não era a primeira vez que apontava um rifle para ela. Houvera aquela noite em que Joelle não parava de chorar. Na oportunidade, ele estava apenas fingindo. Agora parecia disposto a levar aquilo adiante. Estava evidentemente apavorado.

Estavam sendo atacados.

Corpos camuflados passavam por eles na selva.

— Levante-se! — gritou Puento, encostando o cano do rifle contra a testa de Joanna.

Ela fechou os olhos. *Não estou vendo nada, isso não está aqui.*

Ela esperaria até seu bebê se juntar a eles, até saber que Joelle estava a salvo. É o que fazem as mães.

Puento gritou com ela. Ela sentiu o cano frio da arma contra sua pele. Ouviu uma explosão, sentiu o sangue espirrar no seu rosto. Quando abriu os olhos, escorria de suas mãos. *Que estranho,* pensou. Não sentia dor alguma.

Quando ergueu a cabeça para ver seu executor, ele não estava mais ali, e, sim, caído no chão ao lado dela.

Galina alcançou-a. De algum modo, evitou olhar para o corpo ensangüentado de Puento. Joanna desejava ter feito o mesmo. Galina ergueu Joanna delicadamente do chão.

Uma das meninas se materializou como mágica no limiar escuro da floresta. Parou para fazer o sinal-da-cruz sobre o corpo tombado, então olhou para Joanna com uma expressão palpável de ódio.

Assassina, diziam os seus olhos.

Devia ter visto o ato de resistência passiva de Joanna. Custara a vida de Puento.

Empurrou-as para a selva, forçando o rifle contra as costas de Joanna.

Ocultaram-se em uma touceira de samambaias gigantes.

Galina entregou o bebê a Joanna. "Shhh", sussurrou Joanna, ninando-a com delicadeza. Podia ouvir o bater do coração de Joelle.

Imaginou se Galina estava pensando em outra selva, em outra mãe e filha que não conseguiram sair dali vivas.

O tiroteio finalmente amainou.

Após vinte minutos de espera, alguns soldados das Farc apareceram vindos do local da batalha. Pareciam estar chocados. Para alguns dos mais jovens, devia ter sido a primeira vez em que dispararam suas armas para valer.

Quando conduziram Joanna e Joelle de volta à casa, estavam de mau humor. Joanna foi acorrentada à parede outra vez, e Joelle, tirada de seus braços. Podia ouvi-los discutindo através da porta do quarto.

Dormiu ouvindo a discussão, como o som de um mar agitado.

QUANDO GALINA APARECEU PELA MANHÃ, ESTAVA PÁLIDA E cansada.

— O que houve na noite passada? — perguntou Joanna.

— Uma patrulha das AUC — disse ela, balançando a cabeça. Parecia ter dificuldade de olhar para Joanna.

— Quantos morreram? Afora Puento?

— Quatro — disse ela.

— Não me importo com Puento. Ele matou Maruja e Beatriz, sei que matou, ele e Tomás. Teve o que merecia.

— *Eles* se importam com Puento — disse Galina, ainda evitando o olhar de Joanna.

— Sobre o que discutiam na noite passada?

— Nada — disse Galina.

— Nada? Eu os ouvi. *El doctor* e alguns dos outros. O que está errado, Galina? Por que não olha para mim?

— Estão furiosos — disse Galina.

— Por causa de Puento?

Galina deu de ombros.

— Não apenas Puento. Eles acham que você... talvez tenha trazido a patrulha até aqui.

— O que quer dizer com isso? Como posso ter trazido a patrulha?

— Acha que vieram atrás de você.

— Atrás de *mim?* Isso é ridículo. Como poderiam saber que eu estava aqui? — Joanna descobriu-se falando mais rápido que o normal, a voz tomada de um ligeiro ar de desespero.

— Alguns deles... são apenas meninos. Quase crianças. Acham que talvez você não esteja *segura.*

— O que acontece quando você não está segura, Galina?

Galina não respondeu. Ajeitou um cacho de cabelo de Joelle.

— O que acontece quando você não está segura? — Joanna percebeu que as mãos de Galina estavam tremendo. — Maruja e Beatriz não estava seguras? Foi o que decidiram?

— Não sei de Maruja — sussurrou Galina. Foi a primeira vez que ela mencionou o nome de uma das mulheres desde que Joanna descobrira a mancha de sangue no colchão. A primeira vez que reconhecia de viva voz que algo acontecera com elas. — Não sei de Beatriz — continuou Galina. — Perdão. Nada tem a ver comigo. Eu jamais teria... — sua voz se extinguiu.

Joanna levantou-se, apoiando-se na parede. Precisava daquilo.

— Vão me matar?

Galina ergueu a cabeça e finalmente a encarou.

— Eu lhes disse que você é americana... Fazer algo com uma americana traria problemas.

— Fazer algo? Matar. Você quer dizer *matar* uma americana. O que responderam quando você disse isso, Galina? *Você está certa, Galina? Obrigado por lembrar?*

Galina ergueu as mãos juntas, pontas dos dedos se tocando. "Junte as mãos," costumava dizer a mãe de Joanna. "Junte as mãos e reze."

— Prometa-me algo — sussurrou Joanna.

— Sim?

— Você vai encontrar uma boa mãe para ela.

JOANNA PASSOU A MAIOR PARTE DO DIA PENSANDO NA PRÓpria vida. Não fora uma vida muito ruim, concluiu, mas também não fora nada de excepcional.

O que ela mais lamentava era não ter podido criar a filha. Achou que seria uma mãe muito boa. Foi *essa* vida que ela viu passando diante de seus olhos — aquela que ela perdeu. Passeando sobre um tapete de folhas no Central Park em uma tarde de outono, rodando em um carrossel. Todas as conversas entre mãe e filha que nunca teriam. Coisas assim.

Teria sido adorável, pensou.

No fim do dia, ela percebeu uma fímbria de luz amarela através da janela lacrada. Faltava agora um pequeno pedaço de madeira, arrancado no tiroteio da véspera.

Ela encostou o rosto contra a fresta, bebendo seus aromas.

Erva-moura. Turfa. Merda de galinha.

Olhou através da fresta.

Galina estava do lado de fora com outra pessoa. Só conseguia ver metade dos dois. Mas tinha uma forte sensação de conhecer a outra pessoa. Aqueles sapatos marrons. As calças de algodão com um vinco na frente.

Sim, pensou. É claro.

O que *ele* fazia ali?

QUARENTA E TRÊS

Ele voltou do hospício, trancou a porta e pegou o pedaço de papel no fundo da gaveta de meias. A página que arrancara da agenda de telefones de Miles em um escritório fedendo a sangue.

Olhou para o número escrito em tinta azul.

Pensou naquilo como um número de loteria.

As loterias eram uma piada nos corredores da empresa onde trabalhava, o tipo de coisa da qual os atuários debochavam no café matinal. Aqueles números eram uma chance em um milhão.

Cruze os dedos.

Inspirou profundamente e discou.

Quando perderam dois milhões de dólares em drogas no pântano em Nova Jersey, ele pensara ter perdido algo muito importante. A única coisa do mundo que tinha para barganhar. Estava errado quanto a isso.

Descobrira que tinha algo ainda melhor. Ao construir a árvore defeituosa naquele dia, compreendera que seus ramos retorcidos poderiam salvar a todos.

Que poderia barganhar a liberdade de sua família. Só que não barganharia com as Farc. Não.

Esta negociação seria feita com duas pessoas, e *apenas* duas.

Havia Galina. E havia alguém mais.

Ocorreu-lhe apenas ao se lembrar de como aquele dia horrível havia começado, quando foram à casa de Galina e despertaram em outro lugar.

Antes de seu mundo virar de cabeça para baixo, enquanto ainda conversavam educadamente tomando café com *escopolamina,* o pesado cão de Galina pegara um chinelo junto à porta e o depositara ao pé de alguém.

Buuum.

Fora o ruído que fizeram os chinelos ao cair no chão.

Cães são animais de hábito.

"Ela mora sozinha?", perguntara Paul a caminho da casa de Galina. E Pablo hesitara durante um bom tempo antes de dizer que sim. Por quê?

Porque ela *não* morava sozinha.

Ela tinha um marido.

— *Hola?* — ouviu a voz de Pablo, clara e informal, como se ele estivesse sentado ao seu lado.

— Olá, Pablo.

Ele obviamente reconheceu a voz. Sim. De outro modo não se faria aquele silêncio.

Paul respirou fundo. Então fez a pergunta que temia fazer desde que pegara o telefone, mesmo antes disso, na longa volta para casa vindo do hospital.

— Minha mulher e filha ainda estão vivas?

Nada mais importava senão a resposta a essa pergunta. Tudo dependia daquilo.

— Sim — disse Pablo.

Agora era a vez de Paul ficar em silêncio. Não inteiramente. Ele emitiu um meio suspiro involuntário, o tipo de som que alguém faz ao escapar de um afogamento e se descobrir surpreendente e gloriosamente vivo.

Tudo bem, prossiga.

— Conheci sua neta hoje — disse Paul.

— *Quem?*

Paul esperava aquela resposta, mas havia um leve tremular naquela palavra que valia um livro inteiro.

— Sua neta.

— Não sei o que...

— A menina que vocês enviaram para os EUA a fim de que o pai não a pegasse. Não os culpo. Riojas também não é a minha idéia de um genro ideal. Está acompanhando o meu raciocínio até agora, Pablo? Se eu estiver usando palavras em inglês que você não compreende, por favor, me diga. Preciso que compreenda tudo o que vou dizer agora. Cada palavra. Tudo bem?

— Sim — disse Pablo. — Compreendo.

— Bom. Vocês mandaram a menina para os EUA porque a queriam em segurança. Arranjaram as coisas com um advogado que ambos conhecemos porque sabiam que ele poderia tirá-la do país. E porque ele iria adotá-la como filha. Esse era o acordo, Pablo. Estou certo até agora?

— Sim.

— Vocês cortaram qualquer contato com sua neta. Fizeram isso pela segurança dela. Compreendo. Faz sentido. E se consolavam sabendo que ela estava sendo educada em um belo lar no Brooklyn. Longe de Manuel Riojas. Com outro nome. Ruth. Que Miles estava cumprindo a promessa de criá-la, protegê-la, até mesmo *amá-la*. Não foi isso que Galina o fez jurar?

— Sim.

— Afinal, vocês estavam cumprindo a sua parte no trato, não é? Vocês *dois*? Quando ele pedisse, quando desse a ordem, vocês ajudariam a seqüestrar alguns casais para seus amigos das Farc. Como combinaram. Vocês fizeram a sua parte, e Miles fez a dele. Certo?

— Minha neta. Onde você...

— O que ele enviou para vocês, Pablo? Fotografias? Fotos de aniversário? Uma vez por ano, de modo que pudessem colecioná-las em um álbum secreto e olhá-las de vez quando? Uma carta aqui e ali para que soubessem que estava tudo bem? O que ele disse para vocês? Que Ruth era uma típica garota americana, vivendo uma típica vida americana? Que era popular na escola, orgulho da comunidade, a menina dos olhos do pai?

— O que está dizendo? Alguma coisa...

— Deixe-me falar de Ruth para você. Ouça com atenção. Ela não é uma típica menina americana. Não exatamente. Não está tirando A na escola. Não é animadora de torcida. Não está saindo com o capitão do time de futebol. Não irá se formar este ano. Nem em ano *nenhum.* Ela não está fazendo as coisas que Miles disse que estava. Nada disso. Era tudo mentira, foi inventado. Compreende?

— Onde ela *está*?

— Certamente não em uma bela casa no Brooklyn. Não em uma bela escola em Connecticut. Ela está em um hospital.

Silêncio.

— Que *tipo* de hospital? Ela está doente?

— Sim. Não. Não no corpo... mas na mente. Não sei pelo que ela passou na Colômbia. Posso imaginar. Não sei se ela estava doente o bastante para ser internada naquele hospital, ou se o fato de *estar* lá a fez adoecer o bastante para ficar. Não sei. O que eu *sei* é que Miles nunca a adotou. Estou certo de que nunca pretendeu fazê-lo. No dia seguinte, jogou-a lá. Ela passou a maior parte da vida olhando para grades.

Choro. Paul pôde perceber claramente o som dos soluços de Pablo.

— Como ela está? — perguntou Pablo.

— Como está minha *mulher*? — respondeu Paul. — Como está minha *filha*?

Silêncio outra vez.

— O que quer? — disse Pablo.

Certo. Ele agüentou a tempestade, saiu do outro lado e está começando a se recuperar.

— O que eu sempre quis. *Elas.* Em um avião para Nova York.

Muito tempo atrás, Pablo e Galina haviam rompido um acordo.

Agora era hora de romperem outro, hora de Paul usar o seu elemento de barganha e implementar o plano que traçara na cela da DEA.

— Considere isso uma troca de prisioneiros. As Farc fazem isso o tempo todo, não fazem? Com o governo colombiano ou com as AUC? Um deles por um dos nossos? Pense nisso como outra troca, Pablo. Sua neta em troca de minha mulher e filha. Tudo bem, é um pouco diferente desta vez. As Farc não farão a troca. Você, sim. Você e sua mulher. Acho que não vai ser fácil. Não me importo. Vai encontrar um meio de fazê-lo. E *rápido.*

Havia uma última coisa.

— Há algo que não eu disse a você. Está ouvindo? Bom. Riojas pode estar em uma prisão federal aqui, mas ainda está *procurando* por ela. Você não vai querer que ele a encontre, certo?

QUARENTA E QUATRO

Estavam a caminho do zoológico.

Paul estava no jipe do observador de pássaros, apenas os dois. Após sua conversa com Pablo, Paul precisara fazer outra ligação.

O observador de pássaros dera-lhe um número, no caso de Paul precisar falar com ele.

Vinte minutos depois, ele aparecera no apartamento de Paul. "Estava nas redondezas", dissera ele.

Paul falou sobre o hospital no Bronx. Sobre o pequeno truque de Miles quando advogava no juizado de menores. Sobre finalmente ficar cara a cara com a menina perdida de Manuel Riojas.

O observador de pássaros ficou bem impressionado.

— Quer um distintivo? Temos um que damos para estudantes que fazem o tour da DEA em Washington. Você pode ser meu delegado de mentirinha.

Paul declinou. Estava chegando na parte difícil, fazer o observador de pássaros concordar com ele.

A troca.

— Uau, não sei, Paul. Você não falou em *troca*. Da última vez que falamos, não combinamos nada disso.

— Minha mulher é uma cidadã americana. Você prometeu que a tiraria de lá. Esta é a chance. Veja como: Miles deve ter introduzido a filha de Riojas no país ilegalmente. Não é o procedimento normal dos EUA enviar os imigrantes ilegais de volta?

— Após uma papelada que você nem pode *começar* a imaginar. Creio que está indo rápido demais. E a menina pode, e reitero, *pode* ser valiosa para nós. Não era essa a natureza de sua tentação, Paul? A cenoura que tão ardilosamente pendurou diante de nós?

— Ela não vai sumir. Pode fazer os arranjos que quiser antes de mandá-la de volta. Pode colocá-la em algum lugar onde possa vê-la, metê-la em outro hospital. Eu não me importo.

Ele estava mentindo, claro.

Ele se importava.

Passar dez minutos com ela naquele lugar horrível o fizera se importar. Se pudesse efetuar a troca, estaria ajudando três pessoas.

— Não sei, Paul. Está me pedindo para abandonar os procedimentos normais. Para pôr meu chapéu de caubói. Terei de pensar nisso. A propósito, a viúva chorosa mencionou algum dinheiro ilícito? Admitindo que Miles não o gastou todo no Cleveland Cavs? Não há nada de que a DEA goste mais do que sacos e sacos de dinheiro sujo. É como nos mantemos.

— Não — disse Paul. — Ela não faz idéia de nada disso.

— Tudo bem. Você fez um trabalho e tanto, Paul. Primeira classe. Em algum momento, teremos de fazer uma devassa nas contas bancárias dele. Quando à troca, admito que estou tendendo ajudá-lo. Quero dizer, ferrar com esses marxistas, certo? Não vão ficar muito contentes quando Pablo seqüestrar seus reféns. Rio só de pensar nisso.

Isso ocorrera havia dois dias.

No dia seguinte, o observador de pássaros ligou com as boas novas.

Andara pensando, dera *tratos à bola.*

Fizera algumas ligações para *contatos no exterior.*

Conseguira os documentos necessários.

Afinal, vestira o chapéu de caubói.

O plano. A menina seria levada a uma casa de interrogatório em Glen Cove, Long Island. O que ela sabia provavelmente era irrelevante, mas valia a pena tentar e ver o que Riojas faria quando soubesse que ela estava com eles. Fariam com que ele soubesse. Ele talvez enviasse alguém para tentar resgatá-la. Era possível. Manteriam a menina lá tempo o suficiente para descobrirem. Para se certificarem de que a mulher e a filha de Paul tinham conseguido embarcar em um avião. Fariam os homens de Riojas sair da toca. Então, se tudo acontecesse de acordo com o plano, revidariam.

Paul, delegado honorário da DEA e falso agente de seguros do falecido Miles Goldstein, acompanharia o observador de pássaros até o Hospital Monte Ararat.

Plano em operação.

CRUZAVAM A PONTE DA RUA 138.

Bem, não cruzavam exatamente. Andavam e paravam logo adiante, devido a obras na pista da esquerda.

As nuvens se acumulavam sobre o East River. Era manhã alta, quente e úmida.

— Parece que vai chover — disse Paul.

— Obrigado, Tio Weatherbee — disse o observador de pássaros.

Paul deu-se conta de que não sabia o nome do observador de pássaros. Quando perguntou, o observador de pássaros disse que preferia continuar sendo um *misterioso homem internacional*, e perguntou a Paul se ele preferia *Austin Powers* 1 ou 2.

O Yankee Stadium erguia-se à esquerda, seus arcos brancos contra as nuvens negras. *Twins x Yanks hoje às 19h30.*

Ao saírem da ponte, dobraram à esquerda.

— Não é o que se pode chamar de uma boa vizinhança, não é mesmo? — disse o observador de pássaros. — Se eu vestir a jaqueta e gritar "DEA", metade dos moradores sai correndo.

O observador de pássaros apontou para um restaurante: "O melhor *chorizo* de New York." Apontou para um menino vestindo calção de basquete, andando nervosamente para cima e para baixo em uma esquina com paredes pichadas. "Dez contra um como ele está trabalhando como vigia de uma boca-de-fumo."

Agora subiam a Hunters Point Boulevard.

— Alguma vez já foi ao Zoológico do Bronx? — perguntou o observador de pássaros.

Parecia relaxado e conversador naquele dia, como se Paul fosse o seu colega em um caso em vez de um atuário de seguros que infelizmente se desviara de seu caminho.

— Quando era menino.

Por algum motivo, Paul nunca visitara o zoológico depois de adulto.

Ele sabia o motivo.

Você vai a zoológicos quando é criança.

Ou quando tem filhos.

DAQUELA VEZ, O HOSPITAL PARECIA AINDA MAIS OPPRESSIVO.

Podia ser uma sensação puramente física — o ar-condicionado estava quebrado, dissera alguém —, mas Paul achou que tinha mais a ver com o fato de estar lá. Olhar para aquilo uma segunda vez o fez apreciar o horror do lugar, e o levou a pensar em como teria sido para Julius olhar para aquelas paredes rosa-salmão durante três anos.

Como teria sido para Ruth, ele mal podia imaginar.

Agora ela deixaria aquilo para trás.

Ele se sentia no fim de uma maratona. Exausto, sim, mas com um entusiasmo que se assemelhava a esperança.

Após o observador de pássaros apresentar suas credenciais, foram levados a um escritório com paredes revestidas de madeira, onde o administrador do hospital convidou-os a se sentar. O observador de pássaros ligara antes. Mexera pauzinhos, quebrara galhos, impusera sua autoridade, providenciara documentos, fizera tudo o que um agente da DEA de alto nível faz para conseguir o que deseja. Mais que isso, sacara o seu cartão da segurança nacional — que, como o AmEx platinum, parecia capaz de abrir todas as portas e acabar com toda oposição.

O administrador pareceu feliz por vê-los, como se estivesse em companhia de uma celebridade menor. Ao menos *uma* celebridade menor.

— Será que podem me fornecer algum detalhe? — perguntou o homem ao observador de pássaros em um tom de voz que sugeria que ele era mais do que capaz de preservar segredos nacionais.

O observador de pássaros declinou.

— Digamos apenas que, se não fosse crucialmente importante, eu não estaria aqui — disse ele.

O sujeito — *Theodore Hill,* dizia o diploma na parede — meneou a cabeça, compreensivo.

— Suponho que haja médicos nesse lugar para onde irão levá-la — disse Theodore.

— Claro — respondeu o observador de pássaros.

— Os medicamentos estão discriminados na ficha dela. Lítio, basicamente. Ela não dá muito trabalho.

— Fico feliz em saber.

Até este ponto, Paul Breidbart, o *agente de seguros*, permanecera silencioso. Mas venceu a curiosidade e a suposição de que um agente de seguros não teria acesso às informações disponíveis a um agente da DEA.

— O que houve com ela? — perguntou Paul. — Na Colômbia?

O observador de pássaros voltou-se para encará-lo com uma expressão de ligeira desaprovação. Fazer perguntas não era sua tarefa naquele dia. Antes que o observador de pássaros pudesse interromper, alegando limitações de tempo, ou simplesmente se levantando da cadeira, o administrador forneceu alguns detalhes.

— Eu não estava aqui quando a menina foi admitida. Administração diferente. Naturalmente, li sua ficha quando me ligaram. De acordo com seu pai adotivo, ela testemunhou a tortura e o assassinato da mãe. Aparentemente foi *obrigada* a testemunhar. A coisa durou dias. Algum tipo de revanche de chefão do tráfico. Que país aquele, hein? Imagino que estamos falando de um sociopata com fortes impulsos sádicos. Como devem imaginar, ser forçado a assistir algo assim deve ter um efeito nada salutar em uma criança de 3 anos de idade. Evidentemente, o pai adotivo não conseguiu lidar com aquilo.

Sim, Miles desistiu no primeiro dia, pensou Paul.

— Bem — o observador de pássaros olhou para o relógio —, temos de ir.

— Claro — disse Theodore, um homem feliz por servir ao seu país. — Ela está sendo trazida.

Paul tinha mais uma pergunta.

— Ela sabe que o pai adotivo morreu?

— Sim. De acordo com a Dra. Sanji... você conheceu a Dra. Sanji?

Paul meneou a cabeça.

— Ela disse que Ruth suportou bem a notícia. Ele era pai apenas no nome. Por outro lado, era tudo o que ela tinha.

Não, pensou Paul. Ela tinha um avô que chorara por ela. Uma avó que fizera um pacto com o diabo para salvá-la.

— O que disseram a ela? — perguntou o observador de pássaros. — Para onde ela ia?

— De acordo com as suas instruções, dissemos que ela iria para outro lugar a fim de ser tratada. Não permanentemente, apenas por um breve período de tempo.

O observador de pássaros meneou a cabeça.

— Bom.

PARECIA QUE OS OLHOS DELA ESTAVAM MAIORES.

Talvez estivesse absorvendo tudo. O mundo ao redor. Edifícios incendiados e buracos na estrada, pontes com passagens repletas de pombos, bandos de crianças inquietas pelas ruas. Paul imaginou quantas vezes ela saíra do hospital — se as *patrulhas de retardados* ainda atravessavam a rua para alimentar os lhamas e jogar amendoins para os elefantes.

Saíram do Bronx e naquele momento deixavam a rampa da ponte de Throgs Neck. Quando Paul era criança, imaginava como seria o pescoço de um sapo.*

Ruth permaneceu calada a maior parte do tempo. De vez em quando dizia algo que parecia tirado das páginas da revista *Little Women* ou de uma comédia da década de 1930.

---

*No original, *frog's neck*. (*N. do T.*)

— Cáspite — exclamou ela quando passaram por um homem particularmente grande encostado a um carro depenado. — Veja aquele gorila.

A primeira visão da ponte de Throgs Neck a fez emitir um coro de *carambas* e *cáspites.*

Ocasionalmente, o observador de pássaros olhava pelo retrovisor para ver se ela realmente estava dizendo o que ele a *ouvia* dizer.

Mesmo com a ameaça de chuva, o estreito de Long Island estava repleto de veleiros.

— Grande flotilha — disse Ruth.

O observador de pássaros tirou um cigarro do bolso.

— Acha que ela se incomoda? — perguntou a Paul.

— Por que não pergunta?

— Querida — disse o observador de pássaros —, você vai se incomodar muito se eu consumir um pouco de nicotina?

Ruth olhou-o.

— Um cigarro? Um palito de câncer? — disse ele.

— Câncer é a segunda maior causa de mortes nos EUA — respondeu Ruth, soando como um bom atuário.

— Não diga — respondeu o observador de pássaros. — Bem, vou me lembrar disso.

O observador de pássaros acendeu o cigarro e deu uma profunda tragada, absorvendo uma generosa quantidade de nicotina cancerígena, então expeliu a fumaça, que foi para o banco de trás e fez Ruth espirrar e tossir.

— Opa, talvez eu devesse abrir a janela em respeito à nossa amiga.

— Particularmente, também não gosto de fumaça de cigarro — disse Paul.

— É — disse o observador de pássaros —, eu também não.

Abriu a janela do lado do motorista, deixando entrar a umidade e o som de um caminhão de cerveja sem abafador de ruído que passava à esquerda. Soava como um bando completo de Hell's Angels.

— Adorável — disse o observador de pássaros.

— Não, não é — adiantou-se Ruth, obviamente não familiarizada com o sarcasmo. — É estridente e revoltante.

— Você está certa — disse o observador de pássaros. — Minha culpa. — Ele ligou o CD player. — Isso deve ajudar.

Música latina.

Soava vagamente familiar.

Paul fechou os olhos. *Seria a música que estava tocando no carro de Pablo a caminho do Santa Regina?* Seu coração batia tão forte que chegava a doer. Ele estava a ponto de conhecer a filha que levara cinco anos e 18 horas para encontrar. Já estava esquecendo do rosto dela, deu-se conta com tristeza. Estivera pouco tempo realmente com ela — quase nada — e, no entanto, criaram entre si uma ligação forte o bastante para ainda despertar claramente suas emoções e projetá-las através do espaço e do tempo.

Ele era um *pai*, imaginava. Aquilo era tudo.

Dirigiam para leste através da via expressa de Long Island. O que decididamente era melhor do que ir para oeste na via expressa de Long Island, uma vez que aquele lado da estrada estava sendo fiel à sua fama de mais longo estacionamento do mundo.

Estavam perto, pensou. A ponto de voltar a fechar o círculo.

Não estava certo quando aquilo o atingiu.

Mas *atingir* era a palavra certa.

Uma constatação que lhe veio com a força de um soco no estômago. Aquilo o *balançou*.

A música.

Aquilo *não era* a música que tocava no rádio de Pablo.

Ele a ouvira em outro lugar.

Subitamente, viu-se outra vez deitado de bruços em um campo repleto de partasanas e gritos. Tentando não ouvir um ser humano sendo torturado até a morte a apenas cinqüenta metros de onde ele estava. Ouvindo seus gritos desesperados enquanto cortavam as partes de seu corpo uma a uma.

Era possível ouvir a faca atingindo o osso. Mesmo com a música alta. Mesmo com o ritmo pulsante e as cornetas estridentes.

Mesmo assim.

Celia Cruz. Rainha da Salsa.

Mi mami, gritou um dos homens. *Um tremendo grito.*

Era o que o observador de pássaros estava tocando no rádio do carro. Só que não era um rádio de carro. Era um rádio de jipe. Um jipe verde.

Dois jipes verdes irromperam em meio à vegetação naquele dia.

Os olhos de Paul se arregalaram. Deviam estar iguais aos de Ruth.

Ele olhou para o observador de pássaros sentado ao seu lado. Havia um volume no lado esquerdo de sua camisa. *Um coldre com uma arma carregada.*

O observador de pássaros ainda fumava calmamente e exalava a fumaça pela fresta da janela. Cantarolava a música da Rainha da Salsa, mantendo um olho na estrada.

Em certo momento, o olhar divagou. E ele percebeu Paul olhando para ele.

Ou talvez tenha demorado apenas alguns minutos para subitamente se dar conta de que estragara tudo.

— Merda. Dei uma de Homer Simpson.

Paul sentiu tentáculos de medo familiares envolverem sua esperança recém-nascida. E estrangulá-la.

— Oh, bem — disse ele. — Você ia acabar descobrindo. Embora eu estivesse esperando que não fosse quando estivéssemos a 130km por hora na via expressa de Long Island. Sou obrigado a fazer duas coisas ao mesmo tempo. Não que não esteja disposto a aceitar o desafio. — Jogou fora o cigarro com a mão direita.

Liberando-a para outras coisas.

— Tudo bem. Vamos combinar um negócio. Tenho uma *alma*.

Paul estava paralisado.

— Vamos lá, você lembra aquele filme de Woody Allen, *Um assaltante bem trapalhão?* O roubo do banco, o bilhete que ele passa para o caixa? *Tenho uma alma.* Ajude, Paul. Estou tentando proteger nossa amiguinha lá trás de ansiedade desnecessária. Podemos falar na língua do pê se quiser. Não? Tudo bem, que diabos. Falemos em turco.

Paul permaneceu calado. Andava surdo e mudo havia um bocado de tempo.

— Provavelmente vai querer uma explicação. Tudo bem. Vamos passar o tempo. Onde começou? Oh, sim. Colômbia. Poderia aborrecê-lo com minhas atribulações como agente da DEA. Como *nosso homem em Bogotá.* Posso definir para você o momento em que fui do entusiasmo ao desânimo. Foi no momento em que me dei conta de que era tudo falso, política, Vietnã em uma selva diferente. *Poderia* aborrecê-lo com toda essa conversa fiada, mas seria como uma queixa de criança. Portanto, vamos falar como adultos.

Olhou para o espelho retrovisor.

— Está bem aí atrás, querida?

— Estou maravilhosamente confortável, obrigada.

— *Maravilhosamente* confortável. Fico feliz em ouvir. Não falta muito. Estou tão habituado às crianças perguntando "já chegamos?" — Ele olhou para Paul. — Beretta. Balas de pontas ocas. Caso esteja se perguntando.

— Para onde vamos?

— Metaforicamente, para o inferno. Falando de *nós* como país, é claro. Mas imagino que suas preocupações sejam mais pessoais. Já chegamos a isso. Sabe o que faz um agente da DEA, Paul? Não? Digamos assim: quando Bush tão generosamente decidiu deixar os ricos ficarem mais ricos e aumentar o déficit, ele não estava *me* fazendo favor algum.

Um carro de polícia passava ao lado deles na pista da direita.

O observador de pássaros fechou a fresta da janela e aumentou a música.

— Lembre-se, Paul. Sou um agente oficial dos EUA, e você é alguém que está respondendo por tráfico de drogas, isso para não mencionar diversos estatutos anti-terrorismo recentemente criados. Seu único aliado neste carro é uma doente mental. Perdão, querida. Só estou dizendo o óbvio. Para ser franco, Paul, posso matá-lo agora mesmo e ainda receber tapinhas nas costas. Compreende?

— Sim — disse Paul. O carro de polícia estava quase paralelo ao deles. Uma policial olhou para eles pela janela. O observador de pássaros jogou um distintivo sobre o painel. A policial sorriu, meneou a cabeça e olhou para o outro lado.

— Maravilha, bem feito. Ainda confortável aí atrás, querida?

Ruth não respondeu.

— Vou interpretar isso como um sim. Estranhamente, nunca topei com o Sr. Riojas em Bogotá — disse ele. — Não até nosso governo decidir, em sua infinita sabedoria, exportálo para uma prisão federal. Às vezes é preciso mostrar a todos quão tranqüila está sendo a guerra contra as drogas. Precisamos da cabeça de alguém em uma bandeja. Ele tem uma cabeça realmente grande. O fato é que ele durou mais do que a sua utilidade, assim como Noriega. No tempo em que estávamos preocupados em saber onde se escondiam os esquerdinhas nas montanhas, o Sr. Riojas foi *muito* útil. Era como um desses morcegos vampiros colombianos: feio como o diabo, Deus impeça que um desses apareça no seu sótão, mas eles controlam a população de mosquitos. Têm uma função útil. Até não terem mais. Alguém decidiu que Riojas se tornara um peso morto. Pagamos a quem tínhamos de pagar, e, certo dia, recebo uma ligação. O Sr. Riojas está vindo para cá a fim de ser julgado. E quem você acha que foi escolhido para escoltar o notório fugitivo da justiça?

O observador de pássaros esticou o braço e baixou o rádio.

— Ela tinha uma voz e tanto, tudo bem, mas, francamente, isso está acabando com os meus ouvidos. E quanto aos seus?

— Vão bem — disse Paul, que pensava em números, números que evocou para imediata revisão.

Taxas de acidentes de um veículo esporte-utilitário típico.

— Legal. Ainda está bem aí atrás, querida? — disse para Ruth.

— A placa dizia *Commack* — disse Ruth.

— Exato. Commack. Você é minha navegadora oficial, está bem?

— Não estou inteiramente certa de que sou habilitada para executar essa tarefa — respondeu Ruth.

— Oh, claro que é. Apenas fique de olho nas placas e vai executar a tarefa muito bem. *Que* vocabulário — disse ele para Paul.

— Para onde vamos? — disse Paul. — O que vai fazer conosco?

Em um ano típico, 31 mil ocupantes de veículos de passageiros morrem em acidentes de trânsito.

— Poderia me deixar terminar a história? Onde eu estava? Oh, claro. Em um avião de volta para casa, com o inimigo público *numero uno*. A propósito, estamos falando de um jato particular, com muito espaço para as pernas e um carregamento de Coronas geladas. O que somos capazes de fazer para os *verdadeiros* bandidos. É impressionante as coisas que são ditas em um avião quando não há nada mais para se fazer. Ele não é um sujeito terrível de verdade. Um pouco excessivo no que diz respeito à violência, claro, mas muito parecido com qualquer típico agente de operações especiais. *Sociopata com forte impulso sádico.* Esses caras são *brutais.*

— Riverhead — disse Ruth. — Dois quilômetros.

— É isso, querida. Acertou. Está fazendo um ótimo trabalho. Caso esteja interessado, Paul, posso tirar a Beretta do coldre e posicioná-la para tiro em exatos 2,6 segundos. Verdade. Fazemos torneios quando começamos a ficar muito entediados durante trabalhos de vigilância. Sou detentor do recorde oficial da DEA.

De todos os acidentes fatais com veículos em um dado ano, os carros esporte-utilitários respondem por mais de 28 por cento do total.

— Eu diria que o Sr. Riojas estava um tanto deprimido na viagem para cá. Ele podia ver a inscrição na parede da prisão. Estava preocupado com *assuntos inacabados.* Havia um assunto inacabado que parecia ser particularmente importante. Ele fizera um *juramento*, que ainda iria cumprir. Juramentos são meio sagrados para essa gente, especialmente quando os fazem para os seus santos. Aparentemente, até mesmo os chefões do tráfico consomem o ópio das massas. Seja como for, ele havia feito um juramento e macacos o mordessem caso não o visse cumprido. Pode adivinhar sobre o que estamos falando, não é, Paul?

— Saída 70 — disse Ruth.

— Entramos na próxima, pessoal. Continue o bom trabalho, Ruth.

A maioria das fatalidades envolvendo veículos esporte-utilitários se deve a capotagens, das quais o utilitários têm a taxa mais alta entre todos os veículos, aproximadamente 36%.

— Parece que uma ex-amante cometera a temeridade de abandoná-lo. Levando a sua *filha* também. O que um sujeito pode fazer? Não é que não tivesse dito o que a esperava caso algum dia ela tentasse fugir. Ele o dissera claramente. Jurara aquilo sobre uma pilha de cabeças de galinha. Ainda assim, ela fugira. Ele levou três anos para encontrá-la. Quando a encontrou, tudo bem, passou um pouco dos limites. Demorou-se naquilo, usou todas as suas formidáveis habilidades. Não estou justificando tal tipo de brutalidade. Mas é como condenar um animal selvagem por crueldade intolerável. É seu instinto de sobrevivência, para continuar como rei da selva. Ele me contou aquilo com um tom de voz bastante casual. Como decidiu as coisas. Quem assistiria quem? Quem seria a primeira: mãe ou filha? Escolhera a mãe. Admitiu quão surpreso e deliciado ficara com o tempo que ela resistira. Só que houvera um contratempo. Um de seus executores aparentemente tivera uma crise de consciência e fugira com a menina. E então? Riojas só completara metade do juramento. Não era do tipo que desistia. Continuara *procurando* por ela. Chegara a ponto de concluir que ela fora contrabandeada para os EUA. O que realmente não o desencorajara. Sabe por que ele estava dizendo tudo isso para *mim*, Paul?

Cinqüenta por cento das capotagens de veículos esporte-utilitários são causadas por guinadas bruscas.

— Porque pressentira um homem disposto a ouvir. Não apenas uma história. Uma *proposta.* Pense em mim como Cortés ouvindo as primeiras histórias sobre o ouro da América Latina. E o que ele realmente estava me pedindo? Não pedia que eu o soltasse. Era astuto o bastante para saber que isso estava fora de questão. Simplesmente pedira que eu cumprisse a promessa de um homem infeliz e arruinado. Quando pousamos em Miami, eu já havia concordado.

Cinqüenta por cento das capotagens de veículos esporte-utilitários são causadas pelo consumo de álcool.

— Comecei a trabalhar. Era o mesmo tipo de trabalho que eu estava acostumado a fazer. Só que tinha um outro patrão. É incrível o que acontece quando se segue o dinheiro. Nunca se sabe até onde se vai. Neste caso, até Miles Goldstein. Então, até você. Você foi gentil o bastante para se tornar delegado honorário e me ajudar a desvendar tudo isso. Meus cumprimentos. Já recebi o pagamento. Só falta uma coisa. Ou duas.

— Eles a amarraram — disse Ruth.

— O quê? — O observador de pássaros virou-se para Ruth.

— Minha mãe. Eles a amarraram em um cano no teto. Me sentaram em uma cadeira e me obrigaram a olhar.

Trinta e dois por cento das capotagens fatais de veículos esporte-utilitários são causadas por excesso de velocidade.

— Olhe, querida, não precisamos falar sobre isso, não é mesmo? Você é minha navegadora oficial, certo?

— Eles a queimaram. Ela gritou muito. Ele me mostrou a faca... ele me fez tocar nela. — Seus olhos estavam perdidos no tempo, pensou Paul.

— Olhe, acho que já é o bastante, está bem? Só me diga quando chegar a nossa saída, certo querida?

Cinqüenta por cento das capotagens fatais de veículos esporte-utilitários são causadas por desatenção do motorista, por exemplo, mudando as estações do rádio do carro.

— Quando ela fechou os olhos, eles a fizeram acordar. E começavam tudo de novo. Eu estava na cadeira. Eu vi tudo. Eles tiraram a pele dela.

— Sim, você se lembra. Compreendo. Não me admiro que seu pai adotivo a tenha jogado naquele lugar horrível. Agora, que tal dar um tempo?

Dez por cento das capotagens de veículos esporte-utilitários são causadas por incompetência do motorista — por exemplo, pressionar o pedal errado.

— Você está desleixando, Ruth. Ali é a saída que eu estava procurando.

O observador de pássaros pegou a pista de saída, ligou o pisca-alerta para a direita e começou a girar o volante.

— Está de cinto, Ruth? — perguntou Paul gentilmente.

— Sim.

Cinqüenta por cento das capotagens fatais de veículos esporte-utilitários são causadas por ação acidental, por exemplo, puxar o freio de mão com o veículo em movimento.

— Bom — disse Paul.

Ele empurrou a alavanca de transmissão para a posição de ré no exato momento em que o jipe chegou ao auge da curva.

Deve ter demorado menos de 2,6 segundos, porque o observador de pássaros não conseguiu tirar do coldre a sua Beretta carregada com balas de ponta oca. Também não teria feito muita diferença. O jipe guinou violentamente para a esquerda, endireitou-se parcialmente e então virou.

Paul e Ruth usavam seus cintos de segurança.

O observador de pássaros, não. Caubóis não usam cinto.

Quase dois terços dos passageiros mortos em capotagens de veículos utilitários estavam sem cinto de segurança.

Houve aquele momento em que o jipe pairou entre o ar e o chão, quando Paul pôde ver o asfalto assomando como uma onda escura cuja aproximação ele não notara. Então, ela arrebentou sobre ele.

Ele ouviu vidro se quebrando, um berro, o som terrível de metal se rasgando. Deve ter desmaiado. Quando despertou, estava de cabeça para baixo olhando para uma poça de sangue. Ainda estava sentado, mas o banco parecia parcialmente destacado do carro, seguro por alguns frágeis parafusos.

Onde estava Ruth?

Ele olhou em torno, um tanto temeroso de não ser capaz de fazê-lo, de descobrir que estava paralisado e agonizando.

Não. Sua cabeça girou exatamente como Deus a fizera.

Todo o banco de trás havia desaparecido.

Ele olhou pelo vidro quebrado à sua direita.

Ali estava.

Era uma visão surrealista, algo para estar pendurado no Museu de Arte Moderna. O banco de trás estava de cabeça para cima sobre a grama, perfeitamente intacto, do mesmo modo que a pessoa ali sentada. Intacta, aparentemente inteira, e evidentemente viva. Parecia estar simplesmente esperando um ônibus.

Eram dois.

Onde estava o observador de pássaros?

Faltava todo o pára-brisa.

O interior do jipe virado de cabeça para baixo estava começando a se encher de fumaça grossa, corrosiva. E algo mais. O pútrido odor de gasolina.

Ele desatou o cinto de segurança cravado na barriga. Usou as mãos para passar através da janela. Forçou sua saída. Cada centímetro de movimento deixava uma trilha de sangue.

Seu rosto. Algo estava errado com seu rosto. A dormência fora substituída por uma dor aguda. Ao tocar a face, suas mãos voltaram tintas de vermelho-vivo.

Ele se levantou, de algum modo se apoiou sobre os próprios pés, os braços desequilibrados como os de um malabarista na corda bamba.

Havia um corpo a uns seis metros do jipe destruído.

Paul cambaleou até lá.

Era o observador de pássaros.

Não se movia. Estava parado como se estivesse morto.

Mas não estava.

Ele se moveu. Uma mão a princípio. Lentamente tateando ao redor como se procurasse algo. Então a outra mão, Paul a cerca de dois metros dele, pego entre avançar e recuar. O observador de pássaros ergueu-se sobre as palmas das mãos, executando um tipo de meia flexão e olhando ao redor como alguém saindo de um buraco.

Viu Paul estático.

O observador de pássaros estava *mesmo* procurando alguma coisa.

Encontrou.

Ele se levantou — uma perna, depois outra — e sorriu através de uma feia máscara de sangue e sujeira. Apontou a arma para Paul.

— Lembra daquele joguinho de briga de robôs, Paul? — Havia algo de estranho com sua voz. Ele parecia ter perdido parte da língua. — Tive dois quando era criança. Você podia socar firme, bem no meio do corpo deles, mas não importava, eles continuavam a atacar.

Ele deu alguns passos para a frente, a arma ainda apontada para Paul.

Ruth começou a chorar. Quando ele se virou para olhá-la, ela parecia estar em meio a uma chuva de folhas verdes.

Paul voltou-se para encarar o seu destino — de um modo ou de outro, aquilo acabaria ali.

O observador de pássaros caminhava em falso, desequilibrado, com membros estranhamente frouxos, mas se aproximava inexoravelmente.

— Isso foi um truque que você tramou. — Ele estava tendo problemas com a letra tê. *Isso foi um ruque que você ramou.* — Aprendeu-o na escola de atuários?

Não. Na escola de atuários vocês aprendem a diferença entre risco e probabilidade. Aprendem que não usar cinto de segurança em uma capotagem pode matá-lo. *Pode matá-lo,* mas nem sempre mata. Contudo, aprendeu outra coisa sobre a vida e seu número oposto, um mantra nos corredores de uma empresa de seguros.

Se uma coisa não pega você, a outra pega.

Um Dodge Coronado deixou a via expressa de Long Island pela rampa de saída. As regras de segurança recomendam uma desaceleração de ao menos cinqüenta por cento ao entrar em uma saída de auto-estrada. O motorista do Coronado deve ter faltado a essa aula.

Quando confrontado com o jipe batido e fumegante no meio da curva fechada da rampa de saída, foi forçado a se desviar perigosamente sobre o acostamento, e então voltar à estrada para evitar um salgueiro-chorão. Isso o colocou face a face com outro objeto.

O observador de pássaros não teve tempo de reagir.

Foi arremessado no ar, parecendo um daqueles acrobatas de circo fazendo um número de desafio à gravidade

Caiu com um baque violento.

Então ficou imóvel.

QUARENTA E CINCO

Ela precisava sonhar naquela noite.

Percebera a expressão de Tomás. O fato de não ter recebido jantar pela primeira vez desde que estava ali. E o rosto exaurido de Galina, suas mãos trêmulas.

Dera um beijo de boa-noite em Joelle como se fosse de adeus. Rezara, confessara seus pecados. Ficara em paz consigo mesma.

Precisava sonhar.

Se tivesse sorte, este sonho envolveria ser despertada no meio da noite, não pelo cano de uma arma, não pela lâmina de uma faca, mas pelo suave sussurrar de Galina.

Envolveria Galina calmamente soltar a corrente que a atava ao aquecedor e sussurrar instruções em seu ouvido. E então sair silenciosamente do quarto como as pessoas fazem nos sonhos.

Envolveria se levantar e atravessar a porta.

Caminhar lentamente pelo corredor vazio e então abrir a porta de fora, do modo como fizera certa vez.

Certamente envolveria seguir as instruções sussurradas em seu ouvido. Indo não para a selva, mas em outra direção completamente diferente, passando pelo cercado de animais dos fundos da casa onde as galinhas ciscavam nervosamente o chão, e chegando a uma estrada de mão única.

Caminharia por esta estrada como se flutuasse, os pés mal tocando o chão. Caminharia sem olhar para trás. Sem medo ou rancor.

Chegaria a uma curva, e um carro estaria esperando por ela. Um Peugeot azul-escuro. O motor estaria ligado, e o motorista sairia do banco da frente para saudá-la, certificando-se de levar um dedo aos lábios.

Em seguida, ele se voltaria para dentro do carro e tiraria dali um volume de cobertor e cabelo. Seu bebê, que ele gentilmente pousària em seus braços.

— Obrigada — sussurraria ela para Pablo.

Obrigada. Obrigada.

DOIS ANOS DEPOIS

Domingo em junho, e o carrossel do Central Park estava lotado. Paul e Joanna estavam sentados em um banco, de mãos dadas.

Era possível sentir cheiro de algodão-doce, amendoim torrado e maçãs do amor. Um contagiante calipso acompanhava o rodopiar dos cavalinhos. Algo de um filme de Disney, pensou Paul. *Onde eu nasci... onde eu cresci...*

Ocasionalmente, Joanna pousava a cabeça no ombro dele e a deixava ali, e Paul tinha a forte sensação de que o mundo era, de fato, perfeito.

Pareciam estar a anos-luz de distância dos eventos de dois anos atrás.

De Bogotá. De Miles.

Do dia na rampa de saída da via expressa de Long Island.

Contudo, às vezes não parecia distante. Estava bem ali, no quarto com eles, espreitando em seu escritório, andando em seu carro, dormindo em sua cama.

A memória é assim, como um amigo de infância com quem você nunca perde contato. Mesmo quando deseja desesperadamente perder. Aparecendo em momentos de sua vida quando você menos espera.

No meio de um agradável domingo de junho, por exemplo.

Às vezes ele pensava no que diria para a filha.

Por exemplo, contaria para ela o espetacular assassinato de certo ex-chefão do tráfico colombiano no banheiro de um tribunal da Flórida? Sobre como Manuel Riojas, que passava por moções pré-julgamento, fora escoltado ao banheiro dos homens para se aliviar e nunca mais voltara?

Diria que os assassinos aparentemente tiveram acesso ao local com o uso de um distintivo da DEA? Tal distintivo, evidentemente genuíno, embora claramente inativo, tendo pertencido a um agente da DEA que morrera havia mais de dois anos.

Um agente conhecido como propenso a usar outros uniformes de tempos em tempos. O uniforme de um ornitólogo, por exemplo, resolutamente buscando tucanos-de-papo-amarelo nas selvas do norte da Colômbia.

Um observador de pássaros.

Diria como o distintivo do observador de pássaros acabara na mão de um assassino contratado?

Será que ele *explicaria* que, naquele dia na via expressa de Long Island, o distintivo do agente que jazia morto na rampa de saída — aquele que ele pusera sobre o painel perto dele — virtualmente implorava para ser pego para algum uso futuro indeterminado?

Será que ele falaria daquele dia em que levara o distintivo para um escritório que lhe era familiar, em Little Odessa, Brooklyn? Quando se sentara no outro lado de uma porta onde se lia *El Presidente*, para falar de negócios com Moshe?

"Sabe como os russos chamam os colombianos?", perguntara Miles no dia em que se matara.

"Como, Miles?"

"Amadores."

E talvez Miles estivesse certo a esse respeito. Os russos administravam um negócio *muito* rentável. Talvez porque fizessem de tudo a um preço justo. Qualquer coisa. Invasões, roubo, até mesmo assassinatos.

Incluindo alguns verdadeiramente espetaculares, do tipo que alguns não topariam.

Desde que você tivesse dinheiro, é claro. Muito dinheiro.

Mas onde Paul conseguiria *tanto* dinheiro? Será que ele diria a ela? Explicaria? Voltaria àquele dia? O jipe fumegante, a poça de sangue e óleo. *Já recebi o pagamento*, dissera o observador de pássaros antes de rodar no ar e levar uma eternidade para cair.

E quando Paul olhara para Ruth, ela estava cercada por um redemoinho de folhas verdes. Mas *não eram* folhas. Porque o observador de pássaros *havia* recebido o pagamento do seu novo patrão, de Riojas. E anos de treinamento na DEA ensinaram-lhe o lugar ideal para escondê-lo.

De quantos carros ele arrancara o piso nos últimos anos? Procurando pacotes de coca, maconha, tijolos de haxixe? De um número suficiente para dar-se conta de que era um bom lugar para esconder coisas que não se quer que descubram.

Só que ele não estava contando com um *acidente.* Não esperava que Paul engatasse a ré quando faziam uma curva a cem por hora.

O impacto partira o jipe ao meio, arrancara as paredes laterais, fazendo voar notas de cem dólares, que pousaram como neve na cabeça de Ruth.

Diria quão fácil fora enfiar o dinheiro na carteira, nos bolsos, enquanto esperava a chegada das ambulâncias?

Será que a faria *lembrar*?

O carrossel diminuiu de velocidade, parou de rodar, ficou imóvel, seguido do choro agridoce de crianças desapontadas.

Duas vieram em direção ao banco.

Joelle, é claro. Parecia uma mocinha vestindo um blusão cor-de-rosa, o cabelo negro preso por grampos também cor-de-rosa, sua cor predileta, ao menos naquela semana.

Trazendo-a do carrossel no qual Joelle *tinha* de dar outra volta, estava a irmã mais velha, esta parecendo uma mulher *de verdade*, com quase 16 anos, aqueles incríveis olhos castanhos aumentados por aquilo que Paul fervorosamente desejava que fosse felicidade.

Ou, no mínimo, paz.

Esta era a filha a quem ele pensara que talvez tivesse de contar tudo algum dia. Talvez não. Talvez tudo o que fizera por sua segurança devesse permanecer não dito e inconfesso, parte de uma história secreta que ele deixara para trás. *Proteja-a*, escrevera Galina certa vez para Miles. E, finalmente, alguém a protegeu.

Afinal, adotá-la parecia a coisa certa a ser feita.

Quando Joanna e Joelle voltaram da Colômbia, Paul ligara para Galina e Pablo para explicar o melhor possível o que havia acontecido. Que completar a sua parte no trato era algo incerto agora, a depender de muita coisa. Certa vez, foram seus seqüestradores. Agora, eram apenas avós angustiados. Duas pessoas que arriscaram as suas vidas para devolver sua mulher e filha para ele. Ele seria eternamente grato.

Contou-lhes como era a sua neta, enviou-lhes fotografias, descreveu quão incrivelmente doce ela era, e disse que ela tinha o dom de ser encantadora.

A menina estava em um limbo indefinido — uma disputa entre países que a levaria de volta ao Hospital Monte Ararat durante algum tempo. Talvez para sempre.

Paul visitou-a, visitou-a outra vez.

Certo dia, trouxe Joanna e Joelle.

Tornou-se uma rotina semanal. O mesmo ocorria com os telefonemas e as cartas de Paul para os avôs de Ruth na Colômbia. Desta vez, é claro, as cartas detalhando a vida da menina não eram falsas. Eram genuínas. Também era genuíno o sentimento de tristeza toda vez que os três deixavam Ruth à porta do hospital. Ela ficava ali e acenava para eles até o carro desaparecer ao dobrar a esquina.

Ele honestamente não se lembrava quem mencionara aquilo primeiro.

Galina e Pablo? Ou teria sido ele?

Considere um empate. A Colômbia necessariamente não era mais segura para Ruth do que era antes. Não era segura para ninguém. Galina e Pablo sentiam o peso da idade. Subitamente, foi como se todas as partes envolvidas soubessem o que devia ser feito. Onde Ruth deveria ficar.

Galina e Pablo deram a sua permissão.

Paul e Joanna se candidataram para a adoção e a receberam um ano depois.

Ela não havia superado. Era inteiramente possível que nunca superasse. Freqüentou terapia de grupo três vezes por semana, continuou a ser medicada, e ocasionalmente caía em períodos de desespero de partir o coração.

Na maior parte do tempo, porém, sorria. Chegava a brilhar. Paul estava convencido de que a família a alimentava, tanto quanto alimentava a ele.

Ele fora de alguém sem família para uma família completa em um piscar de olhos. Abandonara a segurança dos números pelas incertas possibilidades da vida. A chances, pensou, eram muito boas.

— Vamos, queridas, vamos conseguir alguma coisa para comer — disse Paul para as filhas.

Joelle e Claudia.

Ah, sim. No dia em que oficialmente Ruth ganhara o sobrenome deles, ela perguntara se poderia mudar o primeiro também.

— Para qual? — perguntou Paul.

Qual era o nome de minha mãe?

Joanna disse.

— Claudia — disse ela. — Claudia Breidbart. Está bom assim.

Este livro foi composto na tipologia Life Bt,
em corpo 11/15, e impresso em
papel off-set 90g/m² no Sistema Cameron da
Divisão Gráfica da Distribuidora Record.